U0652781

吻钩

WEN GOU

曹大血 著

豆瓣阅读女性视角悬疑小说高分作品 ◆ 连载原名《嘴角美丽而我的双眸凶猛》

中国友谊出版公司

目录

第一章

择塘

遇到曾辉之前，陈吟普通得像海中的一滴水，从来没被什么特别的人或事选中过。

直到这一天……

早上，陈吟去了超市买菜，打扫了屋子，骂骂咧咧地洗了妹妹昨天在放学路上玩了一身泥的裤子，修好了厕所里老爱滴水的水龙头，然后抬头一看表，下午一点半了。

陈吟严重怀疑，上帝肯定总趁人不注意把上午的时间调快。

留给吃饭的时间不多了，陈吟草草地吃了一碗方便面，然后就开始进入学习状态。她每天只能挤出两个小时学英语，不然一会儿妹妹放学了，时间和书桌就全被那丫头片子抢走了。

陈吟放下碗，兴致勃勃地拿起笔，翻开英语书。

这书是住在隔壁的一个小哥哥送给她的，去年他考上了 A 大——全国顶尖大学之一。

陈吟初中没上完就辍学了，但她仍然渴望知识。

小哥哥高考后清理高中学习用品的时候，陈吟就站在自家门口呆呆地看他，连手里的垃圾都忘了扔。她想把那些书要过来，但不知怎的，嘴巴就像被 502 胶水粘住了似的，脸也烧得厉害。正当她眼睁睁看着那些书被一本一本地清点进大麻袋准备卖掉的时候，小哥哥突然收手，停下来看向她，然后亲自把那些书送到了陈吟面前，并对她说："我在 A 大等你。"

陈吟紧张坏了，一顿傻乐："你那么好的学校，我哪能考得上哈哈哈哈哈哈。"

啊，这该死的爱情！

她没抓住。

爱情抓不住，那就抓学习吧。

陈吟觉得学习是庄严神圣的，每次学习前，她必须排除一切干扰，比如额头前这绺顽固的长刘海，无论怎么别到耳后，一会儿准掉下来，挡住她看书的视线。

陈吟翻箱倒柜找了半天，终于在床底下找到了一个发卡，她赶紧别好刘海，书一翻，电话响了。

妹妹在学校又打架了。

"打坏了吗？"陈吟急问。

"放心，您妹妹还好，就脑门儿破了点皮。"电话里的老师尽可能地先安抚家长。

"我说对方。"

"……对方，挺严重的，所以您快过来一趟吧。"

"好！"陈吟撂下电话穿大衣，"死丫崽子。"

陈吟冲进学校教导室的时候，妹妹和四个小男生在里面罚站，他们的家长也都在旁边。

五个小孩被分成两个阵营，妹妹跟一个小男生一起，其他三个男生一起。敌我双方很明显了。

三个男生脸上跟涂了迷彩似的相当热闹，相比之下，妹妹和小男生的脸就干净多了。战况如何也很直观了。

陈吟给三个被打小孩的家长挨个道歉鞠躬赔钱。

前两个家长都很和气，看着也挺年轻的，都愿意接受和解。其中一位男士还绅士地在陈吟向他鞠躬的时候微微回以低头，就是在给第三个家长鞠躬道歉的时候发生了点小插曲。

这位家长是个中年女人，挺着大肚子用鼻孔看人。躬也鞠了，歉也道了，可她嘴上仍不饶人，冲着空气嘀咕着："才五年级就成天跟男生厮混在一起，还打架，不知廉耻，欠家教，不知道爹妈干什么吃的。"

陈吟闷声把赔的钱如数放到那女家长手里，没有走开的意思。那原本没正眼看她的中年女人以为怎么了，忍不住瞥她一眼，却直直撞上了一双凌厉肃杀的眼睛。陈吟的整张脸不知何时变了颜色，一股与她些许婴儿肥的脸庞极不匹配的寒气直袭那女人的眼睛，像一根无形的冷刺，刺得她下意识打了个寒战。

陈吟冷冷地开了口："爹妈死了，她是我教的。"

然后她就拉着妹妹回家了。

其他在场的两个家长、四个孩子和老师尴尬地屏息戳在原地。陈吟只顾着快速逃离这里，不知道有一个人的双眼一直紧紧望着她离去的背影，直到她消失于视野，也忘了移开。

陈吟做晚饭的时候把妹妹训了一顿，然后宣布停掉她本月的所有零食。妹妹一听就炸毛了："陈吟你不要太过分噢！"

陈吟淡淡地说："那你说说零花钱都哪儿去了。"

像被扎破的气球，妹妹瞬间蔫了，但仍气呼呼的，满脸写着不服。

"来来来，告诉我，这次又因为什么？"陈吟把碗筷放到桌上，回到书桌前，拉出椅子坐下，郑重其事地面对妹妹。

妹妹仰着脖子："窦佳成他们欺负曹一童，往他凳子上尿尿！"

今天跟妹妹站在一起的那个男孩就是曹一童。

"那你只打尿尿的那个就好了啊，现在咱们一下子赔出去三份。"陈吟气疯了。

"他们三个都尿了。"

"……"陈吟突然语塞了，"那、那是挺过分的，他们干吗欺负他啊？"

"他们笑曹一童娘，说他不是男人。"

噗——他们说的倒也没全错，曹一童才五年级，当然不是男人。

陈吟："那你也不要老打架，跟你说多少回了，暴力解决不了问题，这都跟谁学的？你可以告诉老师，对不对？"

"我就是要让他们知道知道，敢欺负我最铁的哥们儿，是什么后果！他们懂什么是男子汉吗？"妹妹叉着腰，"吃午饭的时候曹一童把他的肉都夹我碗里了，课间他陪我跳绳，窦佳成他们就笑他娘。他们啥也不懂！曹一童这叫绅士！不像他们，动不动就打架吹牛欺负别人，幼稚死了。我觉得曹一童这样的才是天下第一男子汉！"

你别说，真有点儿道理。

"还挺会看人，"陈吟忽然感到一丝欣慰，"行，本来我还挺担心，你以后长大了，入社会交朋友、谈恋爱的时候，没爸妈把关，我这个感情上的青铜选手也帮不上什么忙，再让渣男把你给骗了。这么一看，应该能让我省点心。"

妹妹用小手拍了拍她的肩膀，叹气道："你就别替我操心了啊，还是操心操心你自己吧我的姐。"

怎么说着说着绕到她身上去了？

"我有什么好操心的，"陈吟连忙甩开她的手，不想把这个话题朝失控的方向进行下去了，胡乱拿了本英语书，"老娘不需要男人。"

她开始疯狂翻书："我要学英语了，你吃饭去。"

"你不吃啊？"

"我减肥。"

其实是陈吟做翻译赚的生活费今天被这小兔崽子赔出去一大半，光停掉妹妹这个月的零食是不够的，她还得停掉自己的晚饭了。

妹妹没心没肺地跑去饭桌吃饭，说是饭桌，其实就是放电视的电视柜，电视柜在姐姐学习桌的六米外，姐俩的床挨着学习桌。简言之，她们的家只有一间屋子和厨房厕所。

这是一个十九岁的女孩能为她和她妹妹争取到最好的能睡觉的地方了。

很不错了是不是，起码刮风下雨的时候有个地方躲雨，比这世上很多被父母遗弃的孩子幸福多了。

陈吟暗暗指望着这小妮子能意识到她的牺牲，然后有良心地给她留半个苞米什么的，然而渣子都不剩。

陈吟一来气，刘海又掉到眼前了。

妹妹跑过来，嘴边还挂着一粒米，小脸放在陈吟的书桌上，看着她学习。

"陈吟，你要考大学吗？"

"你给我钱读啊。"

"那你天天咋学这么认真呢，我咋这么烦学习呢，你说我咋一看字就困呢。"

"你是身在福中不知福。"

"那不考试你学习干吗呀？"

"谁说学习就是为了考试的。"

"汤文佳。"

"汤文佳是谁？"

"我同学，我最近跟她玩得最好。"

"以后别跟她玩了，格局太小。"

"啥是格局？"

"格局就是……跑题了，接着说人为什么要学习，"其实是陈吟一时不知道怎么解释格局了，"这么跟你说吧，同样一个小时，脑力工作的工资是体力工作的几十倍、几百倍，你看我自学英语给人家翻译点文章，在家坐着就能赚钱，不用出去搬砖端盘子。知识就是力量，就是这意思，因为知识可以代替力量。所以，明年你一定得上初中，以后姐还会供你上高中上大学上研究生上博士。"

妹妹越听头越大，并没有半点感激之情。

事实证明，人只要扮演大人的角色，说话都会统一变成爱说教的腔调，即便她只有十九岁。

陈吟接着说："再说了，多学点东西总没有坏处吧，人有了知识就会越来越好，越来越自信、坚定，将来不会被人欺负和小看，也会更有魅力，有更多人喜欢你。"

"我不用更多人喜欢，我只要我喜欢的人喜欢我就行了。"妹妹嘟嘟囔囔。

陈吟一怔，再说不出话来。

这就是她的妹妹，虽然才上小学，却常常语出惊人，有时候比大多陈吟见过的大人都看得明白，包括她自己。

陈吟的刘海像忽然沉下去的心一样又落了下来，胡乱别了两次都不成，妹妹问："你发卡嘞？"

"丢了。"

话音刚落，妹妹不知道掏出了个什么东西把她的刘海别住了。

陈吟往头上一摸，摸了半天没摸出来是啥。

妹妹得意兮兮地跑去厕所了。

陈吟把桌上的镜子摆正，镜中的自己，刘海上结结实实地别了一个蓝色的笔盖。

小孩子的想象力果然无极限。

从那天起，陈吟就给妹妹封了一个外号叫"小笔盖"，一开始只是叫着玩，久而久之就叫习惯了。

打架事件没过几天，小笔盖有次放学回家情绪不大好，一进门就趴在桌子上写日记，满脸惆怅，边写眼泪边啪嗒啪嗒往下掉。陈吟想切盘水果给她送过去安慰安慰，还让人家轰到一边儿去了，说是现在心破碎了，想一个人静静。

陈吟就纳闷儿了："啥心碎事，跟我说说。"

"跟你说有什么用，你个青铜选手。"

喂，我是要帮你，你这样伤害一个要帮助你的人真的好吗？

陈吟说："专家说了坏情绪是毒素，那你就烂在自己肚子里留着闷痘痘吧，看你变丑八怪。"

陈吟转身欲走，手突然被一只小手拉住了。

小笔盖睁着黑葡萄般的大眼睛仰望陈吟，眼里含着泪花："姐，曹一童走了。"

"走了？上哪儿了？"这话没轻没重没头没脑的，吓了陈吟一跳，"他转学啦？"

"不是，老师说我俩上课老说话，就调座把他调走了，调老远了！三排！怎么办姐，我跟曹一童不是同桌了哇——"

好遥远啊……

小笔盖悲恸欲绝："我现在的同桌被老师换成了窦佳成，说什么要以毒攻毒！气死我了！"

虽然很同情，但从挽救小笔盖惨烈的学习成绩来看，陈吟在心里默默对老师的做法拍手叫好。

陈吟安慰她："没关系，你俩以后可以课间一起玩，还有体育课，午休还能一起吃饭。"

小笔盖一听，噤声了几秒，似乎是想到什么心酸的事情，哇的一声哭了。

事实证明，调座是极其英明的决定。

不跟曹一童同桌以后，小笔盖期中考试还真进步了。

陈吟给她开家长会，整个人比以前有底气多了。教室的课桌上摆好了各个学生的卷子，家长进来自行找自家孩子的座位。陈吟轻度近视，是这两年在昏暗的灯光下看书造成的。今天她出门太急，忘了戴眼镜，进了教室后，只能撅着屁股挨个趴桌子上找小笔盖的卷子。

找了一会儿，突然有个男家长叫了声她的名字，她起身回头去看，一眼便认出来了。

这个家长，是那天陈吟鞠躬道歉的时候，对她回以低头的男人。

隔着来往的人群，男人微笑着向她招手："咱们一桌。"

陈吟走过去坐下，桌上的卷子确实是小笔盖的，她顺便又看了眼小笔盖新同桌的卷子，惊讶地对男人说："你是窦佳成的家长啊。"

男人点头："是的。"

陈吟打量他的五官和皮肤，也就二十岁出头："真年轻……"

男人摆手："他可不是我儿子，我是他舅，我姐和姐夫特别忙，所以有时候我来。"

"哦。"

"而且每次都是这种犯错了或者没考好的时候，外甥就老叫我来，小屁孩的心思你懂的。"

陈吟歉然一笑："上次孩子打架的事挺不好意思。"

"小孩打打闹闹多正常，"曾辉看着她，"你家小丫头挺厉害，以后肯定没有男生欺负得了她。"

"我是教得野蛮了点……"

"你误会了我不是这个意思，我是说你教得好，女孩厉害点好，能保护自己，以后我有闺女了，跆拳道柔道武术的班我都给她报上。"

陈吟笑了："学一样就行，样样精通就成武林盟主了。"

男人看她笑了，也跟着笑了。

还有将近一半家长没有落座，教室里乱哄哄的，陈吟和男人的座位在倒数第二排靠墙的角落，男人坐在里面，陈吟坐在外面，两人不知道还应该说点什么了，就不约而同地低头看自家孩子的卷子，有点尴尬。

男人开口："那次在教导室我也误会了。第一眼见你我很意外，我就想这妈妈真年轻，像高中生，后来听陈老师说才知道你是她姐姐。"

陈吟说："嗯是，我其实……"

正说着，陈吟眼神突然不对劲了，她屏住呼吸，定定地盯着男人的脸，把他盯得有点发慌，他说："怎……怎么了？"

陈吟："别动。"

陈吟的目光突然犀利了起来。

男人："为什……"

陈吟："嘘。"

啪——

倏地，陈吟伸出手臂，一掌将男人壁咚到了墙上。

鼻尖与鼻尖差之毫厘，呼吸急促而温热。

男人的身体紧紧贴着墙，头一动不敢动，双眼睁得老大，因为离得太近，他看陈吟时眼睛对不上焦。

几秒后，陈吟松开拍在墙上的手掌，一只压扁了的灰虫子躺在她手心上。

陈吟看着手："找死。"

男人目瞪口呆："这……这是什么？"

陈吟说："潮虫，我家厕所总有。"

男人继续目瞪口呆，缓缓点头："啊……你，手不疼吗？"

"不疼啊，"上一秒理所当然，下一秒陈吟惊觉自己好像不小心暴露了什么，"哈哈，有点疼，但还行，还行还行哈哈哈陈老师来了快坐好。"

陈吟赶紧缩起身子坐好，埋头看小笔盖的卷子，离男人较近的那半张脸烧得通红，她强烈感觉到他一直在看着她。

家长会开了一个半小时，老师还当众特意表扬了进步最大的小笔盖，家长们纷纷投来羡慕的眼光，这样的场景可是几年一遇，陈吟心里美得像开花儿了一样。

"你家在东边还是西边？"家长会结束后，男人边收拾卷子边问陈吟。

陈吟说："西边。"

"那正好顺路，我可以开车送你回去。"

陈吟小惊地回头看了他一眼，这男的也就二十岁出头，肯定没比自己大太多，居然就有车了。

陈吟推辞说："不用了不用了，我自己溜达回去就行。"

男人说："反正一个人开车无聊，陪我说说话。"

于是，陈吟就跟他上车了。

"会开得真长。"男人坐上驾驶座，把车窗全打开，发动了车子，一套动作下来很松弛。

陈吟则规规矩矩地坐在副驾驶，始终保持目视前方。

"我家住东边的，但我要接外甥去西城上补习班，要是平时还真不顺路呢，你说咱俩这缘分。"他说。

"补什么课？"陈吟问。

"初中的课呗。"

陈吟吃惊："现在就学初中的课有点早吧？"

男人微笑着看了她一眼："不早了，现在孩子都提前学，等你上初中的时候别人都学第二遍了。我也不想让他上，但是他爸妈非坚持，我还能说啥。都这样，没办法。"

陈吟若有所思。

车又开了一段。

陈吟开口："那个班，还能报吗？"

男人说："应该能，这个班我哥们儿开的，我回头帮你问问。这班挺好的，老师请的都是六十二中的。"

陈吟很兴奋："六十二中？"

六十二中是市重点之一，也是陈吟没念完的母校。

"对。你要是想报名，咱俩加个微信，一会儿我把他推给你。"

"行，太谢谢你了。"

"客气什么，ZH900806，加我。"

陈吟搜到了他的微信，名字是 ZH，头像是啃着铜锣烧的机器猫。

男人瞄了一眼，不好意思地说："我挺喜欢哆啦 A 梦。"

陈吟申请添加了他为好友。

"对了，学费要多少钱？"陈吟想到这个重要的事情。

男人说："单门课一年四千八，语数外套课一万四。"

陈吟目瞪口呆。

男人见她脸色不大好："能接受吗？"

陈吟咬牙切齿："能。"

到了陈吟家小区门口，男人告诉她下周直接带着妹妹去补习班就行，到时候见，然后便把陈吟放下开车走了。

没过一会儿，微信好友通过了。

男人发来第一条消息：我叫曾辉。

陈吟把自己的名字发了过去，把他的备注改成名字后，顺便扫了眼他的朋友圈。

除了猫猫狗狗就是晒他自己做的菜，但好像不是个真正会做菜的，因为大多是他自己发明的黑暗料理，荔枝蛋花汤、腰子炒豆芽、红茶酱油鸡翅什么的，有成功的也有翻车的，他都乐此不疲。

还有一些摘抄下来的美文句子，有点土。

还有他有关生活的小小梦想：一个美丽的老婆，一个可爱的女儿，一只黑色的猫，一家简单的灯具店。

好像是个挺爱生活的人呢。

不知不觉站在路边刷了十来分钟朋友圈，直到小笔盖突然出现，含着棒棒糖含混不清地叫她："陈吟，会开完啦？"

陈吟被小笔盖使劲扯着胳膊往家走。

小笔盖催命连环问："陈老师夸我了吗？夸了吗夸了吗夸了吗？"

"夸了夸了夸了。"

"请详细描述给我听，一个细节都不要放过！"

"我忘了。"

"啥玩意儿？"

"陈老师好像说让你再接再厉趁热打铁，报个补习班，争取冲刺六十二中。"

"姐你肯定听错了，咱回家。"

晚上，小笔盖睡着以后，陈吟自己在台灯下看着手机发呆。她想了想，给对接翻译的姐姐发信息，问她最近有没有报酬比较多的大单，量大点也没问题。对接姐姐说有，有本关于美国人工智能的著作急需找人翻译，里面有大量的专业术语，难度会很大，目前还没找到愿意接的人。

陈吟说可以接，但是问她能不能提前结钱，姐姐说："这可不行，要见译稿拿钱，不然拿了钱出于各种原因译不出来了怎么办，规矩一直都是这样，你怎么会不知道。"

陈吟道歉。

姐姐问："那你还接吗？"

陈吟说："接。"

过了一会儿，陈吟收到了一封邮件，是六百多页的原稿和一份合同。陈吟粗略扫了一眼原稿，随便几眼就是十几个不认识的单词，而且一个比一个长，像一条条丑陋的毛毛虫。

晚上十点。

小笔盖在旁边睡得老香，她右脚缠住左脚，身体向右侧卧，左手却垫在了脑袋下面，另一只手往上伸，跟要够什么似的，整个人呈飞翔的麻花状。睡姿难度系数五颗星。

陈吟很无语，懒得给她摆正，摆正了她自己也会再把身体拧起来。陈吟顾不上多想，赶紧开始翻译。

挑灯夜战到凌晨两点，才翻了三页半，光翻词典就花了大半时间。

陈吟崩溃了。笔往桌上一摔，身子往椅背上一靠。

她脑子里忽然蹦出一个疑问：什么工作能迅速赚到很多很多钱呢？

她仰着脖子双眼放空，天花板上有块不规则形状的污渍，她就一直盯着看。

那是前年她跟小笔盖刚搬进来的时候，她刚学做菜，被无良商家骗买了个劣质锅，做饭时锅煮炸了，土豆洋葱菜叶子满天飞，这块污渍就是当时崩上去的。

她想起那天邻居们听见一声巨响，赶过来看，有个大妈不停地啧啧啧，小声说这俩孩子活不了多久。

后来，姐俩在地板和墙上抠了一晚上菜，陈吟把还算干净的洗了洗拿小煮奶锅又炖了一遍，小笔盖吃得倒是津津有味，说会不会是因为有了墙皮的味道，墙皮里有面浆，所以这锅菜跟勾了芡似的，变好吃了。

"陈吟，墙都比你会做菜。"小笔盖说。

陈吟用勺子敲她脑袋："你脑子里才全是面浆呢，装的都是什么奇奇怪怪的知识。"

敲完她陈吟又叼着勺子看着小笔盖情不自禁地陷入了沉思，心想这么伶俐的脑瓜要是用在学习上，将来指定出人头地，不仅能活下来还能活得很漂亮。

爸妈放弃了她们，但她不能放弃，这个聪明的小脑瓜不可以白白浪费掉，将来还指望着她给自己养老呢。

这块污渍，不是一个污渍，是陈吟决心带着妹妹永远磨掉的过去。从今往后，她们要靠自己活下去。

想到这，陈吟拿起外套出了家门，打算去楼下透透气。

四月的夜凉凉的，陈吟的外套有点薄，她裹了裹外衣。在漆黑寂静的马路上有一处喧哗的光亮，这个点了居然还有营业的酒吧，里面有小乐队正在唱听不懂哪国语言的慢摇。

说实话陈吟有点想进去喝点酒暖和暖和，但是想想这么晚了还是算了。

她正打算往家走，一伙男男女女吵嚷着从酒吧互相搀扶着出来，但他们似乎不是朋友，因为只有男人们叫车走了。临走前，陈吟看到有个男的亲吻一个女人脸颊的时候顺手把几张红票子塞进她手里。女人笑得满脸红晕，目送他上了车，车开走，她又转身进酒吧了。

陈吟紧住衣领，以防冷风灌进脖子。

她想，什么工作能迅速赚到很多很多钱？

酒吧里。

红色的沙发座上，坐着一排身着银色亮片超短裙的女人。

有的三两一群小声说笑，有的跷着二郎腿埋头看手机，刚才在门口被塞了几张红票子的也在其中。

现在客人不多，她们百无聊赖。

陈吟自打迈进酒吧，视线就没从那些女人身上移开过。她一路凭着直觉走到吧台，坐下，直到听到有人对她说话。

"美女，喝点什么？"

陈吟把视线转移，伸长脖子看酒保身后架子上的酒瓶子，清一色的外国酒，一个都不认识。

她考量了半天，说："最普通的。"

酒保半侧过身，顺手从架子底层拿了一褐色瓶的啤酒，没有立即给她，而是举着酒左右晃脑找什么似的，找了半天未果，扯脖子喊："甄妮，瓶起子还我！"

陈吟伸伸手："哎，哎不用了。"

说着，她把酒瓶子握手里，咬住瓶盖，往上一起，盖子就脱落下来了。

酒保呆了一秒，饶有玩味地笑着看她。

陈吟旁边也坐着一个自己来的姑娘，本来兀自沉浸在莫吉托的忧郁里，陈吟这一起瓶，把她也唤醒了。

陈吟看她一眼，握住瓶身，仰头饮一口酒。

哕，可真难喝，又酸又苦。

陈吟若有似无地问："老板，你们这招人吗？"

酒保一听，手里调酒的动作顿了，他瞥了眼沙发座上的女人们，又上下打量了陈吟一番。这女的乱糟糟的短发，一件灰色外套胡乱裹着睡衣睡裤，乍眼看以为谁家两口子吵架被丈夫失手打了一巴掌愤然在半夜离家出走的小媳妇。

五官似乎还算行，但是就这造型，叫酒保实在脑补不出来她打扮起来的样子。

陈吟一看他眼神就知道误会了："不是这个，我说类似保洁之类的。"

酒保恍然大悟："不需要。"

陈吟低头，又怒饮了一大口酒，醉意一下子涌上来，白色的脸颊渗出了一点红。

"美女，一个人无不无聊啊，哥哥陪你聊天啊。"

忽然，身边一阵躁扰。

陈吟烦得很，心想老娘这副鸡窝样了还有人骚扰。

她回头一看，被骚扰的是旁边的姑娘。

姑娘不情愿地连连推他，但男人纠缠不休。

"她都说不要了。"

抬手，后拧，下压。

上一秒，这挂了一身链子的男人还借着酒劲儿用胸膛使劲往那姑娘的后背上蹭，这会儿，他已经被陈吟服服帖帖地制服在地了。

还不老实？还无谓挣扎？

抬脚，踢裆。

链子哥彻底跪了："你谁啊！"

酒保和沙发座上的人赶紧都慌张地围过来看。

陈吟压着链子哥，抬头跟酒保说："保洁不要，保镖也行。"

酒保脸一沉，请她圆润地离开。

第二天清早，陈吟梦见自己胃好空，好饿，接着就被天上掉下来的两个葱油饼砸了脸，砸得生疼，把她疼醒了。

一睁眼，就是小笔盖的两个鼻孔。

小笔盖喊："陈吟，给我做饭，上学快迟到了。"

陈吟迷迷糊糊地半起身说："好。"她发现自己外套都没脱直接躺在床上睡着了。

小笔盖赶紧收拾书包："你昨天半夜背着我上哪儿玩去了？喝那么多酒回来，压死我了，叫你又叫不醒。"

陈吟感觉脸隐隐作痛："你是不是扇我嘴巴子了？"

小笔盖叽里咕噜地滚过来，一边摩挲陈吟的脸一边说："哪有嘛，是妹妹对姐姐爱的摸摸。"

陈吟："滚一边儿去。"

时间来不及了，陈吟简单给小笔盖煮了两个鸡蛋和一袋牛奶，把她打发上学后，又出门去找活干。

她打算去英语教育机构看看能不能兼职做老师，但是走了一天下来一无所获，所有机构都只要有资格证的老师，或者英语考级证书，这些陈吟都没有，她的英语一向都是现学现用的。

白折腾了大半天，陈吟又累又饿，就随便进了一家农家小炒饭馆点个盖饭。

现在正值饭点，后厨忙得不可开交，但做了好几份都是打包给外卖的，堂食的客人们见迟迟不上菜，就直抱怨老板娘说："老做外卖的干什么！我们不是人啊，都等半天了！"老板娘也很无奈，连连道歉说："外卖都是提前点好的，不做不行。"

陈吟一杯接一杯地喝着免费的寡淡茶水，一声不吭地等着，其实她的胃早就饿抽抽了，但是已经有人替她催了，她就不想再给老板娘添堵。

陈吟后桌那个女人指着前台桌上一包打包好的饭菜，说："那份都做好半天了，我也没看见有人送，有这工夫先给我们上，我们都吃完了。"

这有点胡搅蛮缠的话倒是提醒了忙蒙圈的老板娘，那份外卖好像是放了很久了，她揪起那单子扫了一眼，回头问正在点餐的服务员："杰子呢？"

服务员回答她："杰哥好像拉肚子了，送不了了。"

老板娘火了："送不了早说啊，让别人送啊，本来人手就不够，超时了谁负责。"

服务员左右看了一圈，幽幽地说："好像没闲人了。"

老板娘正要发飙，柜台的电话响了，她接起来，听着像催单的，她一个劲儿地对电话弓腰赔不是，好像电话里的人能看见似的。但是人家似乎没买账，老板娘撂下电话后，泄气地把那份外卖扔到厨房窗口："倒掉。"

"咱去别人家吃吧。"

"咋的了？等半天了都。"

"我觉得他们会把那外卖回锅给咱们吃。"

刚才跟老板娘抬杠的那桌人小声嘀咕着。

陈吟坐在邻桌，若有所思地抿着茶杯。

吃完饭后，陈吟去前台结账，她问老板娘："你们这送餐能给多少钱？"

老板娘狐疑地打量这小姑娘："你多大？"

"二十岁。"

我没撒谎，虚岁二十。陈吟自我说服。

"会骑电动车吗？"

"会。"

老板娘想了一下："一单四到七块，能者多劳，有节假日活动奖励、服务奖励、恶劣天气补贴，正常来讲一天三四十单，你我说不好。"

说不好的意思大概是指陈吟是小姑娘。

一天三四十单，一个月就是六千左右。

陈吟踌躇满志："行，我干。"

接下来这一周，小笔盖察觉出陈吟有点奇怪，好几次放学回到家发现陈吟要么还没做好饭，要么干脆不知道去哪儿了，一回家就累得跟什么似的。

难不成……

"老姐，你是不是处对象了？"

终于有一天早上，小笔盖忍不住问了。

陈吟把煎蛋放到她面前，说："哪个男的会喜欢比他还彪的女的？"

小笔盖："俺无法反驳。"

周五，陈吟比往常少送了十几单，今天是她经期第一天，肚子里像有个慢慢长大的电钻似的，从早上出门开始越来越疼。直到下午，送到第十一单的时候，她疼得神志不清、双眼模糊，一脚油门撞树上了，还好没摔倒，外卖没打翻。陈吟强撑着骑车开往目的地，想着这单送完今天就到此为止吧。

这一单本来就出餐晚，再加上来的路上撞树耽误了点时间，眼看着要超时了，陈吟加大了油门在马路上疾驰，有那么一瞬间她恍惚觉得自己开的是飞机。

可不能再超时了，前天她就因为下大雨超时送达被客户投诉不说，还被中途退餐，退餐的损失从她腰包里掏，好巧不巧还是个三百多块钱的大单，鸡鸭鱼海鲜都有。陈吟只好把外卖带回家，小笔盖放学一看眼睛都直了，这一大桌子国宴般的晚餐配置她都多少年没见过了，上次见还是她满月酒的时候吧？陈吟说就是给她开顿荤。

小笔盖吃得诚惶诚恐，结合陈吟近些天的表现，生怕是她扛不住养活她们两人的压力打算吃个最后的晚餐然后带着她同归于尽了。

说远了，总之老这么超时下去，陈吟可赔不起。

于是她硬着头皮死扛着把这份外卖送到了目的地，订餐的是一个年轻男人，他低头看着手机接过外卖，没抱怨什么便关上了门。

陈吟松了一口气，靠意念撑到现在的身体也一下子垮掉了。她疼得满头是汗，捂着肚子蹲在地上，想缓缓再走。

忽然，面前的门霍地又开了，差点把本来就晕乎的陈吟撞得一屁股坐在地上。

"是你？"

陈吟抬头，是曾辉。

"好巧啊。"

"你怎么了？"

"没事，我捡个东西。"

陈吟若无其事地随手呼噜了一下然后起身，曾辉定睛向下看，眉头微皱。

曾辉说："你进来吧。"

陈吟说："不了不了。"

"你脸色不太好。"

满头大汗的陈吟："我很好啊。"

曾辉低头看她的腿："你膝盖受伤了，不疼吗？"

"呃？"陈吟跟着低头。

"不然你这是乞丐裤？故意漏的洞？"

啊，应该是撞树的时候不小心蹭伤的。生理痛远远遮盖住了这点皮肉伤痛，才叫陈吟一直没有发觉。

"别逞能，进来。"

陈吟逞强不动了，被曾辉带进了屋，安置在沙发上。曾辉进厨房倒了杯自来水递给陈吟，她试探性地摸了摸杯身。

凉的。

陈吟："谢谢，我不渴。"

曾辉仍举着水："净水器过滤过，可以直接喝。"

陈吟还是摇摇头。

"喝吧，怎么可能不渴。"

"我喝不了凉的。"

曾辉愣在原地，反应了十秒，进厨房换了杯热水给她。

陈吟有点尴尬："谢谢啊。"

水有点烫，陈吟小口小口抿着，明显感觉得到热流从口腔一路涌进肚子的轨迹，小腹一下子舒服了不少。

正喝着，曾辉拎了个小药箱过来，陈吟知道他要给她擦药，但是这么小的破洞不好擦，那就只能脱裤子，在男生家怎么可以随便脱裤子，换上不太熟的男生的裤子也不太好，而且她现在肚子疼没力气脱裤子。

所以陈吟有气无力地摆手："不麻烦你，我一会儿去厕所自己弄。"

"你这样怎么自己弄，你是超人吗？"

陈吟很想跟他说，没错，我就是女超人，但是现在这狼狈样子说这话实在没啥可信度。

曾辉若有所思地盯着她的膝盖，抬眼问她："裤子还要吗？"

陈吟肩膀一震，抱紧双腿，摇头如拨浪鼓："不行不行不行。"

"什么不行？"

曾辉举着把剪刀看着紧张兮兮的陈吟问："你裤子不要的话我就剪一下，不行？"

陈吟半张着嘴："行。"

曾辉："那我剪了啊。"

曾辉蹲下来，低着头小心地一点点剪开陈吟裤子的膝盖部位，露出蹭伤，伤口里的血有些凝住了，包裹着一点灰尘和小石粒。

他用棉签蘸了点酒精："忍着点。"

陈吟心想这点疼跟肚子疼比起来算得了什么。

棉签逐渐靠近，她感觉到膝盖上一丝清凉……

"啊！"陈吟忍不住低吼出来。

跟在清凉身后的，是被千万根炭烤小银针猛扎般的刺痛。

曾辉没有因此停下，只是放轻了点。

"你刚才说什么不行？"他突然问她。

"欸？"

曾辉抬起头，凝视着陈吟："就你抱着腿说的。"

他怎么还没忘这茬儿。

陈吟语塞，双眼瞪得溜圆。想不出说辞，还是别说话了。

曾辉也没指望听到她的回答，轻笑了一下，弓下腰继续擦药。

陈吟现在浑身上下都疼，反倒相互抵消了似的，一下子清醒了不少。

当然，也有可能是被他吓的。

曾辉低头擦药，问她："你就一直靠送外卖养活你妹的吗？"

陈吟说："没有，这个我刚干。"

曾辉顿了一下，抬眼看她："是因为补习班？"

陈吟盯着他的眼睛，语塞了半天，终于想到了一个好理由："啊，我是想锻炼锻炼身体，顺带赚点外快，何乐而不为呢？哈哈哈哈哈哈。"

曾辉没再说什么，擦完药之后，让陈吟休息一会儿，等精神好些了再回家。他见陈吟闭上眼睛，侧卧在沙发上渐渐安静了，便轻手轻脚地打开外卖静静吃起来。

差不多半个钟头后，陈吟睁开了眼，肚子不怎么疼了，膝盖上的药也干了。

曾辉走过来："你醒了啊。"

"嗯。"

她压根儿就没睡！

孤男寡女共处一室，她怎么敢放心大胆地在一个陌生男人家睡觉，虽然事实证明陈吟又想多了。

刚才装睡小憩的时候，陈吟双眼眯着缝环顾四周，才注意到这房子真大，而且看起来没有其他人合租的迹象。她脑海中不禁浮想他这个年纪有可能拥有这样的房子凭的是什么职业。

陈吟感觉自己休息得差不多了，起身道了谢，准备离开，曾辉送她到门口，说："我帮你把学费垫付了。"

"什……"

"你可以慢慢地还给我，用你翻译赚的钱，"曾辉抢过话，"这活就别做了，你不该干这个。"

陈吟："我该干什么，我自己都不知道。"

曾辉："反正不该是这个，你还太年轻，父母知道了会心疼的。"

他们巴不得没有我呢，陈吟想。

陈吟："你想多了。"

"那也有别人会。"

"谁？"

曾辉支吾一阵后说："你妹。"

"你骂我？"

"我说你妹妹会心疼你。"

"我知道，开个小玩笑。"陈吟呵呵乐。

"……"

笑罢，陈吟从衣兜里掏出一支油笔，顺手扯下了外卖单子，在背面写下了"陈吟欠曾辉一万四"并附上日期，递给他："欠条拿好，我一定会还给你的，谢了。"说完，陈吟就走了。

周末，小笔盖原本约好了曹一童去海棠公园的池塘里喂野鸭子，结果一大早就被陈吟拎着脖领子送到了西城的补习班。

小笔盖在补习班门口当众夯毛："你上周偷摸儿地送外卖就是为了让我上这个，对不对！"

陈吟睁着吃惊的大眼睛："你怎么知道？"

小笔盖白眼翻上了天："开荤那顿，塑料袋上的外卖纸你都没扔掉，我以为你偷别人外卖给我吃呢，然后我就跟踪了你一下，笨。"

这小屁孩怕不是要成精了。

"是，我就是为了让你上补习班。我告诉你，这是我好不容易托窦佳成的舅舅抢到的，不仅今天要上，上初中前你每周六都要来上。你给我好好学，不然我断你粮！"陈吟手上也就这点筹码了。

小笔盖叽叽歪歪："可是可是，可是我期中考试都进步了你干啥还让我补课啊！"

陈吟说："趁热打铁，这个成语学过没，知道啥意思不？哪儿那么多废话，上课去。"

陈吟把小笔盖连带着盒饭一股脑地扔进了教室。

陈吟抬头，忽见看傻了眼的老师和学生们，迅速变脸温柔说："于老师请开始吧。"

小笔盖回头冲她喊："那你帮我跟曹一童说一声我去不了了！"

"知道了。"

陈吟往教室里瞄了一眼，看见了坐在第二排的窦佳成，胖墩墩的，可能是因为没想到会在这里见着小笔盖，所以异常激动，大庭广众喊她的名字。小笔盖使劲垂着头，尴尬得要死，假装不认识他。

陈吟走了，她给小笔盖报的是套课，要上一整天。

她给曹一童的妈妈打了一个电话，接电话的是曹一童，说妈妈在做饭不方便接电话，很有礼貌的小男孩。听说小笔盖不能赴约之后，他也没有表露出任何不悦的情绪，只说了句"知道了姐姐，谢谢姐姐，姐姐再见"。挂断电话后，陈吟忍不住会心一笑，被一口一个"姐姐"叫得心里很暖，不禁感叹曹一童确实是个可爱的小绅士呀。

打完电话后，陈吟又去送外卖了，她本打算那天从曾辉家离开后就辞职，但是一看店里忙得不可开交的样子，忽然很想把这个月干完。

不用那么着急攒钱，陈吟也就不再那么强迫自己，外卖送得反倒轻松愉悦了许多。时间差不多了以后，她赶紧下班去补习班接小笔盖。

小笔盖是第一个跑出来的，见到陈吟第一句话就是："姐我跟你说哦，这儿老师讲得特别不好，一点用都没有，差评！退课！退钱！"

陈吟说："你少扯淡，于老师以前教过我，教得好不好我知道，你就是不想上课。"

此招不成，又出一招，小笔盖叹了口气："看来，我不得不告诉你我不能上这个班的真正原因了。"

陈吟：？？？

葫芦里卖药预警。

小笔盖左右张望一圈，确认没有可疑人员之后神秘兮兮地招呼陈吟弯腰，在她耳边小声说："姐，这都是窦佳成的阴谋。"

"啥阴谋？"

"窦佳成其实想——噢！！！"小笔盖的脑袋突然往后一仰，被人猛拽了一下马尾辫。

姐俩回头一看，窦佳成哈哈哈笑得前仰后合。

小笔盖大吼："窦佳成你是不是有病！"

窦佳成使劲用手拉扯自己的眼皮和嘴巴，对小笔盖做出一个极丑的鬼脸，一边"略略略"一边往前狂奔。

"真欠儿！"小笔盖骂骂咧咧地转回头来，立马变了脸小声跟陈吟说，"看到没有？"

陈吟被她问得一愣一愣的："看到什么？"

这傻姐怎么不开窍呢，小笔盖蹦起来："啧，他想跟我做朋友啊。"

陈吟说："还真没看出来。"

小笔盖无奈道："哎哟他那是装的啦，想跟我一起玩又不好意思说，就只能欺负我引起我的注意！幼稚的小孩都这样！"

陈吟还来不及消化她的话，就看见曾辉拉着窦佳成向他们走了过来。

曾辉微笑着摸了摸小笔盖的头，问："老师讲得怎么样？"

陈吟生怕小笔盖说"教得好烂"之类的话，于是赶紧抢话："那个，我先还你一部分钱吧。"

"嗯？"曾辉一开始没反应过来，"哦，不着急的。"

"没事，我最近有钱了。"

陈吟低头打开手机银行软件："我都算好了，我一共分七期还你，可以吗？"

她一边说一边输入转账金额，曾辉看见她输的数字不大对，赶紧抓住她的手臂。

曾辉："七期的话应该是两千，你给多了。"

陈吟抬头看着他说："多出来的是利息。"

曾辉愣住："不用利息。"

陈吟坚定立场："那不行，利息一定得给。"

曾辉看她如此坚决，抿了抿嘴唇，然后说："利息就变成一顿饭吧，你请我吃饭。"

陈吟一听，义正词严地说："那怎么行，一顿饭不够利息的，还是还钱清楚。"

曾辉匪夷所思地盯着陈吟，脸上闪过一丝不解和无奈，继而消逝，转为正常。

他说："行吧，那我们先走了，下周见。成成，走吧。"

姐俩站在原地看着曾辉领着窦佳成走远了。

小笔盖从兜里掏出一根流口水软糖，一口咬下去扯了老长，她一边嚼一边说陈吟："姐，你没救了。"

陈吟问："我又怎么了？"

"你得汪汪一辈子了呗。"

"啥？"

"这个哥哥有点喜欢你呀，你看不出来吗？"

"哈？他？"陈吟赶紧再追随一下曾辉即将淹没于人群的身影，"不可能。"

"哥哥刚才想跟你一起吃饭呀。"

陈吟牵着小笔盖往家走。

小笔盖把粘在手指上最后一点软糖舔干净，吐字含混地说："你看吧，都说你啥都看不出来还不信，完后怪我乱说，我才不是乱说，我都是有证人证据的呢。"

陈吟："你又明白了。"

小笔盖比手画脚地开始了她的推断："就说窦佳成想跟我做朋友这件事，我是怎么看出来的吧。汤文佳跟我说她去给老师送周记的时候，看见是窦佳成主动跟陈老师说想要跟我做同桌的。他肯定是羡慕曹一童有我这么靠谱的朋友，就想要离我近一点，让我以后跟他同桌习惯了就慢慢不跟曹一童玩了，最后把我最好的朋友变成他！你再瞅现在，他肯定是故意求他舅舅跟你说这个班可好可好了呀，完后让你送我来，这样的话呢，他周六就也能见到我，用零食玩具贿赂我，让我周末也没法跟曹一童玩，挑拨我俩关系。你看看，这些还不够明显吗，是我瞎说的吗？所以，可不能让他的阴谋得逞。"

陈吟："那窦佳成不是你死对头吗，他为什么要跟你化敌为友？"

小笔盖："因为他的朋友都靠不住呀！我这么讲义气，谁不想跟我做朋友啊。"

"合着你还成香饽饽了呗？"

"那可不是嘛，武侠漫画看过没，这叫不打不相识。"

陈吟眯着眼打量她半晌说："小笔盖你为了不上这个班真是煞费苦心啊。"

小笔盖生气了："不跟你说了，啥啥也听不懂。"

地上有黄、棕两色相间的砖，她一蹦一跳地踩着黄砖走，陈吟在后面跟着。

小笔盖不禁感慨："我觉着吧，咱俩要是一个妈生的就好了，你这个情商一看就是随你爸爸了。"

陈吟："喂喂喂，咱俩说咱俩的，别扯上他们啊。"

小笔盖撇撇嘴。

陈吟低着头看脚下的路："他们情商智商再高有什么用，有我靠谱吗？"

小笔盖不蹦了，回头牵起她的手说："全世界最靠谱的就是你啦，陈吟天下第一靠谱！"

陈吟心满意足地笑了。

踏着夕阳，姐妹二人手拉着手往她们的小家走。

陈吟不会想到，半年后，当她回想今天小笔盖的这些话，才发现其中深意。

可是，想起来这些的时候，她已经快死了。

第二章

打窝

1

一个月后，那是五月中旬的一个周末，没有风，空气黏腻，像裹了一层蜜。

陈吟却是被臭味熏醒的。

一大早，厕所里的小笔盖扯脖子喊："姐，厕所堵啦！"

陈吟昏昏欲睡地游移过去，往马桶里一看。

咦，提神醒脑。

陈吟质问："你对马桶干了什么？"

小笔盖无辜："我就很正常地拉屎啊。"

"不许撒谎。"

小笔盖噘嘴："我把擦完屁股的纸巾扔里面了。"

陈吟说："小笔盖你鱼的记忆啊，我说几次了，不要把纸巾扔厕所里。"

小笔盖嘟嘟囔囔："上课不是说纸在水里能化掉嘛，骗人……"

"那也不能一次性扔那么多张啊，再说你用一两张就得了呗，我发现你最近特别废纸。"

"用完再买咯。"

"纸不要钱？"

"不够再挣咯。"

"不当家不知柴米贵。"

"我才不是！"

陈吟叹气："你有屎尿憋着去补习班撒吧，我今天买个皮搋子把马桶通通。"

"欸？今天周日。"

"对啊，昨天的课改成今天了啊，你又失忆了？"

"哦。"

下午，陈吟到生活用品市场买了一个皮掸子，拎着它直接去接小笔盖放学。当小笔盖出校门的时候，看到陈吟威风凛凛地拿着个皮掸子站在门口，像个举着宝剑的铁甲女战士。

陈吟张望她身后问："窦佳成呢？"

小笔盖："我不知道。"

"你俩不是同桌吗？"

"那他在哪里也不关我的事呀。"

"快去找。"

刚说完，窦佳成跟着三两小男孩打打闹闹地跑了出来。

陈吟拉住了他："你舅舅说工作有事来不了，今天我送你回家。"

于是，陈吟一路护送不停拌嘴的窦佳成和小笔盖安全到了他舅舅家。

走到楼道里，一阵麻辣的香味飘荡在空气里，曾辉打开门，身上套着个跟他不太搭噶的小熊围裙，看见他们三个人很高兴。

香味果然是从这儿飘出来的。

陈吟往里稍微探脖子一看……

"我准备了火锅，留下来一起吃点儿吧。"曾辉说。

"不了，你们吃。"

无须思考，多年的独立已经使陈吟养成了本能性拒绝的习惯，况且她也觉得拎着个皮掸子上人家里吃火锅有点煞风景。

但她想走，有人的步伐可就挪不动了。

陈吟低头看脚宛如钉在了地上的小笔盖，她紧盯屋里火锅的眼神和口水已然失去了掌控。

说实话，她俩好久好久没吃火锅了。

小笔盖的反应深得曾辉的意，他说："准备多了，我们两人吃不了，请两位女士帮忙消灭一下。"

窦佳成鞋都不换，直接扑到桌上去高喊："我全能吃光！"

曾辉回头说："你不能。"

小笔盖抬头看陈吟："姐，我觉得我们可以帮一帮。"

陈吟叹了口大气。

小笔盖兴奋地跳进门,她知道陈吟叹气就是答应了的意思。

姐俩进了屋,陈吟把皮撅子靠在了门口。

川味的麻辣火锅底已经沸腾,咕嘟咕嘟地冒油泡泡。旁边堆满了一大桌子配菜,肥牛、肥羊、各种丸类,鲜虾蔬菜,超多饮料。

傻子都能看出来,这压根从一开始就不是只给两人吃的份。

曾辉问他们喝什么,他们都说随便,他就从冰箱里拿了两罐冰可乐给窦佳成和小笔盖,然后又从箱子里拿出一罐给了陈吟。

陈吟的指尖接触可乐的一瞬,心颤了一下。

常温的。

刚好上个月的这个时候,她说不能喝冰的,他还记得。

陈吟看着曾辉,他脸上没什么表情,他快速下了半盘肥羊,粉红的肉片没几秒便变为灰色,曾辉夹了一片给陈吟说:"想跟你吃顿饭可真不容易。"

陈吟像只受了惊的猫,瞳孔放大,呆立在那儿。

她想在线求助一下小笔盖同志,结果一回头,发现小同志已经下线了。小笔盖和窦佳成比着大快朵颐,吃得不管不顾。

曾辉看他们吃得高兴,终于露出了轻松的表情:"我不大会做菜,一做就是黑暗料理,就只会搞火锅了。"

小笔盖百忙之中抽出一秒对他说:"我姐做菜可好吃了,我姐炒的鸡蛋地球第一好吃,你以后可以来我家,让我姐做给你吃呀。"说完,还对他眨了一下眼,曾辉会意,也回了一个眨眼。

这……这什么情况?

陈吟厉声:"小笔盖!"

小笔盖对她吐舌头,继续吃鱼丸。

曾辉觉得有趣:"你为什么叫小笔盖?"

小笔盖从兜里掏出了一个蓝色的笔盖嘚瑟地晃晃说:"因为这个呀,曹一童送给我的。"

窦佳成不屑地"喊"了一声,怒吞了一大口肥牛。

曾辉见她把笔盖夹在了头发上,问:"这不是个笔盖吗?"

小笔盖:"不对不对,这是发卡,曹一童送我的发卡。"

曾辉又看向陈吟,陈吟耸耸肩说:"是发卡。"

曾辉似懂非懂地从锅里捞了一根茼蒿，低下头，偷笑了一下。

酒足饭饱之后已经很晚了，陈吟搀扶吃醉了的小笔盖回了家。

陈吟无语了一路，小笔盖你能不能有点出息？

第二天，小笔盖上学之前又从厕所暴躁地跑出来，牢骚着马桶还是堵的。陈吟狠狠拍脑门，这才想起来昨晚把皮搋子忘在曾辉家了。她来回踱步，想起昨晚的常温可乐，还有那些话，要是现在去拿皮搋子她有点不知怎么面对他，所以思来想去还是算了，再买一个吧。

没承想，她刚做决定，曾辉却发来了消息：

你东西落在我家了。

陈吟刚想打字说"我自己去取"或者"不要了，我再买一个"之类的话，又收到了一条：

发个定位，我给你送去。

陈吟顿了顿，不知怎的，乖乖发了定位。

四十多分钟后，曾辉敲门，陈吟打开门，看见他身穿一身深蓝色西服，左手公文包，右手皮搋子，样子有点好笑。

陈吟接过皮搋子说谢谢。

曾辉没走，看着她拎着东西往厕所走，叫住了她："你要自己通？"

陈吟回头，理所当然地反问："不然呢？"

曾辉说："还是我来吧。"

陈吟推托说不用不用，曾辉坚持说我来我来，二人僵持不下的时候，是陈吟的手机铃声打断了他们，她接起电话："哦，你好，陈老师。"

随着电话里的老师的情况描述，陈吟的脸色由青及红，越发凝重和阴沉。

曾辉看她不对，问："你还好吗，发生什么事了？"

陈吟说："谁也别拦着我，今天我要掰断她的腿。"

为了防止她掰断小笔盖的腿，曾辉坚持跟着去了学校。

陈老师告诉陈吟，半个月前，小笔盖帮同学去小卖铺带东西赚着五毛一块的跑腿费，后来就用赚到的钱买小食品小文具在教室里自己卖，直到这次，有同学为了买她最新进的一个多功能小汽车文具盒偷家里的钱被发现了，这个地下"小卖铺"才暴露了。现在，偷钱孩子的家长正虎视眈眈地在校教导室等待着这位"小老板"的家长陈吟的到来。

"我家孩子在你家孩子那儿花了三百多！"

真是倒霉到家了，又是上次那个胖家长，她对陈吟和小笔盖不依不饶，非要嚷着让她们赔钱。

小笔盖一听就跳脚，对那胖家长说："你不要瞎说，我一共才挣了三百二十多块钱，才不是全是你家买的呢！你骗人！"

"闭嘴！"陈吟喝住她，而后对胖家长和老师说："我妹妹在学校不好好学习，做这些乱七八糟的事情肯定是她不对，我们愿意接受学校的一切处分。我跟您、跟所有来买过我妹妹的东西的学生家长道歉，真的很抱歉，是我们不对，我们也愿意承担一切合理的赔偿。"

"姐！"小笔盖跺脚。

陈吟瞪她一眼，收回视线，继而转向那家长，说："但是，关于您孩子究竟在我们这儿花了多少钱，我还是相信我妹妹。"

听了此话，小笔盖猛然抬头，睁着滚圆的眼看向陈吟。

曾辉站在一边，一言不发地静静看着。

胖家长掏出手机："你信谁都没用，实在不行就报警吧。"

陈老师和教导主任一听马上阻拦说："刘同妈妈，咱们现在不是协商呢吗，有话好好说，不至于报警，不至于不至于。"

胖家长手一挥："不报警也行，让她把三百多赔给我。"

陈吟说："只要您如实说出孩子在我们这儿花了多少钱，我一定还给您，双倍也行，三倍也行，十倍都行。"

"就是花了三百！"

小笔盖压低声喊："他没有！"

"要不，我觉得，那还是叫警察来帮忙算算吧。"一直在角落观战的曾辉开了口。

他拎着小笔盖的书包，迈着锃亮的皮鞋步子，不紧不慢地走到陈吟姐妹俩的身前，对胖家长和老师们说："陈老师不好意思，我是局外人，这事其实跟我没关系，我哪边儿也不站。我就是看双方家长总这么僵持着也不是个事，给大家伙支个解决的招儿。"

曾辉从小笔盖的书包里抽出一本拼音田字格，说："我发现孩子记了账本，一会儿等警察来了，咱们一起对一对账，花了多少钱不就清楚了。"

小笔盖瞪大了眼看他手里的本子。

曾辉接着说："如果真是三百，让她们双倍赔偿。如果不是三百，就麻烦您跟警察走一趟，讹诈勒索视情节轻重好像多少得蹲几天。你们看，行不行？"

胖家长拿手机的手僵在半空，脸白了大半。

陈吟低着头，凝望身前的曾辉，他的双腿被西裤包裹，笔管条直，但恰当地放松着，仿佛好站相不是被规矩绷出来的，而是天生如此，用不着费劲。他从容不迫，刚才说话的时候句句温柔，却字字尖锐。明明没有武力威胁，甚至没有提高说话的音量，但他无懈可击的打击力分明强烈着。

许是心虚，胖家长随便找了个台阶就下来了，骂骂咧咧地说一分不要了，然后离开了。

小笔盖跑去谢谢曾辉，陈吟夺过本子想要看看那孩子究竟花了多少钱，但翻开一看发现里面除了一页页的练字以外什么也没有。

"你账本呢？"陈吟问小笔盖。

"我没记账呀。"

陈吟抬眼看曾辉，他尴尬地笑笑："撒谎是不对，但是兵不厌诈嘛。"

陈老师悄悄走过来跟陈吟说："陈吟啊，这个事学校肯定是要处分的，学生就应该有学生的样子……"

陈吟："您说得对，真的对不起，我回去好好教育她，给您添麻烦了。"

小笔盖低下头："对不起，陈老师。"

陈吟跟校领导道了歉，愿意接受学校对小笔盖的处分。

这些全都处理完后，陈吟终于绷不住了，她拉着小笔盖走到操场上，劈头盖脸一顿骂，曾辉不知道劝点什么，只能站在一旁看着。

午后的操场上鲜有人，烈阳炙烤着这三人，无处可逃的闷热。

"我不是想帮你挣点钱嘛，"小笔盖的眼角浸出透明的水，不知是汗珠还是眼泪，她对陈吟喊道，"你瞅瞅大马路上哪有女生送外卖的呀！"

陈吟喊得更大声："谁让你挣钱了谁让你挣钱了！你的任务就是学习，你赚什么钱啊！"

小笔盖委屈地憋着一股气，脸越憋越红，双手在胸前攥成了小拳头，眼泪在眼眶里转着转着倔强地不肯下来。

陈吟也差不多的样子。

曾辉看着这一对随时会怨气喷发的姐俩，半犹豫地碰了碰陈吟：

"差……差不多行了，笔盖儿是好心。"

"啊——"小笔盖忽然憋不住，彻底大哭，"陈吟我讨厌你——我不要你当姐姐！"

陈吟也对她哭喊："我也不要你这个妹妹，惹祸精！"

小笔盖狠狠推了陈吟一把，哭号着跑进教学楼。

陈吟也蹲在地上抱着膝盖哭，眼泪啪嗒啪嗒地掉在塑胶操场上，一落地便蒸发不见。

说不要小笔盖当然是气话，可是谁能想到后面会发生那样的事，每每想起陈吟都很后怕。

曾辉等陈吟哭累了要送她回家，但是她坚持自己回，曾辉也没办法，二人就分道扬镳。

陈吟到家已是下午一点钟，她从早上到现在一点东西都没来得及吃。她煮了碗方便面，等待面熟的时候环顾了一眼屋子，乱得没地方下脚，打算吃完就打扫屋子。

吃面的时候，陈吟打开了电视，随便挑了一部家长里短的电视剧，有一搭没一搭地看着。

她嚼了一大口面，抬头一看，电视剧里的人因为失恋喝了很多酒。

陈吟半口面挂在嘴边，盯着电视半天，最后起身去厨房，从柜子里翻出了一瓶几个月前喝了一半的葡萄酒。她喜欢喝甜酒，却错买成了酸得发苦的干红，实在喝不下去就一直放在那儿了。

陈吟把酒倒出来先尝了一小口，一如既往地难喝，但正合她意，她在心情不好的时候会格外想喝难喝的东西，有点以毒攻毒的意思。所以，想要知道陈吟的心情通常看她喝了什么东西就行了。

按照陈吟以往的酒量，连着喝上四五杯一点事都没有。于是，她放心大胆地边喝边数着，数到三的时候却睡着了……

当她醒来的时候，屋子里一片昏暗，窗外的天光被沉闷的乌云遮盖，虚弱的微光仅供陈吟寻找不知扔在哪儿的手机。

"几点了！"

陈吟噌地蹿了起来，一看手机六点二十三分。

小笔盖已经放学半个小时了。

陈吟赶紧穿上衣服，酒还没全醒就叽里咕噜地出门。当她一路狂奔到学校门口的时候，那里空无一人。

她慌了，又问了一圈陈老师和门卫大爷有没有见到小笔盖。

都没有。

她原地踌躇，又羞惭又焦急，四处张望，最后拿起手机打了个电话："喂，你把小笔盖接走了吗？"

曾辉说："没有啊。"

陈吟崩溃："那打扰了。"

她刚要挂断，曾辉赶紧问："笔盖丢了？"

"嗯，先不说了，我得去找。"

"你在哪儿？校门口？"

"嗯。"

"我马上来。"

"别，不用。"

"别逞强。"

曾辉利落地挂断电话。

遥远的天空中劈下了一道闪电，几秒后，沉闷的雷声轰鸣而来。雷声持续了一阵子，仍没有一滴雨愿意坠落，只有空气拼命地从四面八方挤压着陈吟，让她无法呼吸。

十几分钟后，曾辉打着车过来了，奔向她："我的车借人了，咱俩只能自己找了。"

"我喝多了，不知道为什么那个酒比以前度数高了我喝了两杯就睡着了。醒了小笔盖就不在学校了，你没接她没人接她她能去哪儿，肯定是因为我中午说不要她了她就离家出走了，要不就是被人贩子拐了，都怪我，我喝什么酒——"陈吟抓着曾辉疯狂解释，好像她对不起的人是他。

曾辉握紧陈吟的肩膀让她镇定："陈吟陈吟，你听我说，咱们先找她常去的地方，实在不行就报警。你妹妹那么聪明，她不会让自己有危险，我们一定能找到她。"

陈吟大口喘气，像暴风雨前池塘里缺氧的鱼，死死盯着曾辉，竭力挤出一个"好"字。

曾辉原本打算打车带陈吟找，但是陈吟非要走路，以防车速太快，途中错过小笔盖。二人便开始徒步找，先回了一趟家，又去了小笔盖常去的图书馆、海棠公园、小卖铺、快餐店等。

找到一半，暴雨倾盆而下，曾辉准备的雨伞根本挡不住多少风雨，二人在雨中狂奔，浑身湿得透彻。

一次又一次的失望，最后的最后，他们只能去派出所了。

落汤鸡陈吟冲进派出所，趴在前台见着穿警服的就扑上去哭着求人家："我妹丢了，求求你帮我找找。"

落汤鸡曾辉跟在后面一个劲儿安抚她。

被拉住的民警被这突然出现的一坨湿漉漉的东西吓一跳，听明白怎么回事后带她到办公区："你别嚷，过来慢慢说。"

陈吟湿答答的屁股直接坐在椅子上，她语无伦次说了一堆没说明白。

曾辉站在旁边简明扼要地对民警说："她妹妹今天下午六点在校门口丢了。"

民警看了眼陈吟："哦，明白了。她俩父母呢？"

民警看出陈吟也不算大。

陈吟抢着说："我，我我，我就是她家长。"

曾辉补充："她们父母不在了。"

"啊，"民警点点头，用笔在本上唰唰唰地写着，"你妹妹叫什么名儿，长什么样儿？"

"她叫……"

陈吟忽然听到距她不远处，也有个正在备案的人的说话声，嗓门特别大，哭得一塌糊涂。

"呜呜呜，警察叔叔求求你帮我找找她，我姐姐丢了，我姐姐叫陈吟，姓陈的陈，吟、吟吟，就是说话唱歌那个吟，啊啊啊啊咿咿咿哦哦哦的那个字……"

民警被哭得头都大了："哎呀你可先别哭了，那个什么，叔叔问你，陈嘤是吗？！你说的是嘤嘤嘤嘤的那个嘤吗？"

陈吟看去，是对着另一个民警同志把脸都哭红了的小笔盖，她背着个书包，拿着去年陈吟送她的生日礼物小花伞，雨水顺着伞尖滴答滴答地淌了一地。

小笔盖哭得更凶了，越急吐字越不清楚："吟，吟！不是嘤！陈吟！！我发音这么不准吗！吟！"

陈吟大喊："小笔盖！姐在这儿呢！"

小笔盖骤然噤声，转头看到陈吟，反应了五六秒。

"姐！"

小笔盖向陈吟飞奔而来，姐妹二人跪在地上紧紧地抱成一团，哭得天昏地暗，乱七八糟地说了一大堆话。

小笔盖哭出了新的八度，她紧紧套牢陈吟的脖子："我我我以为你真不要我了，自己坐火车走了——"

陈吟："怎么可能你是不是傻——"

"窦佳成说的，他说看见你带行李箱去坐火车了——"

"他看错了那不是我，我一直在家我就是喝了点酒睡过头了——"

"哇——原来是这样啊吓死我了，我去火车站追你——找了老长时间都没找着，我又回家你不在家，我以为你真不要我了呢姐——我错了，我听话我不卖小食品了，再也不卖了，啥也不卖了——"

陈吟也哭着喊："我错了，是我的错，姐对不起你小笔盖——"

这两人跪在派出所里你一句我一句地哭，引来众人围观，曾辉见她俩差不多互诉完了衷肠，赶紧拉起她俩离开这里。

曾辉把这对姐妹送到家，一开门屋里乱的程度有点出乎他的想象。他让陈吟和小笔盖各自换身干爽的衣服，见她们都冷静了，说："你们没事就好，我先回去了。"

陈吟见他也淋湿了，抓住他的手臂说："冲个热水澡再走吧，我给你找件衣服。"

曾辉惊讶："我是男的。"

陈吟只与他对视半秒，便收回眼神说："我知道，我有。"

曾辉快速地冲完一个热水澡后，陈吟还真给他找出了一套男人的衣服，只不过感觉有些老旧。

陈吟说："我爸的。"

曾辉恍然大悟地点点头："那，叨扰了。"

陈吟的脸色很不好，嘴唇煞白煞白的，接连打了好几个喷嚏。

曾辉见她弯腰要去拿扫把，问她："你要干吗？"

"扫地。"

"你别干了，明天再说吧。"

"不行，太乱了。"

说完，又是一个超级大喷嚏，差点害她没站住，幸亏曾辉眼疾手快扶住了她。

他微皱起眉，用手背探了探陈吟的额头，说："你很烫。"

"是吗？"陈吟也摸了摸自己额头，"好像是有点，没事，我冲点感冒灵就行。"

说完，她又去拿扫把。

曾辉看不下去了，托着她的腰和腿，一把将她抱了起来。

陈吟一开始没反应过来，后来挣扎着想下来。

"我姐咋了？"小笔盖正好看到了此景，抬头问。

曾辉解释："她感冒了。"

陈吟还在蹬腿，她有劲得很，反应过激，曾辉铆足了劲把她抱到床边，但没有放下。

他看着她的双眼，面无表情地说："你要是再动，我就不把你放下来了。"

陈吟识趣了不少。

她很有自知之明，纵使自己平日多么强悍，真动起手脚，她不是他的对手。

曾辉继续看着她："放下你以后，你就躺在床上不要动，不要扫地不要烧水不要冲感冒灵，一直躺到明天早上，行不行？"

陈吟："我真的没事儿，我一直这样……"

曾辉："行不行？"

陈吟叹气："……行。"

曾辉这才把她轻轻放到床上，盖上被子。

他走到厨房找了一圈没找着热水壶，就问小笔盖怎么烧水，小笔盖拿出一口锅，说我们平时就拿这个烧水喝。曾辉愣了一会儿，才动手烧上水。等水开的时候，他又满屋子找感冒灵，小笔盖洗澡去了，他只能自己找。陈吟似乎睡着了，他便轻手轻脚地在堆得乱糟糟的屋子里一通翻。

"在床头柜的第一个抽屉里。"

闭着眼的陈吟突然说话了。

曾辉一怔："把你吵醒了。"

说着，他找到了感冒灵。手被另一只纤瘦的手拉住，他听见陈吟虚弱地说："我家平时不这样，没有这么乱……"

屋里没有开灯，但并不暗。靠近马路的底层，特点之一就是随时随地能借到路灯的光。

曾辉侧身过来，在孱弱柔软的光里看着陈吟的脸。

陈吟微微睁眼，眼神缥缈："你是不是觉得我像个糙汉子？"

她静静凝望着他，不知是夜晚还是发烧，给了女人力量。

曾辉浅浅地吸了口气，稍稍靠近了她一些。

他说："嗯，是挺糙的。"

陈吟的心地震了一般。

他接着说："生活一团糟，外卖送得一团糟，酒量一团糟，把妹妹照顾得一团糟，屋子一团糟，"他微微抬眼，摩挲着她几根繁杂的头发，"头发一团糟。"

陈吟沉默不语，听他越发低沉的说话声音。

他说："我从来没见过这么乱糟糟的女生，还非要什么都自己来，让人看了老想照顾你。"

陈吟的脖子就这么猝不及防地热了起来，耳根也红了。

"我不需要照顾。"

"我知道，"他抿唇，"我是想让你知道，其实你可以需要。"

陈吟张开眸子，睫毛微动。

心潮涌动，不敢声张。

不知不觉，曾辉已经离她这么近，近到她不认得他了，他变成了另外一个人，一个与她平日相识的那个妹妹同学的家长完全不一样的男人。此时此刻，她从他深渊般的黑色瞳孔里看到了深藏在他文质彬彬躯体之下的绵腻的火热。

陈吟褪去了武装多年的、锋利的、坚硬的冲锋衣，坠入这黑色的深渊里，坠进了烈酒般的红色幻象里，渐渐失去了距离上的分寸。

他伸出手来，温度比她还高……

"哥哥，水烧好咯。"

小笔盖稚嫩的说话声突然出现，击碎了所有色彩。

只剩下夜晚、狭窄的房间、三个人。

场面凝固半晌。

曾辉噌地站了起来，说："好，水好了，好好。"

他搔着眉毛，原地转了好几圈才走出房间："我去冲药。"

陈吟看他的背影，想大笑，但是力气不够，只能动了动嘴角。笑完了，力气也全都用完了，撑不住了，闭上了眼。

曾辉到厨房，往碗里倒了一袋感冒灵冲剂，滚烫的热水入侵，四五秒，棕色的颗粒便溶化不见，染红了整碗水，蒸腾起苦涩的草木香味。他搅拌着感冒冲剂，小笔盖一直站在旁边看，嘴里"嘎啦嘎啦"地含着话梅糖。曾辉端起药转身要走，小笔盖挡住他的去路伸出双手抬头说："我来！"

曾辉说："很烫，会伤到你的，还是我来吧。"

小笔盖歪头想了下，侧身让路："那好吧，你小心哦。"

他微笑："没问题。"

小笔盖在他屁股后面跟着，直到他把药端进陈吟的房间里。他见陈吟闭上了眼睛，便微微弯腰把脸凑近一些，看她只是小憩还是睡了。

呼吸平稳而悠长，好像是睡了。

他腾出一只手，带着药碗的温热，想轻抚陈吟的额头叫醒她喝药，小笔盖突然在他身后说话。

"哥哥哥哥太晚啦，你快快回家吧，晚上好不安全的。"

曾辉小惊，回头直直盯着她看。

小笔盖也看他，笑眯眯地说："我可以叫我姐喝药。"

二人你看我我看你一小会儿后，曾辉似笑非笑地对她说："那好吧，正好有点烫，凉一会儿再喝更好，一定要叫醒她喝。"

"嗯！"小笔盖像接受了什么义不容辞的光荣任务似的郑重地点头。

"那我，回去了。"

"嗯嗯。"

第二天清晨，是头痛叫醒了陈吟，窗外的阳光像刀子一般割着她的双眼，她揉了揉太阳穴，肩膀酸得发胀。

暴雨，派出所，小花伞，哭泣，爸爸的衣服，窗外的路灯，凌乱的屋子，拥抱，曾辉的脸，苦味的水。

记忆破碎不堪，七七八八拼不成一块完整的剧情，但昨晚的种种感受仍烙印在陈吟的脑海里。

起床之际，她侧身看见了床头柜上有一罐蜂蜜和一个有褐色残余的空碗。

床边没有人。

"小笔盖……"陈吟弱弱地叫了一声，没人回应。她又更用力地叫了一声，小笔盖终于从厨房一路小跑过来。

小笔盖嘴里叼着面包片，含含糊糊地对她说了句什么，陈吟却听懂了，她回答小笔盖："不烧了。"

陈吟看着她嘴疑惑问："哪儿来的面包？"

"冰箱里找的呀。"

"啧，那都放多长时间了你捡起来就吃，不得长毛了，快吐了吐了，我给你做饭。"说完，陈吟就要起身。

小笔盖乐得前仰后合："哈哈哈骗你哒，是哥哥给我买的。他说你醒了肯定难受，不让你做饭，昨天晚上就在楼下超市给我买的这个面包片和牛奶。"

"哦，"陈吟指着蜂蜜，"那这哪儿来的？"

小笔盖说："也是他买的呀，他说你昨天喝假酒了，睡醒的时候肯定得脑袋疼，喝蜂蜜可以治脑袋疼。对啦你等着呀，我给你冲感冒灵去。"

陈吟一脸黑线："我没喝假酒。"

小笔盖拿走床头柜上的那袋感冒灵去了厨房，陈吟缓缓起床跟在她后面。

"是吗，那你喝了啥？"

小笔盖的手劲儿不大，颤颤巍巍地端着大锅要往碗里倒热水，陈吟要抢着干，小笔盖死活不让，陈吟就靠着墙看着她，顺手拿起橱柜上的一瓶矿泉水，心不在焉地拧着盖子，说实话她有点渴，不想喝热水，想喝凉的。

她低头说："我就是把那半瓶葡萄酒喝了，可能是放时间太长，度数变高了。"

"啊？你干吗喝那个呀，你不是嫌那个酸，还贼苦。"

"我心情不好的时候就喜欢喝难喝的，不行啊。"

"是因为跟我吵架吗，那我们和好好不好？"小笔盖正好冲好了药，把碗举得高高的，对她说，"喝了吧，这个老难喝了，包您满意。"

陈吟盯着这碗冒着邪恶味道的棕色液体，眉头拧在了一起，使劲绷着嘴，就是不把碗接过来。

小笔盖疑惑："赶紧喝呀，我上学着急呢。"

陈吟说："我现在心情挺好的，喝不进难喝的。"

小笔盖无语地把药放到了桌子上，甩了甩举酸了的膀子说："姐你以前不挺汉子的嘛，我发现你最近越来越娘了。"

陈吟站直了："哪有。"

"你就有，尤其认识曾辉哥哥以后，可明显了。"

陈吟一听这个名字，更气急败坏地叫道："我没有！再瞎说把你嘴拧下来！"

相比之下，小笔盖可稳重多了："以前你徒手劈榴梿，再瞅瞅你现在，拧着这个瓶盖多长时间了还没拧开，我看得都急死了。喝个药也扭扭捏捏的，我都想替你喝了，还说没变娘。"

陈吟听了，心头一震，低头盯着手里的矿泉水和那碗药陷入了沉思，升腾起一丝愈演愈烈的惶恐，看着这纹丝未动的瓶盖，不禁陷入了自我怀疑。

是因为生病太弱了还是我真变"娘"了？

小笔盖看着陈吟一脸蒙的傻样儿，恨铁不成钢地大大叹了口气："陈吟，你需要一个男人了。"

说完，她往陈吟嘴里塞了一块话梅糖，叫她就着这个把药喝下去，然后自己也含了一颗，摇着脑瓜往厕所走。

陈吟像尊雕像一样僵在原地，脑子里翻天覆地的，心里油煎似的。

过了不知多久，厕所里小笔盖的尖叫声把她拉回了现实，她这才意识到口腔里早已化开了一股浓郁的酸甜。

"姐！马桶咋还堵着呢！我要拉粑粑！"

陈吟这才想起来这档子事，昨天忙活了一天忘了通。她赶紧四处找皮搋子，然后到衣柜里拿了件不重要的旧衣服套上，戴上了塑胶手套和口罩。全副武装，就差一个头盔了。

这一系列准备工作下来，小笔盖已经快要憋不住了。

虽说家里的各种维修工作一直都由陈吟包揽，但是通马桶这个活她还是第一次干。而且陈吟是个说明书依赖者，以前每次修东西也不是她自己研究会的，都要提前上网查查步骤。这回没来得及查，小笔盖在旁边又逼得紧，陈吟只好直接上了。

果不其然，她搞砸了。

她尝试着用皮搋子在马桶里胡乱捅了几下之后，不仅没通，反而把堆积在马桶里下不去的"人体食物废弃物"捣碎了……

又来两下，越捣越碎，越搅越浑。

"你熬汤呢啊……"小笔盖双腿夹紧，脸都憋青了，咬着牙槽说，"陈吟，你——到——底——行——不——行——啊。"

她这一催，陈吟更乱了，这一乱她莫名也有了尿意，越乱越搞不好，最后小笔盖实在憋不住了，跑去学校上了。

陈吟留在家里接着对着马桶研究，逐渐强烈的内急和头痛让她更加手忙脚乱，情急之中她给物业打了个电话，果然没人接。得，她根本没抱希望，自打搬进来就没见过这里的物业。但是在听见手机里发出的"您拨打的用户暂时无法接通……"时，陈吟还是崩溃了，一股倔强的不甘驱使她用尽浑身的劲儿捣着马桶，最后体力不支，一屁股坐在地上哭了。她的脑海里不自控地浮现出几个字：为什么，这个世界，一直在欺负我？

陈吟不止一次做过同一个梦，梦里她被一男一女用绳子挂于大桥上，身下是深不可测的深渊，飞鸟啄断了绳子，她便用手紧紧抓着桥。风雨吹打，冰雹攻击，两只手变成了一只手，指甲掉了，鲜血淋漓，已经快坚持不住了，但她就是不肯松手，因为她的兜里有一只小鸟，它还没长大，还不会飞。

"别逞强。"

陈吟忽然听见有人在耳边对她说这三个字，猛地回头，屋里没有人。

是男人的声音。

他的声音。

陈吟坐在地上目视前方，双眼空洞，瓷砖地板刺骨的冰凉顺着她的尾椎骨直达整个后背。半晌，她拿起手机拨通了那个近期最常联系的号码。

半个小时后，曾辉来了。

他进屋之后直接钻进了厕所。

他上身穿着一件阿迪的白色半袖，下身黑色运动裤，与昨天的西装革履不同，今天是青春活力的曾辉。

这么好的衣服，他竟然不做一丝防护。

曾辉不让陈吟靠近，所以她就站在厕所门口看着他弯腰疏通马桶的背影，从她的角度，看不见他究竟是怎么做的，总之刚才一直跟她作对的马桶好像渐渐被制服了。

陈吟说："没耽误你工作吧？"

曾辉手上的活不停："我的工作很自由，不耽误。"

"你是做什么的？"

"搞投资的。"

难怪，年纪轻轻什么都有了。

陈吟站在门口，没有靠着任何地方，只是那样凭空站着，目不转睛地盯着曾辉的背影。他的后背好像出了点汗，浸湿了白色衬衫。

家里没空调，他一定很热吧。陈吟想。

陈吟说："不好意思，我也是实在没办法了才麻烦你过来的。"

这回，曾辉没立刻回答她。

他沉默了一会儿，取出皮搋子，开口说："首先，不麻烦。其次，你以后不用实在没办法了才找我，你可以第一个找我。"

他轻按下冲水按钮，响起哗哗的、令人畅快的水声。

背后一暖，他的上身被一双纤细的手臂包围，像被一条温热的、散着迷人香气的蟒缠绕着。

陈吟弯着腰，从身后抱住了曾辉。

他忘了，右手里还握着皮搋子。

她将头轻附在他的背上，衣上的汗沾湿了她的脸，带着体温的一点点凉。

陈吟闭上眼睛，她看见高桥下游来一艘小船，船上的人敞开了双臂，仰望着她。

她觉得他能接住她。她决定相信他。

她终于松手了。

2

放学前的最后一节课，陈老师狠狠敲了几下黑板以稳住还没打下课铃就已经开始收拾书包的孩子们。

陈老师说："我话说完了吗就开始收拾！我说一下啊，这本古诗词批注鉴赏让家长买，下周一之前我要看到每个同学的桌上都有一本。记住没有！"

"记——住——了。"孩子们齐刷刷地拉长声回答。

"下课。"

下课铃正正好好地响了。

孩子们丁零当啷一顿收书包，小笔盖正跟窦佳成围绕掉在地上的半块橡皮是谁的而争论不休，忽然有人叫住了她。

"小笔盖，我可以跟你说点话吗？"

她抬头一看，是不知何时早就收好书包站在她桌边的曹一童。

小笔盖放下书包，跟他到楼梯下面的小角落里说话，那是他们的秘密基地。

小笔盖见曹一童嘟着嘴，不大高兴的样子，问："曹一童，你咋不高兴了呢？"

曹一童扶了扶大大的黑框圆眼镜，双手抠着书包带，不知怎么开口。

"那个，我觉得你变了。"

曹一童是低着头把这句话说出来的，他怕小笔盖生气。

小笔盖震惊："我变啥了？"

"我觉得你最好的朋友不是我了。"

"谁说的。"

"我觉得咱俩不是同桌以后，你跟窦佳成玩得比我好，而且你姐姐跟他舅舅还特别好，你去过他家，你都没去过我家，我也没去过你家。"

小笔盖一掌拍在曹一童脑袋上，把他的黑框圆眼镜打歪了。

打人者还掐着腰，义正词严地说："曹一童你说啥呢，你说啥呢！我跟谁最好你看不出来吗？他们大人的事跟我们有啥关系，我只和你玩，一年级二年级三年级四年级五年级都一直只和你一起玩，我天天冒生命危险给你传字条是为了啥呀，你再这样说我我生气了！"

说完，小笔盖抱着肩膀转到了另一边。

曹一童慌了，站到小笔盖面前，小笔盖闪到另一边，他又追过去。

他拽着她的袖子央求："我错了小笔盖，你别生气，我不那么说你了，咱们和好吧，我跟你还是最最好的朋友，永永远远都是。"

小笔盖斜眼瞪他说："等我一下。"

说完，她火速跑回教室，一分钟后飞奔到曹一童面前说："今天我去你家写作业行不行？"

曹一童扶着眼镜看她，心想她的牙龈笑真好看。

"好，我正好还有个事跟你说。"

两个小孩手拉着手高高兴兴地走出校门，一眼便看到了陈吟和曾辉。

小笔盖无数次见过他俩站在一起接她放学，但这次她隐约感觉就是有点不一样了。

果然，陈吟拉住了窦佳成，说今晚请他和曾辉在家里吃饭。

小笔盖见曹一童有点不高兴了，抗议说今晚要跟曹一童去买书，然后一起写作业。陈吟说："不行，今天不行。"

"不！"

小笔盖紧紧抓着曹一童的手不放松。

陈吟知道跟这个妮子说不通，索性改变了策略对象，直接跟曹一童请假："小笔盖改天再去你家写作业好不好？今天姐姐有重要的事需要她。"

软柿子曹一童当然只能说好，于是，他站在校门口眼巴巴地看着那幸福的四口人结伴回家了。

小笔盖看见窦佳成就来气，这一路跟他各种不对付。一到家，窦佳成说她家小，她说窦佳成丑。在吵架的空隙里，小笔盖时不时往厨房瞄。

陈吟跟曾辉在做饭，基本上是陈吟做，曾辉打下手，后来发现他打下手也是添乱，陈吟便不让他做了，那曾辉也不走，就站在旁边看着。二人聊陈吟的自创菜式、聊曾辉去过哪些地方、吃过哪些陈吟听都没听过的美食，有说有笑的。

开饭的时候，小笔盖一上桌发现，陈吟几乎把这些年压箱底的拿手菜都做出来了。

窦佳成被其中一道奇葩料理戳中笑点："哈哈哈哈哈这是什么鬼东西呀，这两个东西能炒一起吗？"

曾辉眼神一横："礼貌！"

小笔盖指着那道菜骄傲地说："你懂啥！这是我姐自创的小米辣炒蛋，全天下超级无敌宇宙好吃的炒鸡蛋，别的地方都吃不着，不服你尝。"

窦佳成撇着嘴夹了一小块放嘴里，细细品味……他忽然伸舌头使劲哈气，眼泪瞬间飙出来了："辣辣辣！"

三人哈哈大笑。

曾辉也尝了一块，放在嘴里的一瞬，他的双眼便放出了光芒。

陈吟问他："好吃吗？"

他竖起了大拇指。

陈吟很受用，笑说："这道菜有名字，小笔盖起的。"

小笔盖说："叫蛋蛋火辣辣！"

两位男士的脸瞬间僵了。

笑也笑够了，吃也吃好了，差不多该说正事了。

陈吟放下碗筷，说："有一件事要跟你们宣布。"

小笔盖和窦佳成嘴里的东西都还没嚼完，便一齐抬头看他们。

陈吟和曾辉站起来，手拉着手，说："我们在一起了。"

两个小孩张着嘴看他们，反应了好几秒。

窦佳成突然雀跃起来："矮油矮油（哎哟哎哟）那我是不是要改口叫小舅妈咯。"

小笔盖使劲用白眼翻他。

窦佳成："你瞪我干吗？"

小笔盖："就算你的奸计得逞，你舅舅跟我姐姐在一起，那我也不会跟你玩的，你死了这条心吧，我第一好的朋友永远是曹一童！"

窦佳成："啧，你咋那么自恋呢，谁稀罕跟你玩啊，我又不缺朋友。再说了，我就算一个朋友都没有也不会找你的，哼！"

"那你这么烦我干吗非要跟我坐同桌？"

"你以为我愿意跟你坐同桌啊……"

曾辉："窦佳成！说多少次了，别老跟笔盖吵架。"

窦佳成不服气："是她先说的！"

陈吟："小笔盖你脑子里能不能别老那么多戏，腾出空间多装装学习的东西行不行。"

吵吵闹闹吃完饭，四个人一起去书店买古诗词批注鉴赏。

两个小孩去小学教材区找书，两个大人就在别的区闲逛。

不知不觉两人逛到了旅游地理区，陈吟翻开了一本成都的旅游手册，本打算随便扫几眼，却一下子陷了进去，看得心驰神往。

曾辉："成都很好玩。"

陈吟问他："你去过？"

"嗯，出差去过一次。"

"你去过的地方真不少。"

"你呢？"

"我没走出过这个城市。"

手册上有几张大熊猫宝宝的照片，陈吟喜欢极了："熊猫太可爱了吧，像漏了馅的芝麻汤圆。"女汉子的心也都被萌化了。

曾辉头回听有人这么形容熊猫，不禁笑了。

他说："那明天我们去看熊猫吧。"

陈吟猛地抬头看他，不像开玩笑。

"明天？去成都？"

"对，算第一次约会。"

陈吟第一反应竟然是……一天可回不来，岂不是要住一起。

她想了一下："不行，孩子们怎么办？"

"几天而已，没事的，他们长大了能照顾自己。"

曾辉看陈吟好像不太认同这个答案，补充说："我可以让朋友帮忙接他们放学。"

陈吟犹豫地摇摇头："不行，小笔盖毕竟是女孩，我还是不放心。"

"那就周末去。"

"周末更不行，得给她做饭。"

"……"

陈吟："抱歉啊，我不是不想跟你去旅游……"

"我只是觉得你应该出去放松一下，你活得太紧绷了。"

陈吟沉默了一会儿，然后忽然抬头说了个地名："结缘寺。"

"啊？"

陈吟兴奋地说："听说结缘寺祈福很灵，风景也美，我早就想去了。

而且不是那么远，当天去当天能回，我们明天一起去怎么样？"

曾辉愣住了。

陈吟问："怎么了，你去过了？"

"没去过，"曾辉微笑说，"就去结缘寺。"

陈吟开心极了："好，我晚上做攻略。"

第二天，整理好行装的陈吟在校门口对小笔盖千叮咛万嘱咐，说晚上一定赶回来接她放学。小笔盖一个劲儿地把她往曾辉怀里推说："你不接我都行，我自己能回去，好好玩！"转身就跑进校园，淹没在同样校服的小孩堆里，瞬间没了踪影。

曾辉对陈吟说："咱们也出发吧。"

"完蛋。"陈吟一拍头。

"怎么了？"

"不好意思，昨晚我翻译太晚睡着了，没来得及做攻略。"

"我已经做完了，你跟着我走。"

陈吟呆呆地看着他。

"还忘了什么事吗？"

陈吟无神地回答："没有。"

曾辉牵住她的手，轻轻一扯，咔嚓一声，陈吟的双肩背包带断了。

二人："……"

曾辉说我看见你家里不是有个挺好的单肩包，你怎么不背那个？陈吟说嫌出门背单肩太不方便了就把这个旧包翻出来了。

"又不需要你背，"说着，曾辉把她书包里的东西全塞进了自己的大背包里，然后把坏书包扔掉，"你是不是忘了自己现在是有男朋友的人了？"

陈吟抽出一个黑色塑料袋，用力一抖，袋子涨开了，她说："男朋友又不是用人。"

说着，她从他背包里拿回了几样东西往塑料袋里装，死活抢着要分担一点重量。

曾辉拗不过她，只好放手任由她一件一件地装，他看着她严肃认真的表情，忍不住笑了出来："你也太可爱了。"

陈吟装完了不说话，拎着袋子埋头往前走。

地铁转小巴车，辗转两个小时之后，他们终于到了地处山区的结缘寺。进寺之前，他们先在农家院吃了顿铁锅炖鱼，吃饱喝足后才正式进到寺内。

结缘寺有一千七百多年的历史，寺院坐北朝南，背倚宝珠峰，初春时节，漫山海棠。气势恢宏的庙宇在千百棵古杏娑罗的隐蔽下，安然地孕育着禅慧。如此庄严肃穆之地，让人自然生畏，踏进去便不敢喧哗造次。

曾辉一路跟在陈吟身后，看她拎着个垃圾袋虔诚地在寺院里到处拜，这样子实在可爱。

终于来到了陈吟心心念念的三圣殿，三圣殿前有一棵近千年的银杏树，传为辽代遗物，被称为帝王树。树下有一祈福架，满满登登地挂着带红穗儿的木牌，每块牌子载着某一个人为另一个人的祈福。山风习习，掀起了木质的浪，叮叮当当地，好不清脆悦耳。

据说在这里祈福很灵，陈吟为小笔盖和曾辉各求了一个，写好了之后过来问曾辉要不要也求一个。

曾辉不怎么信这个，在他看来这二十块钱一个的小木头只是个没有实质回报的商品罢了。但他不想煞了陈吟的好心情，说："我在心里求一下就好。"

"那我去挂上。"

陈吟宝贝地举着两块福跑去架子前，找了个比较高的位置挂了上去，双手合十闭目祈祷。

一阵风拂过，吹动了两块新牌，佛派风带走了陈吟的祈愿，待到他的手上时好悄悄兑现。

"怎么不给自己求一个？"曾辉不知何时早就站在了她边上。

陈吟睁开眼说："你们好我就好了。"

曾辉刚有点小感动，她又小声补充一句："二十元一个太贵了。"

曾辉轻笑，心想这才是真正的原因吧。

"欸？"

陈吟的目光忽然锁定在了祈福架顶上的一块木牌上，那牌子看起来有些旧，应该在这儿有段日子了。

陈吟指着那牌子说："有你的名字！"

曾辉蒙："嗯？"

这个角度看，有点逆光，陈吟眯着眼辨认牌上的字："林小宁祝曾辉一夜暴富。真是你欸，还有人这么求的太逗了吧，林小宁是谁啊？"

曾辉在记忆里搜索了一下后说："不认识，是重名吧。"

陈吟嘟囔："天，在这儿遇到重名还真巧。"

别的游客要来挂福，曾辉和陈吟闪到了一边。

陈吟说："这样也挺好，万一菩萨分不清谁是谁，说不定你能被双重保佑。"

"我要那么多保佑干什么，你怎么这么逗。"

"保佑多了还不好？我巴不得。"

"我刚才跟佛说好了，放心吧。"

"说好什么了？"

"让他保佑你。"

"怎么说好的？"

"他说行。"

"扯淡。"

"真的，你别不信，他真说了，我听见了。"

"那佛祖说话声好听吗？"

"一般吧，跟我比差点。"

"自恋。"

"我声音不好听？陈吟你回答我，你过来，陈吟。"

"小点声。"

他们边聊边去往下一座寺庙。

在结缘寺逛了不到三个小时陈吟就嚷着返程，她和曾辉如约赶上了学校放学，却看见小笔盖哭着走出了校门，扑进了陈吟的怀里。

陈吟问："怎么了这是？"

"曹一童他……"

"他又怎么了？"陈吟刚想问曹一童不会被换班了吧，就被小笔盖的下一句话惊住了。

小笔盖用泪眼望着她："曹一童要搬家去国外了，明天就走了。"

陈吟的表情僵住了，她看了眼曾辉，他也很惊讶。

移民国外，这无疑是大人的决定，陈吟不能完全想象这件大人的事对五年级的孩子来说是怎样程度的打击——在这个用尽全力去呵护一段珍贵的友谊却没有任何决定权的年纪。

"姐，我是不是再也见不到他了，那可咋办啊，我们也去国外行不行，我求你了，求你了姐，咱们也去吧……"

陈吟不知道怎么安慰她，她注意到了一直站在小笔盖身后不远处默默看着她的曹一童，想了片刻，她把小笔盖送到了他的面前，把她的小手送到了他的小手里，蹲下来对曹一童说："今天小笔盖去你家写作业吧，我晚上来接她。"

这是我昨天欠你们的，还有这没说出口的半句话。

小笔盖听了抬头看她。

陈吟起身往家走，曾辉不说话，就带窦佳成陪着她。

到家后，曾辉想要陪她等，到时候一起去接小笔盖，陈吟不同意，还是让他回家休息。

她用昨天的剩饭做了个蛋炒饭，吃完后开始翻译那本难啃的人工智能著作。

晚上九点半，陈吟接到了曹妈妈的电话，让她来接小笔盖。

她在路上拖了又拖，但曹一童家并不远，没多久还是到了。

小笔盖背好了书包早就准备好了，手里还攥着一幅画，她对陈吟说："这是我跟曹一童合作完成的哦。"

小笔盖的心情看着挺好，好像这真是一次普通的去同学家写作业，明天、后天她想来还可以来。

可表面的平静终究还是被曹妈妈打破了，当她提出让曹一童和小笔盖抱一抱作为最后告别的时候，两个小孩瞬间沉默了。

曹妈见他们不动，仍热情地劝："别不好意思，都是好朋友嘛，以后可能都见不到了，抱一抱吧。"

漫长僵持之后，谁也没想到，小笔盖竟突然打了曹一童一下。

曹一童哇地哭了。

小笔盖也哭了。

她边哭边打他，一下一下。

曹一童也不还手，只是哭得越来越凶。

曹妈赶紧拦："欸欸欸怎么还打人呢？"

她不敢真的下狠手拦，毕竟是别人家的孩子，还是个女孩，她觉得此时此刻最应该强制把小笔盖抱走的应该是她的家长吧？于是，曹妈抬头看向陈吟，可陈吟一直站在原地呆呆地看着俩小孩，好像没有半点要动的意思。

曹妈怒了，她指着陈吟鼻子骂她教妹无方，并强行将两个孩子分开，把她们姐妹俩赶出了家门。

咚——门被重重地关上。

曹妈在门里咒骂："一家子莫名其妙。别哭了！为那种人？"

站在楼道里，小笔盖仍哭得一抽一抽的，陈吟给她抹了两把眼泪，牵起她的手说："回家。"

陈吟早早入了社会，一向没什么特别要好的朋友，她很羡慕小笔盖有一个玩了五年都不会散的好朋友，就问她秘诀是什么。

谁知小笔盖玩了玩头发，冥思苦想了半天竟然说："我不知道秘诀是啥，我只知道只有曹一童被我揍的时候不会生气，我就跟他做朋友了。"

陈吟当场无语。

从那以后，陈吟特别同情曹一童，一直以为曹一童是因为太老实了，在小笔盖的威逼下不得不跟她做朋友。直到二年级的时候，她亲眼看见小笔盖因为曹一童走得太快她追不上而打了他一拳，陈吟刚欲上去阻止，没想到曹一童不但不生气，还一脸幸福地咯咯笑，更加快了脚步往前跑，气得小笔盖使劲追，边追边捶他，最后两个小孩实在跑不动了，就站在原地一边喘粗气一边看着对方，笑得前仰后合。

那个画面，那个时刻，陈吟忽然发现，这世间所有最珍贵的感情里最美好的就是建立起只属于他们的默契。

就像周瑜打黄盖。在一段美好的友谊里，好像打人可以不是错，挨打也不一定疼。

只要两个人达成了这种美好的、私人的默契，旁人就无法理解，也无权干涉。

所以，当这次离别，陈吟看见小笔盖挥着拳头揍曹一童的时候，她没有去拦，因为她知道那是专属于他们的道别。

第二天，曹一童没来上学。

陈老师告诉全班原因的时候，小笔盖在埋头练字，她再也不用把练字本当传字条的了。

没有了最好朋友的日子，小笔盖除了学习没事可做，她连祸都懒得惹了，但成绩却没怎么进步。

小笔盖跟陈吟说曹一童让她等他回来，除此以外就再也没提过他。他刚走的一个月，小笔盖没完没了地哭，看喜羊羊灰太狼都能哭，后来是阶段性地哭，再后来就很少哭了。可陈吟相信小笔盖肯定在等他，但能坚持等多久，三个月？五个月？一年？两年？她不知道。

不过，这段日子倒是陈吟热恋的时期。

都说撒娇女人是惯出来的，跟曾辉在一起之前，陈吟只有在每个月姨妈最痛的那几天才深刻体会到自己是个女的，但是现在的她连说话声都比以前细了几个度。

有人说，当一切事情都可以自己完成时，男朋友这种生物就完全没有存在的必要。

曾经陈吟一度对这段话深以为然。

直到遇到曾辉，台灯坏了没等她买新灯泡他就已经换上，下水道她还没动手就已经被他修好，下雨前会提醒她出门带伞，比她更早发现小笔盖着凉并买好了药。是的，这些陈吟自己都会做，因为她潜意识认为不应随便将女生的无助示人。

但是突然有一天，有那么一个人告诉她，你可以流泪可以示弱可以撒娇可以偶尔不讲道理；帮她卸下沉重的汉子外壳，呵护囚禁于她心底的公主。这时候连空气都是粉红色的，叫她还怎么大声说话？

尽管，陈吟一时半会儿还不能心安理得地使用这些小女人的权利，可只要想到有这些权利，就足以使她高兴。

陈吟逐渐适应了生活里多了一个男朋友。周末她经常带着小笔盖去曾辉家玩，或者叫曾辉来家里吃饭。工作日太忙见不到彼此的时候，她会趁小笔盖睡着时跟曾辉悄悄视频通话。昏黄的台灯下，他俩谁都不说话，只把手机立在桌上，然后各干各的，偶尔抬头可以看到对方专注工作的样子。

陈吟对曾辉的工作不是很了解，只是见他开会比较多，饭局比较多，偶尔二人世界进行到一半，他就被一个电话叫走了。

这一天也是。

陈吟的著作翻译进入尾声，有大量的校对收尾工作，她连续加班了两周，最后终于赶在第二个周末的尾巴里跟曾辉见上一面。

她买了一些菜和甜味的葡萄酒去曾辉家，打算做一桌好吃的。她比说好的早到了一个小时，刚好撞上了满头大汗的曾辉，家门口堆了三大包满满登登的垃圾袋，陈吟问他干什么呢，他尴尬地笑说："几天没打扫卫生了，想赶在你来之前突击一下呢。"

收拾出这么多垃圾，屋里得有多乱，要是再早一点到恐怕更尴尬呢。陈吟笑着想。

"你怎么不接我电话？"曾辉问她。

"我出门急，到你家楼下才发现手机落家里了。"

"哦还以为你路上出什么事了，你来了笔盖儿晚饭怎么办？"

"她去汤文佳家玩去了，在那儿吃。"

"那行，我帮你拎。"

"不用，你再拎散了。"

陈吟拎着东西进厨房洗菜，曾辉一直像狗皮膏药一样从身后环抱住她的腰，严重影响了工作效率，陈吟嫌弃地赶了他几次都赶不走，只能这样了。

谁知菜刚洗完，两人还没说上几句话，曾辉忽然接到了一个电话，陈吟看他通话的表情就明白了，她把洗好的菜放进了冰箱里，说："等你回来再做。"

"我快去快回。"

曾辉歉然地亲了她的脸，从沙发上抓了一套西服就火急火燎地出门了，走的时候还被门口的垃圾袋绊了一跤，幸亏陈吟及时扶住了他，让他慢点。

曾辉转过头来嘿嘿笑，说："饿了你先吃。"

"嗯。"

陈吟目送他进了电梯，转身要回屋，脚下一滑也差点摔倒。

她低头一看，原来是曾辉刚才被绊的时候把一个垃圾袋刮破了个大口子，褐色的不明液体流了满地。

闻着像麻辣烫的汤汁。

"啧，靠外卖过活的可怜虫。"

这更加深了她今晚要给他做一顿丰盛大餐的决心。

陈吟进屋找了一个新的垃圾袋和抹布，打算把这里收拾一下，她蹲在地上顺着汤汁的流淌轨迹一路擦到了垃圾袋口子那儿，手不小心被袋子里的纸碰到了，她无意间瞥了那纸一眼，手里的动作渐渐停住。

那纸被汤汁染上了颜色，但仍能隐约看到几个手写字：追求女生。

只是一看，陈吟就直觉般地伸手去小心抽出了那张纸。

纸被染了大半张，而且被撕毁过，她在纸的有限空间中仔细辨认出了几个或完整或不完整的词。

制造、upart、感控制、摧毁。

摧毁。

摧毁什么？

她看不清了。

陈吟把三个垃圾袋都翻了个遍，只有这一张。

她蹲在垃圾山中，把这张纸紧紧攥在手里，空洞地看着前方，看了很久很久。

没在曾辉家找到电脑，陈吟也没带手机，她就带着纸回了家，一刻也无法等。

到家以后，陈吟火速打开电脑的百度网页，照着纸上的词挨个输，但好像都不是她想要的东西。

她再次盯回这张纸，看到一个词的时候，眉头紧皱起来。

upart

翻译过几百万词汇的陈吟从没见过这个单词。

她按下后退键，清空了搜索框，输入 upart，回车。

UPart 巴黎国际艺术机构。

陈吟不由得摇头。

她又看了一遍纸，这个单词似乎是某个词组的一部分。

她凝视着搜索框想了想，然后在 upart 后面加上"感控制"三个字，回车。

随着网页再次刷新，陈吟的双瞳不由放大，她缓缓坐直了身子。

Pick up artist

搭讪艺术家。

一连串刺眼的关联词汇涌入她的眼睛：

PUA[1]、情感控制、把妹、欺骗感情、榨取钱财、玩弄女性。

光是看到这些，陈吟的心就已经快要跳出来。

她点开了一则标题为"PUA培训的五步陷阱法"的文章，上面详细解析了PUA渣男如何以恋爱为由一步步从女性身上骗财骗色甚至引诱她们自杀。

陈吟一边看一边无法自控地一一对应到曾辉身上。

她一向不想以最恶意的打算揣测别人，尤其是最亲密的人，毕竟极少人能被她认定为亲密。

之前小笔盖仅从一个小小的调座事件就推论出一连串窦佳成的阴谋时，陈吟不是完全觉得她说的没道理，只是不想相信。

如果窦佳成真是因为想跟小笔盖做朋友而大费周章地调座，通过舅舅再通过她姐姐让她跟他上同一个辅导班，那这对一个五年级的孩子来说，也太可怕了。

等等，可如果是大人呢？

有没有可能，从一开始就是舅舅怂恿外甥跟老师要求跟小笔盖坐同桌，这样在不久后的期中家长会上他就能顺理成章跟她的姐姐坐在一起，说上话？

这想法，让陈吟不寒而栗。

一旦开启了这个方向的联想，就像光照射到了物体的另一面，陈吟似乎看到了他们之间曾经发生的种种背面。

会不会是他故意吸引陈吟给小笔盖报补习班，为的是他们每周末因接孩子而增加见面次数。

会不会是他故意点了那家外卖，只是为了等待陈吟送餐上门。

陈吟越想越不敢想，当回神时，她才看到了桌上的手机里有无数个未接来电与短信，都来自曾辉。

她盯着手机，像盯着一个随时会引爆的炸弹。她刚伸出发抖的手去

---

[1] 全称"Pick-up Artist"，原意是指"搭讪艺术家"，男性接受过系统化学习、实践并不断更新提升、自我完善情商的行为，后来泛指很会吸引异性、让异性着迷的人和其相关行为。

拿，突然有人敲门。

陈吟呼吸急促地去开门，是气喘吁吁的曾辉。

他急疯了："你怎么跑回来了？还不接电话！吓死我了。"

陈吟面无表情，把纸拿出来："是不是你的？"

曾辉看着纸僵住了。

他们僵持着，差不多有一个世纪那么长。

他终于开口："是我的。"

夜幕低垂，世界寂静，塑料闹钟数着时间。

嗒。嗒。嗒。

陈吟："不想跟我说点什么吗？"

曾辉欲言又止，垂着头，继而沉默。

陈吟手上的纸一直举着，悬在半空，她感到快没力气了。

一张纸而已，却有千斤重。

曾辉开口："想，但我说了你也不会信我的。"

"说说看吧，别分手的时候怪我没给你机会解释。"

陈吟的语气十分客气，那是一种尖锐的、毫不客气的客气。

曾辉抬眼看她，她站在他的对立面，那张脸坚硬、生冷。就像在温室中一时贪眠的冷血动物，在遇到危险的瞬间立刻竖起铠甲、张开利爪，时刻做好了鱼死网破的准备。他现在才知道，对于陈吟这样的女孩来说，亲密时的柔软是一时的，警戒危险才是本能。

"我想跟你说，我的确学过这个，"他摇着头说，"但我真的不是他们。"

他直视她的双眼，渴望她相信，但她显然无动于衷，她深吸了一口气没有说话，曾辉觉得她的意思是让他继续说，他便说下去："我知道我现在说这话很没有可信度，我也拿不出什么证据，但有些事我还是想告诉你，你当真话假话听都行。有一件事，我跟你撒了谎。"

陈吟目光微转，看见曾辉掏出手机翻了很久很久，最后找出一张照片给她看。

照片上，曾辉和一个女孩手拉手站在一栋旧楼前，两个人都不大，看上去十七八岁的样子。

"她叫林小宁。"

此话一落，陈吟抬眼看他。

曾辉不敢迎上她的眼神："对不起，上次我跟你撒谎了，其实我去过一次结缘寺，是跟她一起去的，祈福牌也是她给我写的，是我们第一次旅游，也是唯一一次。

"我俩是同学，住在一个很小很小很小、叫吉岩的山村里。"

他苦笑了一下："你都没听说过吧？"

他接着说："她歌唱得特别好听，人也漂亮，所有男生都喜欢她，我也喜欢。最让我开心的是，她也喜欢我，只喜欢我。可我那时候个子矮，又瘦又黑，家里穷，嘴也笨不会说话，学习也不怎么好，早早就辍了学，我不知道那么好的她到底看上我什么。她父母离异，继父老对她动手动脚，她跑来跟我说想在城镇有一个自己的房子逃离出去。我就疯狂打工，什么活都干，只要赚钱玩命的我也干。你前两天不是开玩笑说我这只手指长得丑吗？"

曾辉竖起左手的食指给陈吟看，这手指比其他的扁圆一些，他却能云淡风轻地说："这是我在鞋厂车间被机器碾过又长好的。"

陈吟怔住。

"没让她等太久，我就给她在镇上买了一个房子，"他指着照片，"就是这栋楼的第一层，虽然面积小，又是老房子，但是她特别高兴，她还说将来想做歌手，成大明星。我说好，我们慢慢来，我帮你。她也说好。后来，有一天，几个男的跟我说。"

讲着讲着，他突然在这停住了。

曾辉很少抽烟，陈吟只见他抽过两次，一次是他谈了好久的一桩生意谈崩了，还有一次是他们大吵了一架，这是第三次。

他从兜里摸出一盒烟，还是很久以前的那盒，点燃了一根，深深地吸了一口。烟雾中，陈吟静静地看着他，等待。

曾辉接着说下去："他们说，曾辉你知道吗，林小宁根本就没喜欢过你，你又丑又穷没能耐她喜欢你什么，她只喜欢你的傻劲儿，她跟你在一起还不是因为你愿意给她买房子，在你玩命赚钱的时候，她跟我们都在一起过。"

陈吟看着他。

"我特别生气，特别特别生气，就去找林小宁对质，我们大吵一架，她承认她喜欢那些人，说他们样样比我好，只是没我对她那么好。我们就分手了。

"我原以为她说的是气话，我们只是吵了个架，等过几天我去她家找她复合，却亲眼看到了她把那几个男的带到家里聚餐，唱歌，让他们随便摸她，抱她，亲她。在我给她买的房子里。所以我离开吉岩，再也不打算回去了。

"后来，我在网吧偶然看到一个教男生怎么追女生的培训班广告，算是一半赌气一半自卑吧，我就报名了。但是我听了两节课以后，越听越不对劲，我觉得这班就是在教男的怎么害人，那些学生和老师没有一个人是冲着谈恋爱去的，他们只想推倒她们，得手以后再找下一个。"

他靠在墙上，不由得摇头，烟燃了一大截："这不是我想要学的，这没有任何意义。我只想像个普通人一样好好地谈场恋爱，跟一个人，一辈子的那种。所以我听了两节课就不去了，笔记也就只记了这一页纸。陈吟，我发誓，我从来都没在你身上用过他们教的东西，一丁点都没有。你肯定也上网查了，你看那些什么几步陷阱法，那些什么帝王诗人的假人设，哪一条像我，我从来都没逼过你做你不愿意的事情，你不想在外面过夜我就送你回家，我从没有拿过你一分钱，我也绝不可能让你做伤害自己的事情。我如果真的想要骗你，不会跟你在一起这么久，三个多月，对真正的 PUA 来说太久了，他们看你不上套早就转头找别人了。"

陈吟的指甲用力地抠着手心里的纸，终于发问："如果你说的都是真的，那你就没什么错，你为什么还跟我撒谎，为什么要把笔记扔了？"

曾辉熄灭了烟，把手机放在桌上，自己坐在床上，直直地盯着地面。

"因为是污点。"他说。

"我不想让你知道我是从那么小的地方来的，不想让你看见我学过这么龌龊的东西。我想只要我不说、扔掉，这些东西就可以跟着那些回忆一起过去。如果可以，我甚至希望它们从来都没发生过。可发生过就是发生过，纸永远包不住火，你现在发现了，我搞砸了。

"那些事之后，我已经差不多放弃这辈子能成家的想法，家里人怕我动真格，就一直变法儿地让我帮忙带孩子，窦佳成就是。他们想让我通过喜欢孩子重新燃起恋爱的打算，但他们不知道根本不是我不想，是我不能。就算现在我已经不是以前的我了，我还是不知道该怎么跟女生相处，我听不懂她们的弦外之音，也不确定我的身上有没有她们想要的东西。

"然后我就遇见你了。坦白说，你不是一个完美的女孩，有时候甚至不像个女孩，你会出错会搞砸事情，你很直肠子想说什么就说什么，可就是这样的你，让我好喜欢跟你在一起。

"我、我不知道怎么说，我觉得你像一汪很清很清的水，和你在一起，我感觉特别真实特别轻松，我不用去猜什么，你也不图我什么，我只想对你好，你也一定会对我好。我知道这么好的姑娘如果错过了我不会再遇到第二个，所以我特别珍惜，我不敢出一点错，可就是因为太珍惜了，我现在……"

家门外突然响起一阵叮叮当当的钥匙声，打断了曾辉的话。

二人一齐回头看，门豁然打开，小笔盖刚迈进一步往屋里一看，便以举着一钥匙串的姿势定格住了。

曾辉立刻站起来，跟陈吟站在一起，陈吟也迅速调整了一下脸上的表情。

陈吟拧出一个微笑："你回来啦，怎……怎么回来这么早，不是在汤文佳家吃饭吗？"

"吃完啦，都几点啦，"小笔盖滴溜转着眼珠子把这两人扫了一遍，"你俩咋不开灯呢？"

二人猛醒，环顾四周，这才惊觉窗外已无一丝天光，连月亮都找不见，屋内一片漆黑，他俩却深陷对话浑然不知。

陈吟三两步走过去把灯打开，对小笔盖说："玩也玩一天了，该写作业了。"

说完，她径直走进厨房，曾辉看她从眼前经过，跟在其后。

二人进了厨房，陈吟锁上门，打开火煮上一锅水，拿出一袋方便面等水开，呼呼的煤气声为气氛增添了一点真实感。曾辉站在旁边一直看，显得很多余。

曾辉有点无措，他不知道还能说点什么："我，我想告诉你的都说完了，什么结果我都能接受。就算你要跟我分开，这次我也不会像以前那样想自己了，所以你，你不用有负担……你赶快吃点东西吧，我先走了。"

他见陈吟始终一声不吭，头也不回地煮着面，于是自觉拉门要走。他拉了两下没拉开，才发现忘了打开门锁，他打开锁，开了门，临走前回头再看陈吟一眼，她仍然没有一点反应。

"早点休息。"

曾辉最后说了一句话，没有回应，像是对着空气说的，说完他彻底地走了。

咚。

大门关上的声音。

面煮到一半，陈吟拧煤气，"啪"地把火关了。

她双手拄着桌面，深深垂下头，陷入漫长的、焦灼的沉默。

锅里的水面漂浮着半熟的面饼，搅着还未溶于水的调料粉末和脱水蔬菜，生不生熟不熟，干不干水不水，说不出地恶心。

从进门起就感受到气氛异样的小笔盖一直乖乖趴在桌上写作业，同时时刻竖着耳朵听厨房的动静。

她盯着桌上的塑料闹钟掐时间，曾辉走了以后，陈吟便关了火在厨房不声不响地待了两个多小时。

小笔盖知道陈吟心情不好的时候最好不要烦她，所以一直没过去。

但是……两个小时也太长了吧？

完了，厨房有菜刀！

她不会想不开就那啥了吧！

想到这，小笔盖吓掉了魂儿，撒腿就往厨房跑，使劲捶门，撕心裂肺地喊："姐你开门呀！你可不能自杀啊！你自杀了我就真成孤儿了谁给我做饭啊！开门！陈吟！你别死！求求不要死——"

正捶着，忽然捶了个空。

陈吟打开门，完好无损地站在小笔盖面前，低头对她说："你期末成绩没下来我还死不了。"

小笔盖眨着泪眼，忽然有点不想关心她了。

她又仔细观察了一下陈吟，哭过，而且一定哭了很久很久，双眼皮肿成了单眼皮。

陈吟拿上外套走到门口换鞋，小笔盖也跟过去。

小笔盖问她去哪儿，她说："我去找曾辉处理点事情，尽快回来，你困了先睡。"

"你俩要分手了吗？"小笔盖突然问她。

陈吟惊了："你听到什么了？"

"我什么都没听到，我就是觉得你们这次吵架跟以前很不一样，我猜的。"

陈吟的眼神暗了下来："是不一样。"她忽然想到了什么，蹲下来郑重其事地问小笔盖一个问题。

"小笔盖你认真地回答我，你觉得，曾辉这个人是好人吗？"

3

"你来了。"

曾辉的家很空很大，灰色的墙，灰色的地板，灰色的沙发，似一个灰色的方格子，不太像人住的地方。

陈吟与曾辉面对面站着，在一盏简约风格的吊灯下，照射出梯形的、微黄的光，是这室内唯一的暖色。

"没想到你决定这么快，我以为你明天才会找我，或者……永远不找我了。"曾辉忐忑不安，手心不住地冒汗。

"我不是有始无终的人。"

陈吟的脸上没有表情，清清冷冷的，跟这空间一样。她哭肿的眼睛在来的路上消了一些，淡淡的双眼皮重新显露出来。

曾辉看她："所以，你是来通知我分手的吗？"

陈吟睫毛低垂，脑中浮现出家门前的时刻。

"小笔盖你认真地回答我，你觉得，曾辉这个人是好人吗？"

小笔盖似乎被问住了，她揪着头发想了想，竟反问她一个问题："要是有一个对你不好的好人，和一个对你好的坏人，你该怎么选呀？"

陈吟哑然。

她不知小笔盖的疑问从何而来，不知是信口童言还是她小小的身体里真的住着一个大智若愚的哲人。但这发问无疑是值得深思的，它从一个新的角度给了陈吟答案。

"我说了，我不喜欢有始无终，"陈吟对曾辉说，"我们能不能有善终，要看你。"

片刻反应之后，曾辉猛然抬眼凝视着她。

"等我一下，很快。"

他非常激动，拿起外套和手机飞奔出了家门，留下陈吟一人站在灯下。

四十多分钟，陈吟坐在曾辉清冷的房间里等他，猜不出他去干什么，也没有发短信问他去了哪儿，直到看到他举着一个紫色的玩具熊上气不接下气地冲进了家门。

陈吟站起身来，看着他在眼前大口大口倒着气对她说："对——不起，好——几家分——店都关门——了，让——你——等久——了。"

气倒得差不多了，曾辉把玩具熊郑重地举到陈吟面前，她这才发现，玩具熊不是重点，重点是熊抱着一个精致的白色小方盒。

她当然知道那是什么，很吃惊。

曾辉取下盒子，对着陈吟将盒子打开，微黄的顶光直射到里面的那枚戒指，钻石称不上大，每一个切面都随着细微变化的光照角度闪动着晶莹的、耀眼的光。

陈吟明白他做这些的心意，但是觉得，这未免有点过多了。

她问他："你，你什么意思？"

曾辉举着戒指盒，对她单膝跪下，说："陈吟，我知道你下了多大决心才做的这个决定。既然你如此对我，我也一定要做点什么。这个牌子的钻戒是男人一生只能买一个的，我现在把它送给你，你把它当不当作求婚戒指都可以，我就是想用它表达我要一辈子只对你好的决心。

"陈吟，请相信我，我绝不辜负你今天的信任。你愿意接受吗？"

听着这些话，看着还跪在身前的曾辉，陈吟看到了一个男人在用他能想到的所有办法压低自己，为自己卑微的、不堪的过去买单，为挽留所爱之人使出全力，做好一切好的坏的打算，就是想为心中那个小小的生活梦想再争取一把。

她不禁在想，即使眼前这个人真的丑恶过，他也应该得到一次被重新考验的机会。更何况，他是住进过她心里的人，他正是需要她的时候，她没法说撒手不管就不管。

一滴泪滑落下来，视线由模糊变回清晰，陈吟把戒指戴在手上，对曾辉说："看你以后表现。"

曾辉起身，紧紧抱住了陈吟。

"陈吟，我好爱你。"

陈吟轻抚他的后背说："我也爱你。"

今晚夜色朦胧，烟云逐渐消散，月如玉盘，它把皎洁的光洒给了相拥的爱人，做他们唯一的灯。紫色的小熊静静地坐在窗边，跟月亮一起守护他们的秘密夜晚。

翌日，当小笔盖醒来，晨光伊始，躺在身边的陈吟却还没醒，激起了小笔盖恶作剧的冲动，她小心地捏起陈吟的一绺长头发，一下一下地搔弄她的鼻孔，陈吟抖了两下，没醒。小笔盖杵得更深一些，陈吟突然一个喷嚏坐了起来，睁开眼的时候，看见了把眼睛嘴巴紧闭起来的小笔盖。

小笔盖使劲抹了一把脸上的口水，陈吟打了个哈欠。

小笔盖问："你昨天晚上几点回来的呀？搞好晚哦，我本来想等你，都给我等睡着了。"

陈吟语气有点飘忽："没，没几点，是有点晚了，聊着聊着就没看时间。"说完，她又打了个哈欠，伸手去捂嘴，中指上明晃晃的一个戒指。

"哦，"小笔盖跳下床裤子衣服一件一件地穿，抬头看她，"那你俩聊得怎么……啊！那是个啥！"

这世上有两类人的尖叫是足以让人短暂失聪的，那就是女人和小孩，所以，集女性与小孩于一身的小笔盖尖叫起来的威力可想而知。

陈吟至少聋了四秒。

等她听力恢复过来时，发现小笔盖把紫色玩具熊死死抱在怀里一顿猛亲。

"啊啊啊，太软了太可爱了，姐哪儿来的熊，是曾辉哥送你的和好礼物吗？！曾辉哥太好了吧啊啊啊……"好好的一个毛发蓬松的熊娃娃几下就被小笔盖的夺命连环亲亲扁了不少。

陈吟看她那么喜欢，大方道："熊给你了。"

"真的吗！真的给我吗！如此可爱的熊熊？！我爱你我的好姐姐！"小笔盖抱着她的脖子就要啃她。陈吟赶紧推开她，伸出手把戒指亮给她看，微微动动手指："喏，我还有这个。"

小笔盖盯着她手上的钻戒，目瞪口呆。

"怎么了？"

"你和曾辉哥要结婚了？"小笔盖问。

"早着呢，我还没到法定结婚年龄，这只是求婚。"

"求婚你答应了的话不就是要结婚。"

"这么说也没毛病，那也是好几年以后的事了。"陈吟有点不好意思地低头摆弄着戒指，嘴角抑制不住地上扬。

"你要结婚了……"小笔盖揪着熊的手，神情有些落寞。

陈吟见她有点不对劲，挪到她身边："结婚怎么了？"

"你结婚了是不是就不要我了……"

"说什么傻话，这两件事根本没必然联系啊。"

"有联系！你结婚了就会要小孩，你有那个小孩就管不了我这个小孩了。"

陈吟看着她，叹了口气，轻轻摸她的脑袋说："周六下了补习班，我带你去朝阳公园游乐场吧，好久没去了。"

小笔盖惊讶地抬头看她。

自从有了周六去游乐场的计划，小笔盖觉得这一周过得无比地慢，她每一天都数着秒度日，要知道上一次去还是她的妈妈跟陈吟的爸爸带她俩一起去的。

他们一家四口玩了太空漫步、海盗船、云霄飞车、旋转木马和碰碰车。哦不，是三个人玩的，小笔盖的妈妈怀了弟弟不能玩，一直看着他们玩。那天，爸爸妈妈和小笔盖都很开心，只有陈吟全程提不起精神，不是很高兴的样子，她说是因为有恐高症。

那一天太阳好大，一向认为买零食是浪费钱的爸爸妈妈破例给陈吟和小笔盖一人买了一个很贵的香草冰激凌，那是小笔盖第一次吃，她还疑惑地问陈吟草在哪里。

两个孩子吃着冰激凌，爸爸妈妈说去办点事，冰激凌吃完了，他们还是没回来。一直等到公园关门，陈吟拉着小笔盖的手离开，小笔盖问爸爸妈妈呢，陈吟告诉她"他们走丢了"。

小笔盖知道那是陈吟怕她伤心编的善意的谎言，其实是爸爸妈妈不要她们了，她可真不擅长骗人。

小笔盖多少知道这件事是跟妈妈肚子里的弟弟有关，所以在小笔盖的理解里，大人一旦有了一个新的小孩就可能会抛弃旧的小孩。

父母不要她的时候，还有陈吟要她，可如果陈吟结婚后也不要她了，她就真的是一个人了。

一个人，十一岁，怎么活下去？

实不相瞒，小笔盖想过这个问题，但她没敢想得太具体，怕吓哭。

这周末也是曾辉要到湖北出差的日子，要去一个月。陈吟怕他吃不惯南方菜，或乱点外卖吃坏肚子，就抓紧利用这一周时间每天晚上教他做一道简单易学的家常菜，小米辣炒蛋、肉末茄子、可乐鸡翅……每一道菜都有一点点陈吟独创的味道。曾辉学得很认真，很快就掌握了。

转眼，一周就过去了，周六如期而至。

补习班下课后，陈吟带小笔盖去朝阳公园玩。

可能是好久没玩了的关系，坐上海盗船的时候，小笔盖竟然还没以前胆儿大，心里有点怕怕的。可她回头一看陈吟煞白的脸，知道她恐高，就强装镇定地给陈吟打气："姐你不觉得海盗船很像超大号的婴儿床吗，婴儿躺在里面都能被摇睡着喽，你说说咱还害怕啥呀，对不对！"

本来紧张得都快说不出话了，陈吟还是被她逗笑了："什么乱七八糟的……"

这一笑，放松了不少。

海盗船即将启动，进入倒计时。

小笔盖："姐姐，你说会有恐高的鸟吗？"

"不会，就像人不会害怕走路，鸟一定也不会怕高。"

"那你一会儿就想象自己是一只鸟，"小笔盖张开双手，随着海盗船飞起，自由地拥抱天空，大声呼喊，"天，空，就，是，你，的，路！"

自由的欢笑在云朵下次第绽放。

就这样，每玩一个项目，小笔盖总能找到一个脑回路清奇的理由让陈吟松弛一点。她们一直玩到夜幕降临，所有游乐设备的小彩灯全都亮了起来。她们坐在长椅上吃冰激凌，看别的游客玩得嗷嗷直叫。

"你不会待会儿也去办点事吧。"小笔盖把舌头伸得老长，一下一下地舔冰激凌，把它舔得好圆。

这话有点把陈吟吓到了，她看了一眼小笔盖，咬了一口冰激凌说："没事可办，就跟你坐着，哪儿也不去。"

小笔盖继续舔着不说话，憋不住地偷笑。

陈吟忽然说："以后，你就像今天给我打气一样给我的孩子打气。"

小笔盖没大听明白她的意思，伸着舌头停在半空，疑惑地看她。

陈吟也看她："我有恐高，以后带我的孩子来这儿，陪他玩这些东西的任务就交给你了。这个任务太艰巨了，除了你别人打气的能力我还真信不过。"

说完，两人你看着我我看着你，陈吟先笑了，小笔盖也咯咯咯地笑了。

冰激凌吃完了，姐妹二人手牵手回家了。

第二天，陈吟去曾辉家帮他最后打点一遍行李，想要送他去机场，曾辉不让，说机场太远，她自己回去很麻烦。正准备出发，他接到一个快递的电话："喂，哪家快递？韵达？……我想想是哪个东西啊，不好意思我快递太多了，哦！我想起来了。你在哪儿呢？进不来是吗，行，那我下去接您一趟吧。"

他放下手机跟陈吟说："给客户送的礼可算到了，发货太慢了，我去取一下。"

"你快出发吧，我帮你取。"

"别，我得检查完再签收，我很快。"

说完，他匆匆出了门。

叮当——

微信声。

她顺声低头看去，是曾辉的手机。

你收到了一条微信消息。

"丢三落四。"陈吟把他的手机从桌角往桌内放一放，以免碰掉。

叮当！

又一条。

叮当！

你收到了一条微信消息。

你收到了一条微信消息。

你收到了一条微信消息。

陈吟盯着手机屏幕，隐隐感到一丝异样，谁啊这么急。

她是知道曾辉的解锁密码的，因为是她的生日。

但她不想那么做，说好了信任他就不要出尔反尔。

陈吟摇摇头，转身要去倒杯水，没走两步，叮当叮当叮当！

你收到了一条微信消息。

你收到了一条微信消息。

你收到了一条微信消息。

你收到了一条微信消息。

你收到了一条微信消息。

你收到了一条微信消息。

她停下了脚步，看向手机，缓缓伸出手……

曾辉忽然回来了，抱着好几个快递。他看见桌上的手机，把快递往地上一扔赶紧去拿手机："原来在这儿呢。我得走了。"

"好。"

陈吟看他解锁手机查看短信，他的嘴角不易察觉地上扬了一点。接着，他推着行李箱往外走，亲了她一下说："照顾好自己。"

"嗯。"陈吟微笑答应。

"走了。"

他走出去，带上了门。

陈吟站在原地，盯着门看了好久。

想太多了。

她叹了口气，转身走，脚下被堆了满地的快递盒绊了一下，其中明显有个鞋盒子。

送客户鞋吗？

也不是没可能。或者给自己买的。

她盯着那盒子，想了无数个理由说服自己，可眼神无论如何就是无法离开。

她还是拆开了那个盒子。

一双红色的高跟鞋。

不是她的码。

第三章

争饵

1

嗒。嗒。嗒。嗒。嗒。

脚步清脆，掷地有声，余音回响，一听就是极细的鞋跟才能踏出来的音色。

高跟鞋，让女人慢了下来。

脚脖的肌肤在这节奏、这一升一落中稍合微张，设计精巧的鞋身使她的足弓和脚背曲线优美，从侧面看上去，如一座起伏的山峦，无限遐思在心头，含蓄、欲说还休的美，勾人魂，夺人魄。

高跟鞋到达黑色皮鞋和行李箱面前，终于停下了。

"哟，来得早啊！"成筠轻启红唇，微微一笑，大方去点电子门的密码，没有半点怕人偷看的意思，"我刚在路上还想呢，你要是敢迟到半秒钟，我就假装不认识你，不给你开门，然后告诉保安你是变态把你拖走。"

嘀嘀嘀嘀——嗡，门开了。

屋里飘出一股淡淡的草本清香，应该是养了什么植物。

成筠进屋，抬脚把两只高跟鞋啪啪甩飞在地上，也不穿拖鞋，光着脚丫。

她很瘦，差不多骨瘦如柴的级别，但她不丑，所以不能叫骨瘦如柴，要叫骨感美。

她的小腿纤细，脚精致小巧，在光滑的木色地板上轻盈地摩擦。

如果地上有雪，被她踩过的地方大概都不会留下痕迹。

成筠回头，看站在门外愣愣盯着她的脚看的曾辉，说："进来啊。"

曾辉缓缓走进来，步子很慎重，毕竟第一次造访，而且是女孩的闺房，况且这才第二次见面，他就直接搬进来了。

成筠看着他的超小行李箱："要一个月呢，你就带这点东西，几个意思，指望缺什么让我给你买？"

曾辉倏地抬头看她，又低头："没有。"

成筠扑哧笑了："逗你玩的，我家什么都有，拎包即入住。"

曾辉换了鞋，把行李箱往屋里推。

"除了主卧其他三个空屋随便选，"成筠顿了片刻，"但你要是非来主卧我也没意见。"

曾辉又停下动作，回头怔怔地看她。

"我可以跟你换，"成筠瞧他的表情又想笑了，"哈哈，又逗你玩。"

"……"

曾辉仍目不转睛地盯着她。

成筠："怎么了？"

"你跟上次见面不太一样。"

"哪儿不一样？"

"说话不一样。"

"怎么不一样法？"

"说不好，变直接了。你上次，密不透风。"

"那是什么场合，说的都是生意场的鬼话。我平时鬼话说太多，自己的生活里就一句违心的话都不想说了呗。你喜欢听那个？"

"没有。"

"还注意我说话了，看来你早就盯上我了。"

"……"曾辉低头，"没有。"

他随便挑了个离厨房最近的空房间搬进去了。

成筠的目光追着他背影，轻笑了一下。她光脚跳到客厅沙发区，踏着纯白的毛毯，一头栽倒在白色的沙发里，把头枕在手枕上，两脚交叉搭在另一边手枕上。从这个角度，刚好能看见落地窗外的天空，天上有朵云，成筠眯着眼看它，越看越像一头沉睡的狮子，盯久了她也有些昏昏欲睡。

忽然，屋里传来两声惨烈的叫声。

一声是曾辉的，一声是非人类的。

曾辉惊恐地冲出来："你家有个肉乎乎的东西你过来看一下，像耗子，但比耗子大。"

成筠悠哉地晃脚："什么耗子，那是猫。"

"猫？"

曾辉瞪大了眼，他发誓虽然那玩意儿蹿得很快，但他百分百确定那不是猫，倒有几分神似 ET。

正想着，那"ET"又噌的一下从屋里蹿出来，转眼就跳到了成筠脚边一顿蹭。成筠不起身，用脚逗那猫玩——那跟主人一样瘦且浑身上下除了皱巴巴的皮肤之外一根毛都没有的丑猫……

成筠："李红霞，没礼貌，吓客人一跳。"

"你叫它什么？"

"李红霞。"

"李红霞是谁？"

"就是它。"

"我知道……我的意思是它名字为什么这么……具体。"

"你没见过这个品种吗？"

"没见过。"

"你好土，这是斯芬克斯，俗称无毛猫。"

"哦，它多少钱？"曾辉很想知道得多贱卖才会有人愿意养这种猫。

"这只？三万。"

曾辉的消费观坍塌了。

李红霞走着直线到成筠手边，成筠摩挲着那只猫，也不知道没了毛还有什么好撸的，她倒是爱不释手、沉醉其中地说："你不觉得它长得很可爱吗，皱皱的脸，像个生气的奶奶。叫李红霞非常合适。"

曾辉的审美观也坍塌了。

他不想再去讨论这些与此行无关的事情了，径直走到开放厨房去。

成筠像一条水生动物，在沙发上翻了个身，枕在靠垫上看他："缺没缺什么，缺了我再买。"

曾辉把冰箱里满满登登的新鲜食材盘点了一遍，说："没缺。"

"那就好，"成筠用脚趾钩过来一张薄毯子盖在自己身上，"那你开始吧，用你上次的自信征服我。我眯一觉。"

曾辉转身望了一眼，女人和猫都睡了。

他也开始了。

不知睡了多久，成筠是被美食的香味叫醒的。

她睁开细长的丹凤眼，睫毛纤长轻翘，像黑蝶，在空中转了半圈，停住了，看到桌上有一盘红黄相间的炒菜。

"那是什么？"她直指那盘菜。

曾辉还在忙着上其他菜，抽空看了一眼："小米辣炒蛋。"

"咦——"成筠条件反射般露出了"这东西能吃吗"的表情。

曾辉看出她的质疑，倒是胸有成竹："尝尝再咦。"

成筠看他一眼，犹犹豫豫地坐到桌边，用筷子夹起一点鸡蛋，一入口，怔住了。

一两秒，才开始咀嚼。

"怎么样？"

曾辉把最后一道菜送上桌，顺势摘下围裙坐下了。

成筠没直接回答，而是问他："哪儿学的做法？也是自创的？"

曾辉垂下眼帘，思索片刻："嗯。"

成筠没评价，但是用行动告诉了他答案——一口接一口地吃起来。虽然吃得很慢，但是对她来说已经算狼吞虎咽了。

曾辉问她："你平时都吃什么？"

"沙拉、玉米，有胃口了吃一点牛排，或者什么都不吃。"

曾辉看她吃着他做的"粗茶淡饭"，说："其实你可以请个专业大厨来给你做。"

成筠慢慢咀嚼着问他："你觉得我是因为请不起他们才找的你吗？"

曾辉看了眼这大房子，心想当然不是。

成筠："谁专业谁业余顾客说了算，上次只尝了一点你调的酱汁，我就想吃第二口，你知道这对厌食症患者意味着什么吗？"

曾辉微惊："你厌食？"怪不得她这么瘦。

"还好，轻度的，我可不是什么肥胖焦虑，只是单纯地对大多食物提不起兴趣，你可以理解为极端的挑食。"

成筠夹了一块鸡翅到饭碗里，努力地啃着，那样子不像是吃饭更像在逼自己完成一个艰巨的任务。咬了一口，她要嚼半天："这个月你只管变了花样地管我一日三餐，让我能赶在拍照之前快速增肥，我就给你钱，其他的你不要管。"

曾辉愣愣地看她，他觉得之前她还活泼开朗爱开玩笑，现在说到这个她又有点生意场上的样子了。这个女人的脾气有点让人捉摸不透，热一阵冷一阵，像猫。

难道人宠物养多了就会跟它越来越像？

成筠作为年度最年轻的金融黑马受邀接受商界最权威的杂志之一《财富》的采访，同时拍摄杂志封面。但师父觉得她实在瘦得过分，拍出来会像女鬼，有损企业形象，让她必须在五周之内快速增肥，不然就把这次拍摄和采访让给黑马第二名。

成筠的师父是金融街上有名的女魔头白一榛，在新媒体投资方面业内无人能敌。

成筠跟师父不仅仅是师徒和上下级的关系，更是如亲人一般。成筠自幼跟着师父，见识过她在一场又一场没有硝烟的商业战争中连战皆捷，视她为终生的榜样，立志成为跟她一样的"商界穆桂英"。

如今，成筠才二十出头就有机会登上《财富》，这是她初步胜利的见证，所以这封面她必须拍上，就算厌食也要努力吃饭，努力长肉。想到这，成筠吃得更卖力了。

二人一声不吭地吃着，李红霞也闷头享用着自己碗里的高级猫粮。

曾辉大口大口吃得认认真真，成筠羡慕极了，她说："其实除了做菜合胃口，我找你来还有一个原因。"

他塞了一嘴饭菜，一听这话说了一半，便抬头看她。

成筠："你吃相真香，像老虎吃生肉，看着很有食欲。"

这话让曾辉食不下咽了，这女人怎么总搞些奇奇怪怪的比喻。

曾辉说："你一个小姑娘，这样让陌生男人住进你家，有点不安全。"

"我觉得很安全啊，"她放下碗筷，拿起玻璃杯喝了一口水，"你看，如果进小偷了，是我自己在家安全，还是家里有个男人我能安全些？"

曾辉："……"看，她又开始胡说八道了。

成筠咯咯笑，唇色染红了杯口，笑眼迷离地歪头看他："曾辉，我那天说鬼话的时候迷人，还是现在迷人一点？"

曾辉正襟危坐，没吭声。

她又向他凑近了一点："你想听哪种我都行。"

朱唇皓齿，她的话像一缕轻盈的香气滑了出来，漫在他的脸上，缭绕渐散，香气迷了曾辉的眼，他微微眨了一下，脸一动不动。

"吃饱了，很好吃，尤其这个小米辣炒蛋，很有创意。"成筠起身，抱着李红霞走进书房，并关上了门。

曾辉若有所思地看了一会儿她的房门，也不吃了，收拾碗筷，回屋睡觉。

接下来，曾辉变成了一个活脱脱的"家庭煮夫"，每天做利于增肥的食物给成筠吃，还要兼顾营养。

成筠不会做饭，但会调酒。她家落地窗前种了一排薄荷，她调酒的时候就会摘下来几叶，使酒味更甘甜清凉。成筠经常在工作累了的时候调一杯，顺便带出了曾辉的那份，但他每次都不喝。

直到拍摄的前一天晚上，成筠在曾辉的见证下量了体重，胖了不少，她看着镜子里的自己，脸也比一个月前肉感了许多，为了表达感谢，她特意给曾辉调了一杯奢华版鸡尾酒，他还是一滴不沾。

成筠不太高兴："怕我在酒里下毒不成？"

曾辉："我不会喝。"

成筠嗤笑："酒局上这句话最扯淡，喝酒有什么会与不会，喝水不会吗，一个原理，往肚子里倒不就完了。"

她自己喝了一口跟曾辉继续推销："这种唇萼薄荷有缓解紧张的作用，能产生令人心情愉悦的味道，所以喝了我的酒，烦恼就会消失。"

"我没有烦恼。"

"以后，以后要是有了，你随时可以来找我调给你喝。"

"再看吧。"

"相信我，你会有。"

曾辉看她一口接一口地喝着，问："你的烦恼看着挺多的。"

"还行吧。"

"说一说。"

成筠眯着微醺的眼睛看他："不告诉你。"

两人静静地靠在吧台上，一个饮酒，一个发呆。

"再待几天吧。"成筠说。

曾辉疑惑地看她，成筠也看他，认真说："吃习惯了你做的菜，你一走，我又该吃不下东西了，再待几天吧。"

曾辉一言不发。

昏黄的落地灯下，他们四目相对。

微信声。

他低头看手机，面露难色。

成筠猜是有人催他回去了，便说："你回吧。"

说完，她把喝了一半的酒杯放在吧台上，进屋睡了。

第二天，成筠起大早去了封面拍摄的现场，曾辉中午收拾好了行李，在回去之前去了趟拍摄现场看她一眼。

他到的时候，成筠正在拍摄，精英打扮的她站在白幕前，优雅、干练、犀利、迷人，聚光灯、摄像机和众人的目光聚焦于她一人身上。

曾辉破开人群，站到前面，好不容易趁她拍摄间隙向她招手，成筠看见他，曾辉用口型对她说"我走了"，成筠没说话也没点头，只看了他一眼便转头跟化妆老师交谈去了，化妆老师帮她补妆，直夸她脸的胖瘦刚刚好，成筠很受用，回以微笑。

再回头时，曾辉没了人影。

2

小笔盖一个人在家里，趴在桌子上对着曹一童留给她的画发呆。

忽然有人敲门，她收起画，跑过去开门。

"嘿我回来了。"

门一开，人没看见，满眼都是大包小包的湖北特产，小笔盖歪着身子绕过特产，看见了提着这些东西的人，原来是曾辉。

曾辉见是她开的门，有点没想到："呦，是笔盖儿。"

她又左顾右盼了一番，发现他身旁除了行李箱空空如也，疑惑问："我姐嘞？"

曾辉吃惊："她没在家？"

"她去机场接你了呀。"

"我没让她接啊。"

"她偷偷去的，说要给你个惊喜，你俩没碰上头？"

"我改坐高铁回来的，她不知道，你姐去多久了？"

小笔盖想了想："她提前好久走的，我让她不用去那么早，她不听我的，你快去机场找找她，肯定还在那儿等你呢。"

曾辉把特产和行李箱推进屋里，转身就走了。

他打了辆车，在路上给陈吟打电话，她接起来了，声音很兴奋："呀，你提前落地了。"

曾辉把情况跟她一说，让她在机场等他，折腾了大半天二人总算见上面了。

陈吟一见他忍不住埋怨："你换了高铁怎么不告诉我呢。"

曾辉："我想着反正不用你接就没跟你说。"

二人坐在返程的出租车后排，各看各的窗外，原本都酝酿好了一个甜蜜的惊喜给彼此，却没想到最后的重逢场面竟是如此尴尬。

陈吟执着地看车窗外，身体抗拒朝向曾辉那一边似的。

过了会儿，她转头跟他说："给我看看你的高铁票。"

曾辉不解地问："为什么要看这个？"

她没有回答他的问题："我就看看。"

他只好拿出票。

陈吟没接过来，只用眼睛瞄了一下，是从湖北回来的没错。

她没说什么，又把头转回到车窗去。

司机师傅也感觉到了车内空气中的尴尬，就把广播调到了音乐台，切入即是郑伊健的歌声：

长路我共你闯，天高地阔我是王，谁令我像猛虎，这般乱世创造我……

"能把音乐关了吗师傅？"曾辉的脸上露出一丝不耐烦，"有点吵。"

"哎好好。"司机从后视镜看着他，慌忙地把广播关了。

车内恢复到一片死寂。

曾辉把陈吟送到了家，陈吟看见了地上的湖北特产。

小笔盖连滚带爬地从屋里出来嚷嚷："妈呀哥哥姐姐你们可回来了，我以为你俩忘了我自己去吃大餐了，快快开饭，我要饿晕了。"

陈吟看曾辉有点疲惫说："休息一会儿吧，今天我买了螃蟹，开饭了我叫你。"

他却站在门口没往屋里挪步，说："明天吧，或者你们吃，我一会儿有事得先走了。"

"刚回来就有事？"

"嗯，我明天来找你，走了。"

说完，曾辉离开了。

一个月没见，鞋都没换就走了。

陈吟站在原地，想了想，回头问小笔盖："螃蟹明天吃行不行？"

"那今天吃啥？"

"方便面。"

"唉，也行吧。"

"你自己会煮吧。"

"？？？"

"姐出去一趟，你用煤气小心点，实在不行就用热水泡，回来我再给你做好吃的。"

没来得及等小笔盖抗议，陈吟人已经出门了。

曾辉回到家，赶紧换了身干净的衣服，抱着鞋盒又出了门。

到楼下，他打开自己的车，把鞋盒小心地放在副驾驶，然后开车驶向大道。

他的车一走，一直停在他车后不远处的一辆出租车也发动起来，紧随其后。

出租车副驾驶上是陈吟。

十多分钟后，陈吟一路跟着曾辉来到了一家茶馆。

透过茶馆的橱窗，可以看见几桌人，其中有一个精致的气质白领，那女人很瘦很美，一个人。陈吟不知道曾辉要见的人是谁，但她就是直觉般地觉得是她。

果然，曾辉的脚步逐渐靠近她，最后真的坐在了她的面前。

陈吟堂而皇之地站在车流攒动的路口，淹没于人群，平凡的外表此时使她无比安全。

隔着玻璃，听不见他们说话，陈吟只看见那两个人有说有笑，同用一个杯子品第一盏茶。

曾辉的头发上似乎有什么东西，女人指点了他几次没弄掉，她便亲自上手帮他轻轻抹去，也许是顺便看见了一根他的白头发吧，曾辉露出不敢相信的表情，女人笑着执意要帮他拔掉，他反抗了两下，最后还是乖乖任由摆布了，那安分的样子陈吟都没见过。女人回到座位后，曾辉终于拿出了鞋盒，打开盒，女人惊呼，满脸惊喜，曾辉看着她，脸上也全是笑，女人珍爱地取出那双红色的高跟鞋，细细欣赏细节，每一处都不放过。

不知何时，陈吟已经走到了他们的桌边。

二人把目光从高跟鞋移到站在旁边的这个人身上，曾辉看到她吃了一惊，女人不明状况地问她："请问你有事吗？"

陈吟看了曾辉一眼："有。"

她端起桌上的茶壶，举到曾辉的头顶，浇了下去。

"你干什么呀你疯了吧，你谁呀！"女人吓得咋呼起来，赶紧拦她，却没想到反被陈吟死死抓住了手腕，说："这问题我想问你，你谁？"

女人疼得连连尖叫，昂贵的高跟鞋从她手里掉在了地上。曾辉见陈吟居然出手伤害她，赶紧起身抓住陈吟："陈吟你在干什么！"

陈吟来回看他俩："很明显，捉奸。"

"谁？"女人不敢相信自己的耳朵。

曾辉："你松手！这是我姐！不要闹了！"

陈吟一怔。

"这是我姐，窦佳成的亲妈！"

陈吟看向女人，说不出话来。

曾辉把桌上女人的手机拿过来给陈吟看，屏保上是她与另一个男人一起抱着窦佳成的合照，那男人应该就是曾辉的姐夫了。

陈吟目瞪口呆，女人用刀子般的眼神看着她，质问曾辉："辉，这就是你口中的好姑娘？"

说完这句话，女人抢回手机，提起包就走。

曾辉："姐，鞋。"

女人从陈吟身后瞪了她一眼："留给你女朋友吧。"

"姐。"

陈吟追着她道歉："对不起，真的对不起。"

女人一声没应，愤然走出了茶馆。

曾辉烦躁地抹了把头发上的水，泄气地坐下。陈吟则一动不动地站着深深地低头，后脖子上似有千斤重，她看着躺在地上的高跟鞋，再次道歉："对不起。"

曾辉："你最近很爱疑神疑鬼，这很不像你。"

"对不起，我明天亲自跟她道歉，对不起。"

曾辉看着陈吟低头一直道歉的样子，半天说不出话。

"来。"

沉默了一阵之后，他轻轻拉住了陈吟的手。

他把她拉到身边坐下，叹了口气，说："这事不能全怨你，是我没有给你足够的安全感，是我没做好。"

他掏出手机，当着她的面解除了锁屏："以后我的手机你随便看，只要你相信我，好吗？"

陈吟："你不用这么做，我不是这个意思。"

"看不看是你的事，做不做是我的事。"

他这么做，让陈吟心里五味杂陈，既感动又内疚。

那天之后，陈吟从来都没有看过曾辉的手机，她压根儿就不想那么做，也没必要那么做。他们没再吵架，在舒服的美好中度过了一天又一天，而且一个重要的日子马上就要到了。

"一百天？"陈吟笑了，"又不是小孩子过百天，咱们过这个干什么。"

"当然要过，在一起一百天，很有纪念意义，笔盖儿你说对不对？"曾辉知道小笔盖说的话有分量，也学会拉拢她了。

可小笔盖正在看电视，心思完全不在他俩的对话上，心不在焉地答应了声："嗯呢。"

陈吟择着菜瞥她一眼："嗯呢啥嗯呢，瞅你那期末成绩，陈老师明天都要约谈我了，天天给我丢人，还好意思看电视呢。"

小笔盖坐在床上，晃着小脚丫，选择了装聋作哑的战术。

陈吟也不是成心批评她，知道她这半学期是因为曹一童走了状态不好，便随她去了，她跟曾辉继续探讨关于百天纪念日的话题："也不是说不过，我觉得简简单单吃个饭庆祝一下就行了，真没必要去那么远的地方玩一趟。再说了，我记得你不是说那几天有个外地老板要来跟你谈生意嘛。"

曾辉靠在门上看着她："改时间了，你就别管了，我票都定了，去青岛这么便宜的机票我还第一回遇到，这就是老天给咱俩纪念日的礼物，浪费了会遭天谴。"

这话说得，陈吟不敢不去了。

第二天中午，陈吟去学校跟陈老师聊小笔盖的期末成绩。

作为一个爱惹祸的学渣的家长，陈吟已经习惯了每次进老师办公室之前先站在门口把心理建设好了再进去，但是这一次，陈老师不仅没有批评小笔盖，反而给了陈吟一张单子："我前段时间给全班同学做了一套比较权威的智力测试题，你看她多少分？"

陈吟看单子："149分。"

她仍是蒙的，抬头看向老师。

陈老师说："满分170，140～160分是普通人到天才的过渡，160分以上的算天才了。"

陈吟这才有了反应，惊叹与喜悦溢于言表。

老师补充说："而且她现在才十一岁。"

"那她成绩怎么还是这么差，是因为曹一童走了吗？"

陈老师叹气说："有点关系，但不是主要原因。是这样的，起初我只是发现她平时上课老坐不住板凳，下课容易跟同学起矛盾，我说了她几次效果不大，就让心理老师跟她聊聊，后来心理老师跟我说，您妹妹疑似有轻度的焦躁症。"

晴天霹雳，陈吟："不可能，她每天挺开心的啊，小孩也能得这个？"

"嗯……怎么说呢，一般比较早熟的孩子容易产生这种心理问题，因为他们心事会比较多。如果孩子经历过一些重大的家庭变故，比如父母离异，就有可能会出现情绪不稳定、自我怀疑、抗拒学习的情况，如果还不愿意跟别人倾诉的话，不良情绪就会像毒素一样积压在心里，变成心理问题。"

陈吟惊得一句话都说不出来，她的脑子里爆炸似的涌出了许许多多人和事，想到那些一直被她所忽略的、对小笔盖的影响。

陈老师赶紧安慰她："疑似，而且是轻度的，不要担心。所以我找您来，主要是建议您有空可以带孩子去医院看一看，毕竟老师不是医生，说不定还没事呢是吧？"

说着，陈老师掏出手机快速翻朋友圈："如果觉得去医院对孩子来说不好接受，我也认识一个很不错的儿童心理医生，我把她推给您，您可以约她出来见。"她翻了没翻着，嘀咕着，"哎？昨天还看见她发了条朋友圈，她叫什么来着……您稍等啊，我找找她名片。"

陈老师把手机放在桌上，起身去书架里翻找，陈吟瞥了一眼她手机上停留的朋友圈页面，正好看到了曾辉昨天发的一条朋友圈，图片是一页写了批注的书，配以文字"无疑是不需要做美学研究的年轻人了解美学的优秀作品"。

曾辉身为窦佳成的家长，出现在陈老师的朋友圈里并不奇怪，令陈吟奇怪的是这条朋友圈本身——他可从来不看书。

可她没工夫再多想这件事，小笔盖的焦躁症已经塞满了她的脑子，陈老师终于从抽屉里把名片找出来给了她，她万分感激地收下了。

当晚，以找了个重点初中的老师咨询上初中事宜为由，陈吟把小笔盖骗出来跟心理医生见了一面。

大夫姓金，戴着眼镜很有学问的样子，说她是老师，丝毫没有破绽。

他们约在了重庆火锅，小笔盖馋这个好久了，陈吟选择这里一来是满足她的愿望，二来也能分散一下她的注意力，免得被陌生阿姨问东问西发现异常。

没办法，对付聪明又敏感的小孩，不使点"辛辣"的手段是真不行。

大夫的"问诊"很顺利，小笔盖火锅吃得也很尽兴，全程没觉得有什么不对劲。也是多亏了金大夫专业，真不愧是金牌儿童心理医师，闲谈不离重点，问诊不失自然。陈吟多虑了，小笔盖还不是人家的对手。

酒足饭饱后，陈吟带小笔盖回家，曾辉电话问她在干什么呢，陈吟没告诉他给小笔盖看病的事，她觉得这事越少人知道对笔盖儿越好。

"吃了火锅？很隆重啊，"曾辉提醒她，"明天来我家，咱们也隆重地讨论一下后天去青岛玩什么。"

陈吟心里记挂着小笔盖的事，犹犹豫豫地回了个行。焦灼的等待后，她终于收到了金大夫的消息：

我觉得问题不大。

您的意思是她没有焦躁症吗？

轻度，但她现在心态很不错，看得出她很依赖你，跟你在一起非常有安全感。

陈吟心里的石头总算落地了，她继续问。

那不用吃药吗？

完全不用，多关注关注她，不要把太多负面情绪灌输给她就行了。

太谢谢您了大夫。

没事，应该的。我跟朋友一起开了一家儿童福利院，我在朋友圈经常转发一些福利院的活动和科普文章，都是有关儿童心理健康的，您可以没事看一看，有什么问题随时问我。

好的，一定。

陈吟松了一口气，回头看正在熟睡的小笔盖，嘴里叼着吃了一半的苹果，口水从她张着的嘴里流了出来。陈吟把苹果轻轻拿出来，并合上了她的下巴。

她一边啃半个苹果，一边点开了金大夫的朋友圈，这一翻不知不觉看了一个多小时。她不禁感叹金大夫把这个福利院办得真好，自己也长了不少知识，心里对小笔盖的状况有了底。

看累了，陈吟伸了伸腰，拧了拧酸痛的鼻子，恨自己有这个一翻某人朋友圈就根本停不下来的毛病，上次翻曾辉的也是！

曾辉。

想到这，她忽然愣住了，不知怎的，脑海里出现了白天从陈老师手机里看到的朋友圈。

她拿起手机点开了曾辉的朋友圈，翻到了昨天，只有一张他学做清蒸排骨的处女作成品照，而那条有关美学书籍的评论并没有找到。

许是删掉了。

陈吟关上手机，上床睡觉了。

第二天，陈吟起了个大早直奔曾辉家。

她彻夜未眠。

她到得太早了，曾辉还没睡醒，揉着惺忪的睡眼给她开的门。

"这么早，才几点……"没睡醒的他声音有些软。

陈吟说："想过来给你做点早餐，你接着睡吧。"

曾辉拉住她的手，轻轻一用力，她就坠到了他的怀里。

他把头深深埋在陈吟的颈窝里，喃喃地说："要人陪。"

陈吟笑了，轻摸他的头："今天算了，我睡不着了，给你做好吃的，乖。"

曾辉发出哼哼唧唧的声音，不情不愿地不撒手："不要好吃的，要你陪。"

她无奈地叹了口气，想了想，妥协了。

陈吟靠在床头半坐着，曾辉躺在她的怀里，她轻拍他，他不一会儿就又坠入梦境里，睡得十分香甜，像个孩子。

陈吟看向床头上他的手机，触手可及。

她发着呆，脑子里因为朋友圈的事翻江倒海的。她一夜没睡，现在又莫名其妙地凌晨四点来到这里抑制不住地想要看他的手机。

说实话，她好讨厌这样的自己。

她不应该是这样的。

敏感，怀疑，猜忌，疑神疑鬼，浮想联翩。

曾经那个神经大条的陈吟怎么可能会做出这些事情？

可她就是控制不住，她渴望相信他，只有一次次的亲自验证，才能消除她的不安，让她好继续相信。

他说过手机让她随便看的不是吗，这不算不信任吧，只是看一看。

陈吟再一次说服了自己，动作极轻地把曾辉的手机拿到客厅去看。

果然，他的东西每一次都不会让她失望，在他的朋友圈里，陈吟看到了令她瞠目结舌的东西。

这一次，比前面任何一次都诡异。

她不仅找到了屏蔽了她的那条美学书评，还发现了更多她平时看不到的朋友圈。

很多很多。

她数了数，曾辉平均一天下来能发十几条朋友圈，而对她可见的只有一两条。

其他的也都不是完全开放，每一条状态都被设成了不同的分组可见，陈吟也被分到了一个名为"F"的组里。

在这小而狭长的朋友圈里，曾辉时而居家做菜，时而在斯里兰卡远行，时而深夜苦逼加班，时而在高档夜总会中灯红酒绿，时而在健身房挥汗如雨，时而举着一张阑尾炎确诊单叫苦连天，时而阅读，时而贪玩，时而阳光，时而颓废，时而贫穷，时而富有……

他什么时候去的斯里兰卡拍的照？又是什么时候参加的读诗会？他哪来那么多时间，做那么多事情？

十一个分组，十一个平行的时空，十一个性格爱好迥异的曾辉。

每一个时空里的人出不去，外面的人进不来，他们永远看不见其他世界里的曾辉。

陈吟被分到的应该是居家好男人版曾辉的组。

为什么？

陈吟的脑海中闪出一个问题：他为什么敢随便让她看手机？如此充满秘密的手机。

大概因为，他断定她不会看。

这么懂事、独立、善解人意的女生是不会看的。

所以他有恃无恐。

可她又转念一想，谁朋友圈还不分个组呢？她也有很多分组。

熬夜不想给爱你的人看到，对工作的牢骚不想给甲方看到，跟某些人合照不想给跟他不合的人看到。

人总有些事情是想给这些人看，而不给那些人看的。

原因有很多，怕说不清道不明的麻烦，怕不必要的担忧，怕给人造成困扰……

既然分了组，展现出来的东西定是不一样的。

为什么你可以这样做别人就不可以？

陈吟羞惭又痛苦，想放弃，又没死个明白，来来回回地推敲，猜度，拉磨驴一般，被自个儿的尾巴鞭着。

她想起上次高跟鞋的误会，那天的她又蠢又讨厌，她深深告诫自己要吸取教训，如果没有确凿的事实，不要轻易怀疑别人。

不管怎么样，他是她一个人的男朋友，他们天天在一起。

最后，她把手机放回了原处，走进厨房做早餐去了。

第二天，陈吟跟着曾辉一起坐上了飞往青岛的飞机。

那是她第一次坐飞机，不知不觉中，曾辉已经成了给她无数个难忘第一次的人，他注定在她的生命里无法平凡。

天气很好，太阳虽然大，但海风阵阵清凉。

他们先后去了八仙渡、鸡鸣岛和威海。

陈吟光着脚，踩在细软的金沙海滩上，她的肤色和发色较一般人浅，阳光下明晃晃的，像戈壁的盐湖。剪影绰绰，美如画中人。曾辉看入了神，牵起她的手，一起在海边漫步。

陈吟闭目微笑，享受阳光，说："我们拍张合照吧。"

"好，"曾辉掏出手机，打开自拍高举到他俩面前，"一百天快乐！"

正好一阵风。

咔嚓——照片里陈吟的发丝飞舞，与身后的海波融为一体，她笑得灿烂，曾辉也是。

又逛了一会儿，他们乏了，便在沙滩上躺着。

陈吟看着躺在身边的曾辉，他戴着墨镜，不知是醒着还是睡了。

她轻声说："我可以玩一会儿你的手机吗？我的没电了。"

"当然可以。"

曾辉毫不犹豫地把手机给了她，她微微一怔，接过来玩了一会儿，玩完了又还给了他。

"玩够了？"

"嗯。"

"玩什么了？"

陈吟没回答，只面对着他静静地坐在温热的沙滩上，看着他。

"你看我做什么？"曾辉拿着手机刚要看。

陈吟微笑。

曾辉也笑："傻瓜。"

他翻看着手机，陈吟表情平静地盯着他，似乎在等待什么。

过了几分钟，他果然震惊地跳起来，举着手机低头大声质问她："你拿我朋友圈瞎发什么！"

"怎么，你的女朋友们来评论你了吗？她们说了什么？"

她看着他，逆着光，眼睛好痛。她有些恍惚，觉得这一切都好不真实，但她刚才确实鬼使神差地用曾辉的手机发了一条不对任何人分组可见、完全公开的朋友圈，是他们的合照。

"什么？什么女朋友，你到底想干什么！"

陈吟的双眼失了神："我只想知道，那么多分组里，哪一个才是真正的你。"

曾辉感到莫名其妙："分组怎么了，你不分组吗，我那都是工作需要，我想多把加班的样子给领导看但又怕朋友笑话我分组不可以吗，我想把成功一点的生活状态给客户看让他们相信把生意交给我能成分个组不行吗，我去陪人应酬避免不了去那些比较乱的场合我不想让你担心但又不得不发分个组也不对吗？陈吟你现在为什么这么能鸡蛋里挑骨头呢？我把手机都给你看了，我都这样了，你还有什么不满意呢！"

"那请你告诉我，每天跟我一起吃饭的那几天你怎么去的斯里兰卡，你上次出差是去出差了吗，去的是湖北吗？"

"怎么不是湖北了，车票给你看了啊，还有那些特产！"

"票可以买了不坐，特产到处都有卖。"

曾辉点点头："反正你就是咬定我没去出差，跟别的女人去什么斯里兰卡了是吗？！我那是以前去的时候拍的照片，我还可以给你证据！陈吟你不觉得你最近很疑神疑鬼吗？！"

"我不觉得是我的问题，我反而觉得从你跟我求婚的那天晚上之后，你就开始各种不安分，是你逼我这样的。"

"你什么意思？"

曾辉的眼圈红了，他用不可思议的眼神看着陈吟，反应了一阵，弯下腰问她："所以你还是觉得我是 PUA 是吗，你的意思是我把你骗到手之后就开始想尽办法甩掉你是吗？"

他转到别处又转了回来。

"陈吟，我如果想要甩掉你，我干吗把你跟我的家人放在一个分组，我干吗跟大老远来和我谈生意的客户撒谎说得阑尾炎了好跟你出来过纪念日，你知道吗就因为你刚才那条朋友圈被他看到了，我这一年的努力全白费了！"

陈吟愕然，抬眼看他又目光闪躲，她觉得心里好乱，脑袋也好乱。

她的胃里翻江倒海，随时都能吐出来。

"陈吟，你如果从来都没相信过我，我宁愿那天你没原谅我。"

"对不起……"

她不知道该说什么，只直觉般地说了这个。

这时，曾辉收到了一条微信消息，他看完那消息，又看回坐在沙滩上的陈吟，无力地叹气。

"咱们分手吧。"他说。

陈吟的大脑一片空白。

第四章

脱钩

成筠看着刚发送给曾辉的微信消息，等待回音。

出来喝一杯？

办公桌上躺着一本以她为封面的《财富》，是今天刚出的。

今天的工作很繁重，成筠连开了三个会，鬼话连篇了一上午，她感到十分疲惫，正好最新的《财富》出了，看着封面上的自己，忽然便想起了曾辉。

她觉得，是时候找个人说点人话了。

可这人怎么还不回话呢？

成筠正要大开脑洞猜猜曾辉在干什么，有人小心翼翼地敲了两下办公室的门。

"进。"

实习生小纪抱着一本文件走进来："小成总，请签个字。"

成筠盯着文件："这是什么？"

小纪恭敬地回答："前天审核没过的报表。"

"哦。"她快速地浏览了一遍，确认了关键的几处没什么问题，摊开手掌。

见许久没动静，她缓缓抬起头盯着小纪。

小纪一脸蒙，这是她每天脸上最多的表情，尤其是在猜不出领导意图的时候。

成筠："笔。"

"哦哦哦。"

小纪手忙脚乱地找了一圈，最后从自己的衣领上扯下一支笔给成筠，成筠却没接的意思："不是这支，我要我那支。"

小纪又蒙了："掉漆的那支？"

成筠瞪她一眼："我就要那支，找不到我就不签了。"

说完，人撂挑子往后座一瘫。

你见过爱耍无赖的领导吗？小纪天天见。

小纪只好硬着头皮到处找，幸亏白一榛进来给她解了围："笔在这儿呢。"

穿着一身浅灰小西服的白一榛拿着一支笔走进来，小纪毕恭毕敬："白总。"成筠也站了起来。

白一榛跟小纪说："你晚上再来签字吧，我跟小成总出去一趟。"

小纪出去了，并带上了门。

白一榛把笔往桌上一摔："自己把笔到处丢还怪人家，成天撒泼。"

成筠笑嘻嘻地捡起笔收好："师父，咱们去哪里呀？"

"去趟娱恒。"

"霍——总回来了？"成筠霍字尤为拉长声。

"嗯。"

"他可真够能逛的。"

"所以你赶紧跟我走，再磨蹭人又出国了。"

白一榛头也不回地往外走，成筠拿起一件外套小跑跟了出去。

师徒二人往地下停车场走，穿着差不多的西装，差不多的高跟鞋，从背后看去，连走路的姿势都几乎一样，亲姐俩都不带这么默契的。

成筠一路追赶累得够呛，安抚白一榛："师父咱真不用着急，着急的是霍总，人家要是不见你一面，根本舍不得走。"

师父看她没正经的样儿，想打她但又下不去手，干脆晾着她是最好的回应。

白一榛打开车，成筠跟着坐进副驾驶，二人驱车去往娱恒公司。

开了一段路，成筠从衣兜里掏出一颗薄荷味的硬糖，放在嘴里含着。

白一榛的肤色和五官清清冷冷的，用现在的话叫性冷淡脸。

她几乎很少做出较为夸张的表情，开心的时候动动嘴角，生气的时候皱皱眉头，难过的时候……一般看不出来她难过的时候。但成筠可以，因为她是在白一榛身边长大的，她们二人之间已不用依靠表情感知彼此的悲喜，靠场就可以，不一样的心情人的周身会散发出不一样的场。

白一榛："今天晚上会有个姑娘到你家，是我给你找的小保姆，农村来的，很实在，做饭干活都交给她。"

"不要，"成筠看向车窗外，用舌头搅着硬糖，碰到牙齿嘎啦嘎啦作响，"你就是派人看着我。"

白一榛："没错，我就是要看着你，省得你自己总偷偷把不三不四的人带到家里来，改天把我的房子掏空了。"

叮——

正好来了一条微信消息，成筠低头看。

曾辉：好，去你家？

这微信来得还真巧，成筠抬头看了师父一眼，刚好撞上了她在瞪她。

在成筠眼里，师父的场是有颜色的，喜悦是绿，难过是蓝，愤怒是橙，大多时候是白，像她的姓一样。

成筠盯着她，别看师父表情挺严肃，其实她现在的场就是白色的，刮大白的白。

成筠嘿嘿笑，知道师父不是生气，便转头去看窗外。

娱恒是国内发展最快的艺人娱乐公司之一，也是最大的直播平台逗鱼的运营公司，董事长叫霍振川，正是成筠跟师父要去见的人。

师父一直与娱恒有着密不可分的合作关系，双方之所以能连续三年拧得跟麻花似的捆绑在一起互利互赢，除了彼此实力都很可靠以外，更重要的是霍振川一直对白一榛有意思。这件事，在跟娱恒合作的第一个月，吃瓜徒弟成筠就看出来了。

所以，这些年成筠跟霍总谈起工作事宜来也敢肆无忌惮，因为她知道，只要师父一天不答应他，他就绝不会跟她们解除合作关系。

生意场上的盈亏有时候跟无关生意的事情密切相关。

她们的车停在了娱恒的门口，霍总早就站在那里迎接，大大的肚子圆滚滚，实话实说，成筠一见他就想杵他肚子，每次都忍得好辛苦。

师徒二人下了车，挨个跟霍总握手。

霍总："怎么这么晚，差点派人接你们去了。"

白一榛："三环堵车耽误了，抱歉。"

成筠："霍总呀，不就是多等了一会儿嘛，我们等你几个月了你也不数数。"

霍总看她就忍不住笑："哈哈哈行行，美女就得是千呼万唤始出来，更何况两个大美女，得两千两万呼唤，来进来。"

三人进了霍总办公室，师父谈生意一向直奔主题，不喜欢寒暄做前戏，所以他们一落座便从正事聊起。

霍总靠在西皮大椅上："这次从韩国又领回来一批小网红，有的已经有一定粉丝基础了，接下来全平台的资金重心都会在他们身上。"

成筠见师父没说话，替她提出一个疑虑："霍总，您说的那些粉丝基础都是韩国的，他们在国内不一定好打开局面，这一点您怎么打算？"

霍总："打开局面是没问题的，虽然我们是第一家在这么做的，但我很有信心，就是需要你们的支持。"

白一榛想了想："我相信您，我们全力以赴。"

霍总盯着她展开笑颜："白总的信任对我的激励一直很大。"

成筠："喀喀！"

又聊了一个钟头，差不多该走了，白一榛去卫生间，成筠等她。

霍总办公室里有一整面墙全是公司旗下的艺人，有网红主播也有歌手演员。成筠闲逛着瞎看，发现了一个三十多岁还混得平平无奇的过气网红，叫沙莹莹。

成筠好奇地问："这个沙莹莹为啥没火起来？"

霍总正盘着新买来的串珠："她啊，情况比较特殊，她不归我管。"

成筠觉得这回答有点意思，仔细打量这女人的照片："长得很漂亮，挺有特色的。"

霍总："嗯，唱歌也拿得出手。"

"她本名叫什么啊？"

"叫，林小宁。"

"林小宁，"成筠点点头鹦鹉学舌地重复了一遍，"可惜了。"

白一榛正好回来了，成筠便跟她回去了。

回到公司，成筠给小纪签完字后就下班回了家。她到家快速洗了个澡，化了个妆正准备出门跟曾辉见面，一个胖胖圆圆的姑娘提着大包小包的麻袋上门了。

成筠口红举在半空，盯着她："你哪位？"

小胖妞："小姐好，俺叫吴小芬，俺是来给您做饭打扫卫生的。"

哦，师父找的小保姆。

成筠往沙发上一靠，二郎腿一跷："体检了吗，健康证有没有？"

"俺有的！"

还真有。

小芬从她鼓囊囊的布袋深处抽出了一张折得皱巴巴的体检报告，成筠拿过来扫了一眼说："提前说好，我这人事儿多，很不好伺候，待不下去就走人。"

"俺绝对不会让小姐失望的！"小芬忽然喊出来，吓了成筠一跳。

小芬把工具行李铺了一地，就开始干活了。

成筠走到化妆镜前继续涂口红。

"小姐，这是啥花？"

成筠回头，看见小芬指着落地窗前那排绿叶盆栽问她。

成筠："薄荷。"

"薄荷？那俺每天给它们浇多少水？"

"浇一点就行。"

过了一会儿，成筠正在挑选裙子，小芬又发问了。

"小姐，墙上这些画俺要擦吗？"

成筠横着眼睛看她："要。"

"可是俺看好像都是没玻璃片的，只有框框没法直接擦，擦了画就花了。"

"只擦框！"

"好的小姐。"

为了配新买的那双银色的高跟鞋，成筠最后决定选一件低调的灰连衣裙。

"小姐，都是你画的吗？画得真好看。"小芬指着成筠卧室墙上的一排装饰画，有的是抽象画，有的是儿童画。

"不是。"

"你不会画画啊，俺也不会，小时候老师把俺画的画都当草稿纸了。小姐——"

"再问一个问题就滚蛋，"成筠突然站到小芬的眼前，用手指托起她的下巴，"以及，不要叫我小姐，听明白了吗？"

小芬下巴一动不敢动，眨巴眨巴眼睛："明白了。"

成筠撒开她的下巴，走到门口换上高跟鞋。

"现在好晚你去……"

成筠把她的话硬生生瞪了回去。

"去去就回哦……"

成筠穿好鞋，打开门："约会。"

砰——关上了门。

曾辉已经在约定好的餐厅等着了，他选了个角落的位子，成筠向他走过去，看他低着头，好像心情不大好。

"失恋了？"

曾辉猛地抬头看她，好像真被她说中了似的。

成筠在他对面坐下："惹你不高兴的人不是我，我没有义务面对你的丧脸。"

曾辉竟被逗笑了出来："对不起。"

"没关系！"

他问："怎么约的这儿，不在你家？"

她笑说："某人好像来我家上瘾了。"

曾辉低下头："不是，我的意思是这儿的东西你不一定吃得惯，在家我可以给你做……"

"家里有人，"成筠低头看着菜单，"碍事儿。"

她看了一会儿菜单，跟服务员说："给我来份素沙拉。"

服务员："好的，还要什么？"

成筠把菜单还给他："够了。"

服务员一愣，头回见到把配菜当主食吃的。

曾辉问："谁在你家？"

"嗯？哦，男人。"

"男朋友吗？"

"是啊，"成筠一本正经地说，"我出门前跟他说呢，我要跟我的另一个男朋友吃顿饭，他说好呀早点回来。"

"……"

成筠看着他无语的表情又憋不住笑了，她从包里掏出一本《财富》放到曾辉面前。

"喏。"

曾辉拿起来仔细欣赏封面上的美人，脸型完美，五官恰到好处，精致的淡妆，透着精英的独特女人味。

"好看吗？"她问。

曾辉不说话，成筠默认成他回答"好看"。

她说："有你的功劳，所以送你一本。"

曾辉："我以为你上次生气了，再也不会找我了。"

"那你怕不怕？"

"什么？"

"我再也不找你了。"

她手托着下巴看着他。

在一段沉默中，沙拉来了。

曾辉嗫声，成筠以为他在酝酿答案，结果他只是喝了一口水。

成筠被这个闷葫芦搞得有点郁闷，也将杯中酒一饮而尽，然后尝了尝沙拉，没吃几口，她就把刀叉放下，一边喝酒一边看曾辉大口大口吃意面。

他正在用叉子把意面卷到一半，忽觉不对劲，抬头看她："不吃了？"

"不好吃。"

"再吃点。"

"不吃。"

"你又瘦了。"

"没事。"

曾辉低头把意面全部卷好，刚送到嘴边，又放下了："要不，我给你做。"

她兴奋地身体前倾，好像一直等着他这句话似的："好啊。"

他把刀叉放下，拿出手机准备叫个车。

成筠："去你家吧。"

曾辉吃惊地看她，眼神有些闪烁："别了吧。"

"怎么？金屋藏娇了？"

"不是，我家……有点小。"

成筠一听，双眼居然发出了无比憧憬的光芒。

曾辉拦不住，成筠还是跟他回了家。

那是一栋老居民楼的一套三室一厅，成筠走进来，直奔其中一个房间门："真的很小哎。"

"哎，"在她即将去推那扇门的时候，曾辉赶紧叫住她，"那是别的租户的。"

成筠吃惊地看着他面前刚打开的房间，合着他还是跟别人合租的。

三个房间分租给三个租户，他的房间是其中最小的，所以里面被生活用品堆得满满登登，几乎没有落脚的地方，进屋就是床。

为了省钱，曾辉把杂志捆成一摞当凳子，把快递盒子做成储物箱，把一样高矮的各种牌子大可乐瓶子绑在一起，再用一块木板扣在顶上，做成了一个小桌子。

"哇，这小屋也太酷了吧。"

成筠往屋里一看，几乎尖叫了出来，她东摸摸西看看，连连发出感叹，好像一个正在逛什么了不起的旅游景点的游客。

曾辉站在一旁不知说什么，兴许对有钱人来说贫民窟就是一处新鲜的旅游景点吧。

"你随便坐，我去做饭。"他去了公用厨房。

他端着菜回屋的时候，看见成筠一点不见外地躺在他的床上看手机，手机里时不时传来女人的歌声。

窗外下起了暴雨，使这小屋更狭小，更有安全感，让人想一直赖在这里不出去。

"吃饭吧。"他说。

成筠兴奋地从床上跳起来，在可乐瓶小桌前席地而坐，把手机靠在一个比较能承力的保温杯上，边吃饭边看。

吃了一口，她才反应过来，看向桌上的那盘小米辣炒蛋："嗯？熟悉的味道。"

她一口一口吃得很顺畅。

他不知道从哪儿还翻出了一瓶葡萄酒给她，这一顿给了她久违的快乐。

曾辉坐在对面，问："你在看什么？"

"直播，"成筠把手机转过来给他看，"最近发现了一个人美歌甜的女主播，你知道她吗？"

曾辉垂眼看了一下手机，屏幕里是一个叫沙莹莹的美女主播，正在唱《心动》，一千多观众的热度，时不时有零星几个人给她刷一连串廉价的小礼物。

曾辉的瞳孔放大了几分，却没有任何表情，只淡淡地摇头："我不看

◀ 097 ─┤

直播。"

"也是，不知道为什么，她不怎么火。"

"有多久没见你，以为你在哪里。原来就住在我心底，陪伴着我呼吸……"

浅浅吟唱，款款深情，唱得曾辉和成筠都沉默了，忘了咀嚼嘴里的东西。

回头看去，不知何时，成筠落泪了。

雨点打在玻璃窗上，噼里啪啦作响。

曾辉："你没事吧？"

她问："你觉得好听吗？"

他刻意不去看手机，只点头。

"我也觉得她唱得不错，不比现在的那些歌手差。你知道吗，歌不是用来听的，是用来经历的，"成筠知道自己眼角有泪，但不打算擦去，任由它肆意滑落着，"好听的歌声就像时光机，可以把你连人带心一下子拽到很久很久以前的日子去，拽到初恋，拽到懵懵懂懂的暧昧，拽到横冲直撞地爱一个人的那个自己面前，让它来告诉你你现在变化有多大。"

他不知道她为什么忽然提起这些，他也没想到一个叱咤商场的女人也有如此感性的一面，他一言不发，只做听众。

成筠："我教你一个单词吧，Mamihlapinatapai。"

如她所料，曾辉露出了费解的表情。

她忍不住笑了："这个单词来自亚格汉语，一种已经消失的语言，但曾被位于南美洲最南端的火地岛人使用过。"

她出神地听着窗外的雨声，陶醉在这个单词的意境中，轻启红唇，缓缓说道。

"我很喜欢它的意思，形容两个人都有一个共同的渴望，但都不想首先打破僵持的那个瞬间或感觉。"

她沉醉其中，转过头去，正好与曾辉的脸撞了个正面，近在咫尺。

双眼与双眼，鼻子与鼻子，嘴唇与嘴唇，男人与女人的五官两两相对，被一股温柔的力量紧紧拉扯。

暧昧到深处，成筠目光微转："雨停了。"

曾辉才反应过来，雨声很突然地小了，仿佛在叫停他们。

她微笑起身，拿起手机走到他家门口："谢谢你的晚餐，好好休息，你黑眼圈有点重。"

说完，她走了。

成筠回到家，发现小芬正站在厨房一边煮着什么一边打电话，庞大而圆滚的背影一颤一颤的，似乎在哭。

听见有动静，小芬赶紧挂断手机，回头一看："小姐不是……主人，你回来了。"

"……"成筠脱下高跟鞋，"你还是叫小姐吧。"

经过厨房，她停下了脚步："你在煮什么？"

"俺看外面下雨了，寻思给你熬点姜汤。"

成筠没说话，径直走进了自己的房间。

关上了房门，她瞬间卸了力，倒在床上，虚伪的一天又结束了。

她闭上双眼，想就这样直接睡去，连妆都不卸。

她睁开眼，看到对面墙上的那排画，忽然想起了一件事，便又拖着疲惫的身子起来，拿起一个小白药瓶倒了颗药片吃了下去，然后打开衣帽间，站在大镜子面前。

微微扬起嘴角，绽放出灿烂的微笑。

有点僵，可能今天太累了。

她看着镜中的自己，微调着微笑的弧度，像女生 P 自拍照一样，其中细微的变化只有她一人感受得到。

正调整着，房门倏地被打开了。

"姜汤来……"

镜子正对着门，成筠从镜中看见小芬定格在了端着一碗姜汤水惊讶地看着她的动作上，而成筠的脸上还挂着僵笑。

小芬："了。"

"放那儿吧。"

"小姐你，你干啥呢？"小芬显然被她匪夷所思的行为吓着了。

成筠没回头，从镜子看她："练习假笑，工作需要，哪那么多问题。"

小芬低下头哦了一声，正准备出去，成筠又叫住她："看好现在几点，每天这个时候都不要再打扰我。"

"哦，俺知道了，小姐你接着练吧。"小芬乖乖关上了门。

成筠看回镜子里的自己，静静地发呆。

半个小时后，她走出房间找李红霞，忽然听见厨房有动静，她走过去，发现小芬正在一边哭一边煮面。

成筠质问她："你在干什么！"

小芬吓了一跳："俺……俺想煮点面吃。"

"没吃晚饭？"

"吃了，俺就是心情不好的时候想吃东西……这俺自己买的方便面。"

成筠夺过火上的锅，把面全部倒在水槽里。

"我家九点以后不许开伙。"

小芬看着她回屋，敢怒不敢言。

第二天一大早，成筠上班前把李红霞塞到小芬的怀里让她每天带它出去玩。

"猫用遛吗？"小芬问。

"不叫遛，叫出去玩。"

"好吧。走咯，坐电梯去。"小芬抱着李红霞往外走。

"你过来，"成筠叫住她，"李红霞不喜欢坐电梯，你抱着它爬楼梯。"

小芬吃惊："二十一楼吗？"

"受不了就找我师父结账去。"成筠挑眉说。

小芬只好乖乖抱着猫去走楼梯，成筠挑了一盆薄荷走进电梯，看着她圆滚滚的背影，直到电梯门缓缓关上。

成筠没有直接去上班，而是先去了趟曾辉家。

曾辉打开门的时候，嘴里正叼着牙刷，看见成筠举着一盆花，他半睡半醒的，一时没反应过来是怎么回事。

成筠靠在门上："薄荷安眠，送你一盆。"

"我睡眠挺好的。"

"不要算了。"

"哎……要。"

成筠微笑着把盆栽递给他。

"拜拜，改天见。"

一来二去的，二人走得越来越近。成筠经常去曾辉家，吃他做的菜，聊天聊地聊八卦聊艺术，反正什么与他们无关就聊什么。

一起看电视剧，成筠自己从不看电视。

用扑克牌玩枯燥无味、永无止境的"蘸年糕"。

或者两个人就那么静静地躺在床上看着窗外发呆，窗台上的那盆薄荷长得生机盎然，是这屋里唯一的绿色。

这狭小的房间逐渐成了成筠工作劳顿的停靠站、卸下伪装的安全屋。起初，成筠只是周末来，后来变成了隔一天一来，再到后来天天来。

但从不会留下过夜。

半个多月后的一个早上，小芬忽然开心地跑来跟成筠请假，说晚上要跟同在这个城市打工的男朋友过一周年纪念日。

成筠坐在沙发上，轻抚李红霞，冷冷地说："不是要分手了吗。"

小芬圆圆的脸上洋溢着得意，笑出了双下巴："他夸俺最近变瘦变美了，又回来找俺了。"

成筠一言不发。

小芬忽然反应过来什么不对劲，睁圆了眼睛问她："小姐你咋知道俺跟男友要分手啊？"

成筠赶走猫，往门外走："反正我今晚有应酬，不回来吃饭。"

小芬追在她屁股后面："俺知道了，小姐你是不是故意不让俺晚上吃东西，还让俺天天爬楼梯减肥？"

"没有。"成筠暴走。

"指定是这么回事。"

"你有斯德哥尔摩症。"

"哦呜……小姐你人真好……"

成筠突然站定，对她厉声道："你再废话我就不给你假了！"

小芬立马闭了嘴。

成筠狠狠吸了一口气，拿起包换上高跟鞋嗒嗒嗒地走出了家门。

小芬呆呆地看着门，她的脑瓜子平时不怎么伶俐，但是这次她坚信一定是这样的。

那晚，成筠回到家，刚要点门锁密码，便听见门内传来小芬打电话的哭声，说什么"你觉得她比俺好你就去找她吧"之类的话。成筠听了两三句，才点密码开了门。

小芬微微笑起来，从此认定了一件事情，无论以后成筠如何对她冷言相对、死不承认，小姐终究是个温暖的人。

晚上，成筠跟娱恒确实有一场应酬，霍总给她介绍了一个大客户，师父又在外地出差，成筠只能独当一面。饭局过后，老板们还不放过她，又转战到 KTV，觥筹交错，柔歌魅影，成筠喝了个烂醉。

她实在坚持不了了，用最后一丝理智保持着优雅，走出包间，出了门便摸着墙跑去卫生间吐，吐到胃都空了，没什么可吐了，她才坐在了洗手池边冰凉的地板上，胡乱摸着全身，找什么似的。

"成筠？"

有人叫她，她却听不到，仍四处摸索着。

"你怎么在这儿？"那人又问。

她还是听不到。

"你找什么？"

"水……"

"你等我一下。"

那人走出去了，过了一会儿，她感到嘴唇上抵着一个瓶口，水一股股涌入了她的口中，沁人心脾的清凉。

她终于安定了许多。

那人把散乱在她眼前的头发捋一捋。成筠微微睁眼，看见那人："曾辉……"

她感到自己被背了起来，那是个宽阔结实的后背，温度很高，贴着很舒服。

她几乎睡着了："你怎么在这儿……"

她恍惚听见他跟别人说："苏生，抱歉啊我送个人回家，今天先这样吧。"再回答她："我给哥们儿过生日。"

"真巧……"

曾辉打车把成筠送到了她家楼下，他要背她，她拒绝了，她睡了一路，说自己能下地走。

他们沿着路一直走，成筠穿着高跟鞋踩在凹凸不平的盲道上，一拐一拐的。曾辉看不下去，把她往边上平一点的地方拉一拉："你别老在盲道上走，容易崴脚。"

没想到，她走了几步，晃晃悠悠又回去了。

曾辉："你怎么又到盲道上去了，真是盲人啊？"

成筠伸手向前做摸索状："我的棍儿呢？？棍儿呢？？？"

他突然拉住了她的手，十指相扣。

她顿住了。

他凝望着她，黑色的眼仁映着路灯的光，头发也被照成了金色。

她想，如果时间能静止在这里就好了。

他对她说："成筠，跟我去旅行吧。"

"什么时候？"

"明天。"

"去哪儿？"

"南方。"

"去几天？"

"好几天。"

她忽然酒醒了，眼里露出了些许伤感，微笑说："好。"

可当第二天曾辉到机场的时候，她没有来。

成筠再也没有出现过。房子也空了。

她彻底消失了。

第五章

钩现

1

九月，陈吟遇到了她生命中的第二个男人。

"陈吟，我爱上你了。"

昏暗灯光的酒吧里，陈吟跟一个西装革履的男人坐在角落的卡座沙发里。

酒过几巡，意识摇晃。

霓虹闪耀，空气中弥漫着蓝色的、黄色的、红色的、紫色的光圈。

男人女人迷离眼神中的彷徨，犹如那飘忽不定的魅影，无方寸。

"王峰，我没你想象中那么好，我其实是一个糟糕的人，我多疑敏感没有安全感，上一个就是被我逼走的，时间久了你也会受不了。"

"没有人无缘无故地变坏。"

王峰掏空自己所有的衣兜，把身份证、银行卡甚至各种 VIP 卡都交到陈吟手上，他对她说："我不会给你多疑的机会，不好的爱人只会拉你下地狱，好的爱人能让人越变越好，让我把你变好。"

陈吟没说话，只捧着他的脸吻了上去。

她的脸上红晕绰绰，不知是因为情浓，还是酒精。

但她确实把自己交了出去，在与曾辉分手两个月后的今天，她千疮百孔的心终于找到了止痛药，就是王峰。

遇到王峰之前，陈吟一度决定今生不再恋爱，大概觉得自己不值得被爱。

一想起与曾辉在一起的种种，她就心如刀绞。

原本可以很好的爱情，被她莫须有的敏感与不安搅成了一团糟。

"我今天学了一句话，叫苍蝇不叮无缝的蛋！"

小笔盖跟"嗒嗒嗒"的节拍器做着台阶测试运动，嘴上也不闲着。

陈吟举着正在计时的手机："你是说我是苍蝇？"

小笔盖两脚依次踩到凳子上，再依次把脚落在地上，循环往复。随着体力的逐渐耗尽，她的动作一次比一次不标准，身子渐渐软耙耙。

陈吟给小笔盖报名了六十二中的暑期夏令营，只要她通过了文化课测试和体测，就能得到提前择校的名额。

小笔盖的文化课成绩在危险的边缘疯狂晃荡着，体测加分是最后的希望，而台阶测试是小笔盖的体测中最弱的一项，所以陈吟特地跟六十二中的于老师借来了测试设备，在家里监督她练，每天都把小笔盖累得浑身发软。

这时，曾辉跟陈吟还刚刚分手。

小笔盖气喘吁吁："我是说他是有缝的蛋，而且缝儿很大！别说你啦，正常人谁看见那些东西都会生气的呀。"

"时间到，"陈吟按下计时器，关掉节拍器，"谢谢你安慰我，但你不懂。"

小笔盖屁滚尿流地从椅子上下来，直奔桌上的测心肺功能的仪器，用测试夹子夹住了自己的无名指，等待结果的时候，大口大口喘粗气，好半天才说出话："我是看不大懂你们大人，分手就分手呗，非得分谁对了谁不对有啥用啊，又不是考试，必须得把错题改对了，省得下回再考，反正都分了，又不能和好了，那分儿就丢了别要了呗。"

陈吟无奈："我看你气挺顺畅，看看你这回能得多少分。"

仪器上出现了结果，二人一看，44 分。

陈吟惊喜："可以啊小笔盖，以前都是 36 分、37 分，死活就是不上40 分，这次进步很大啊。"

小笔盖挥洒着汗珠，扬扬得意："那你瞅瞅。"

"等等，为什么在学校测你就不及格，一回家就这么高分？"

陈吟察觉出一丝不对劲。

小笔盖嘿嘿笑，招手让她凑近一点，神秘兮兮地耳语，陈吟一听，当场炸毛："什么，你作弊？！"

"喷，说得这么难听呢，这不是作弊，就是一个小小的小动作。经过我机智的观察，我发现只要偷摸地松开一会儿这个夹子，分数就噌噌往上涨！我聪明吧，别人都不知道哦！"

陈吟一巴掌打在她头上："不许作弊。"

"哎呀，不会被发现的。"

"那也不行。"

小笔盖原地打滚，撒泼耍赖："这是心跳的问题，我也控制不了啊。"

"多练练就好了，你就是缺乏运动，正好趁此机会锻炼一下身体，强健一下体魄。听话，休息半个小时，再做一组。"

小笔盖一听，瞬间崩溃，瘫在床上抱着熊娃娃一顿哭诉："要人命啦要人命啦。"

陈吟回头一看那紫色的小熊，心情又暗沉了下来。

忘记曾辉只是一时的，这屋里有太多他的痕迹，时时刻刻地一次次揭开她心上的伤疤。

陈吟忽然很想问一件事："小笔盖。"

"干吗？"

"你现在还会想起曹一童吗？"

她想知道是人世间重要的分离都如此，还是只有她一个人这样难以释怀。

小笔盖一下下抠着熊的眼睛，嘟着嘴："天天都想啊。"

她说得云淡风轻，就像说人每天都要吃饭一样。

可当想一个人已经变成吃饭睡觉一般的日常时，那该是何等伤感的事情。

陈吟坐到桌前，打开手机，又一次明知结果但还想试试地点开了曾辉的朋友圈，只有一道横杠——他倒是把她删得干净。

这一分手，他就像人间蒸发了似的，拉黑了微信，改了家门的密码，就连他那辆车都不曾出现在他家楼下了。

她想，一个人得有多想摆脱你，才会消失得这般彻底。

关掉微信，陈吟打开电脑发了一条微博：

很想见一眼，以前的自己。

这条微博的前面已有几十条了，有些心事她不想在朋友圈里说，但憋在心里又十分难受，所以找了个没人认识的好地方——微博。

她目光微转，看到了有未读消息，是 ID 名为"云深不知处"的人评论了她上一条微博：

让你多疑的男人是无能的，不是你的错。

她不认识他，但这话无疑说到她心尖上，暖了几分，她回复了这位网友一句"谢谢"。

没想到，在后来的日子里，一来二去的，二人成了无话不谈的好友。

她常常觉得他很懂她，像她肚子里的蛔虫。

他也在这座城市，但她不打算跟他见面。

这虚拟的网络屏障，一面让陈吟感到安全一面让她哀伤，想到自己将近二十岁，身边竟无一个可以推心置腹的密友，妹妹太小，而且不能给她太多负面能量，陈吟就只能躲在电脑里，把心事讲给一个素未谋面的陌生人听。

两周之后，到了小笔盖体测的日子，陈吟跟其他家长在校外等着，一个多小时后，小笔盖兴奋地飞奔出来，对她大喊："48！ 48！ 48！"

陈吟松了一口气，紧接着又趁四下无人的时候小声问她："没作弊吧？"

小笔盖扯脖子喊："我没有！！我超听话！！"

"好好好，听话听话真听话，奖励你一顿好吃的行吧。"

"真的吗！嗷嗷嗷走走走，狂炫！"

一听好吃的，小笔盖都快把陈吟的手臂扯断了。

陈吟感到手里一阵振动："你松下手，我有信息。"

她一看，是一条好友申请，带着一句备注：美女，寂寞吗。

她汗毛战栗。

这已经是她这个月收到的第四个这样的好友申请了。

言语或轻浮，或傲慢，或不知所云。

陈吟想起几天前为了多找几份翻译的活儿，注册了不少野鸡网站，猜测是不小心泄露了个人信息。

可这些人为何不约而同地语气如此轻佻？

她隐隐感到不安。

没过几天，小笔盖夏令营通过的消息就出来了，姐妹二人开心得跟什么似的，放了串鞭炮，被居委会大妈追了半条街，好像小笔盖要上的不是区区一个重点初中，而是清华北大。

现在只差学费了。

陈吟铆足了劲工作，绝不放过任何一个赚钱的机会，她又回到原来的餐馆送外卖了，每天忙得团团转，但这正是她想要的，一边赚钱一边没空胡思乱想。这一转眼，暑期即将过去，小笔盖成了一名六年级的小学生。

北方的九月，炎热而干燥。

餐馆新添了几种口味的朝鲜冷面，紧紧抓住了炎炎夏日里顾客的胃。

外卖订单激增，陈吟每天比往常要更晚一些才能下班，往往回家的时候已是晚上九十点钟，家门前的路没有灯，只能用手机手电筒探路。

这一夜，陈吟送完最后一餐往家走，为了抄近路她选择了一条狭窄的胡同。

胡同又细又长，摸不到头的漆黑，途中偶有几家住户的小窗里溢出金黄色的白炽灯光，但并不够亮。

陈吟一边走一边在微博上回复"云深不知处"的留言。

云深不知处：在干什么？

回家。

这么晚？

走着走着，陈吟忽觉一阵光亮，她抬头看了一眼，原来是走到了胡同里的一家小杂货店，店还没关，门口坐着一个年轻男人，光头，只穿了一件跨栏背心，因天气太闷露出了半个肚子，他的目光一路追随着陈吟，明目张胆地打量她，直到她彻底消失在黑暗中。

仅这一会儿工夫，陈吟低下头去看手机，那云深不知处便忧心忡忡地留下了一连串的话。

怎么不说话了？

你还好吗？

看到速回。

陈吟刚要打字说"我还好"，好字还没打出来，她就直直地盯着正前方的地面。

她紧握手机，尽量以最小的动作发出短信：好像有人跟着我。

她眼前的地面上有一长一短两个人影，被某个小窗的灯光拉得变形，一个是她的，那另一个是谁？

她将脚步慢了下来，那人也慢下来，她加快了些，那人也快些。

云深不知处：18727364994 加我微信 共享位置。

陈吟照做。

此人名叫王峰。

陈吟一边装作若无其事地继续往前走，一边四处观察、寻找甩掉那人的办法，这时王峰忽然发来微信：我离你很近，等我。

霎时，陈吟的手机响了起来，这突如其来的声响打破了屏息凝神的寂静，从影子来看，她身后的那个人也吓了一跳。

是王峰打来的语音通话，她不知该不该接，但是仔细一想王峰既然敢打一定有他的原因，不如配合他接起来。

陈吟把手机放在耳边："喂……"

王峰（话筒）："假装我是你的男朋友，而且是警察，你要一直跟我说话。"

陈吟："亲，亲爱的，你你还在值班呢？今天，抓了几个坏人啊？"

身后的影子一愣。

王峰在电话里不禁被逗笑了："哪那么多坏人给我抓。我马上到了，你往亮的地方去，你右前方有条大马路，往那儿走。"

陈吟按照他说的，朝那个方向加快了步伐，继续即兴台词："你，你要来接我给我个惊喜？已经快到了？我怎么没看见你，你在哪儿？"

那人影也跟着快了许多，而且长度与陈吟的影子逐渐相近，她快要窒息了，前面就是大马路，三两汽车经过，像天堂之境一般，牵引着陈吟走过去。

身后的人影越靠越近，她几乎能感受到他的体温。

在她迈出胡同的一刻，倏地，一个高大的人影出现，一把将她拉入怀中。

"Surprise！"

陈吟仰头一看，是一个平头的男人，五官普通，她认出他的说话声，他就是王峰。

她不敢回头，小声问他："走了吗？"

王峰看向她的身后："走了，原路返回。"

陈吟这才松了口气，回头看去，那胡同除了漆黑，空无一人。

她见他手里还捏着一朵半蔫了的玫瑰。

王峰笑得不好意思："为了戏做足一点，但是出门急，随便从花瓶里抽了一枝，没看新不新鲜。"

虽然心有余悸，但陈吟还是被他逗笑了："谢谢你。"

"去喝一杯压压惊？"王峰问。

二人就近去了一家酒吧，是那夜陈吟求职保镖的酒吧。

为了表达感谢，陈吟干了很多酒，跟他聊了很多话。

大多情况下，王峰都不说话，只是听她说，然后静静地看着光影变幻下的她，微笑着。

酒过几巡之后，他终于开了口："陈吟，我爱上你了。"

······

宾馆房间的床上摆着一枝半蔫的玫瑰，空气中有花香、汗味、烟味。

陈吟躺在王峰的怀中，赤着身子，沉沉睡去。

夜半时分，二人被电话声吵醒，王峰摸着手机闭着眼接电话："嗯？这么晚打扰人家不好吧，好了好了，我给你找找。"

挂断电话，王峰点开微信通讯录快速翻找某个人。黑暗里，手机发出的白光异常刺眼，连陈吟都被晃醒，她微微睁开眼，瞥了他的手机屏幕一眼，却被一个一闪而过的头像吸引了注意。

啃着铜锣烧的机器猫。

王峰很快便找到了想要找的人，把名片发给了朋友，然后亲吻了一下陈吟的额头，接着入睡。

陈吟却完全睡不着了。

虽然网络上到处都有人用同一张可爱的图片当头像，但是她就是不相信，在她这里，会这么巧。

她坐起来，抱着双腿凝视着沉睡的王峰。

她轻轻抽出他枕头下的手机，并小心地轻触他的拇指解锁。

王峰的微信联系人有 1021 个，她从字母"Z"开始找，没有。

她又从头开始逐个排查，终于在"S"里找到了那个熟悉的头像。

王峰给他的备注是"笙歌教育 笙老师"。

不是他。

看来是真的看错了，只是头像相同罢了。

陈吟刚要把手机放回去，忽而又收回来，点开了那人的微信名。

ZH900806

就是他。

王峰认识他。

一种极为强烈的、不祥的预感。

可为什么在王峰这里他被备注成了老师？

陈吟把他的手机放回去，走出房间，用自己的手机上网查"笙歌教育"，搜索出一个较为隐秘的网站，是一家专门教两性沟通的情感教育机构，机构的创始人兼金牌导师人称笙哥，笙哥的照片正是曾辉。

2

陈吟永远都忘不了那天的青岛海滩。

夕阳将沙子镀了金。

小孩在沙滩上挖出一个坑来，海水缓缓地浸进来，先浑浊，后清凌，少顷，便汪起一潭水。小孩捧起水喝了一口，咸得直咳。

而这有趣的举动，全然不能让旁边那两个大人发笑，他们一直表情严肃，只顾着自己的事情——与这沙滩美景无关的事情。

陈吟当时不知道，曾辉因为朋友圈跟她大吵的时候收到了一条微信短信，是刘苏生发给他的，说"有人要闹事，速回学校"。

他看完消息，又看向陈吟，无力地叹了口气。

他说："咱们分手吧。"

还未等陈吟答应，他便转身向远离大海的方向走去了。

曾辉坐最快的航班从青岛飞了回来，行李都来不及放回家就直奔笙歌教育培训机构。

他到的时候，闹事的竟还没完，学生们正将刘苏生和闹事的人围得水泄不通。

全都是成年男人，当然有没有未成年也说不定。

曾辉扒开看热闹的人群，一眼便认出了闹事的人。

"程启山，你又有什么不满了，你跟我说。"

程启山一身蓝色运动套装，裤子微短，脚脖子露出了一截，个子矮了曾辉一头，但气势丝毫不输，他指着曾辉的鼻子骂："找的就是你！你问问他，凭什么不给我换班！"

他指的是刘苏生。

刘苏生一身西装，皮肤极白，文质彬彬的样子，他对曾辉无奈地说："吵着要去高级班。"

曾辉会意，不禁冷笑了一声。

程启山张牙舞爪："对啊，我有钱，凭什么不让我学！"

曾辉："怎么，普通班满足不了你了？"

"我在那个破班学不到东西！什么五步陷阱法，什么这人设那人设的，要记那么那么多东西还啥用没有！让人家一眼就给我拆穿了！还有带我们租游艇、去旅游、去夜店拍照、实战的那些课，当我傻啊？那是演练吗？那就是你们拿着我们的血汗钱上哪儿玩儿去了！我们一人一晚上交两千！什么都没捞着，人全让你们给抢走了！你们孙不孙子啊！"

曾辉："那你这么不满意，就退学呗。"

"我不退！老子都把钱花到这份儿上了，不学点真东西不可能走！赶紧给老子换到高级班去，我要学你们那个什么十一什么女手册！别以为我不知道咋回事，普通班学的那些破玩意儿网上一查就有，你们那手册才是真东西！赶紧给我换，不给我换我可就不客气了！"

刘苏生一脸无语，明显是听了这套说辞不知道多少遍。

曾辉看看他，便把手搭在程启山的肩上，笑说："来，哥们儿，我跟你说说，不是我们不让你上高级班，是你真上不了。"

"咋的？我不高级呗？你说我情商低听不懂，是这意思不？"

曾辉低头抿了抿嘴，仍没抿住嘴角的笑意，他拽起程启山运动上衣胸前的"adadas"的手工刺绣商标，低声说："不光是那个，主要也因为这个。"

"老子交得起学费！"

他笑："学费交得起，你不一定学得起。"

"你……"程启山咬牙切齿。

曾辉拍拍他的肩膀："好好回去上你的课，什么时候你是真富不用装富了，我们再给你换高级班。看你这么好学，下期学费给你个九折鼓励，兄弟别急，慢慢来。"

说完，曾辉一个眼神，将刘苏生带走了。

刘苏生："散了散了，想退课的随时找我退，不想退的不要那么多废话，都各回各班上课了啊。"

男人们听了，都闷头散了，留下程启山一人站在原地继续冲他们骂爹："你们这帮骗子！给我等着！"

曾辉走进办公室直接坐下，刘苏生紧随其后，门一关，可算清净了许多。

刘苏生："这就是无赖，臭屌丝。"

"不是屌丝他也不会来这儿。"

"不会真报复咱们吧？"

曾辉语气懒洋洋的，满是不屑："他一个搬砖的还能怎么报复，拿砖头砸店吗？"

"说不准，这种人惹急了不一定能干出什么事。"

"那就让他砸，砸坏了修，我们修得起。"

曾辉将老板椅转了半圈，回身从书柜上抽出了一个本子，放在桌上，唰唰翻看着。

刘苏生也悠悠地坐到沙发座里，看着他："怎么样了你？"

"嗯？"

曾辉忙于在本子上写东西，一时没反应过来他问的什么意思："哦，脱手了。"

刘苏生："那这个就算完事了？"

"完事了。"

"真不容易啊，总算熬到头了。赶紧把书编出来，咱俩改天过去一趟给人家看看。"

"不急，我明天先给高级班上节课，你通知一下他们，只讲一遍，不能录像，错过后果自负。"

刘苏生眼睛一亮，明白了他明天要讲什么："那可要额外付费了。"

曾辉抬眼看他，轻笑："随便你怎么折腾，把听课的人给我叫得越多越好就行。"

他翻开本子，开始备课了，刘苏生走了出去。

短短不到十二个小时，刘苏生就把一百多个学生安排在了教室里等曾辉了，从他满面红光的样子来看，这次定是又赚了不少。

高级班的教室是全封闭且隔音的，有学生第一次来觉得很疑惑，刘苏生就笑着告诉他是为了保护知识产权。

讲课，是曾辉生命中最高光的时刻。

每当他在讲台上手握幻灯片遥控，注视着台下的学生们大讲特讲的时候，他感到无比的快感。尽管这些人或非富即贵或社会精英，但他知道，此刻，在他们一双双崇敬而渴望的眼神里，他才是身为男人真正的王者。

这一课，他的教案案例是陈吟。

幻灯片上，呈现着有关曾辉与陈吟从相见到分手的全部资料，微信电话，聊天记录，微博状态，约会发票，相处的细枝末节，十分详尽。

一个二十几岁的富二代忍不住打断了曾辉："笙哥，你这次怎么处三个多月，这周期太长了，成本太大了，根本不实用。"

曾辉静静地看他，没立刻回答，沉默很短，但极冷。

曾辉："我强调几次了，这种事不要着急，越急越猥琐。"

富二代的后脖子唰地红了。

"想速战速决到隔壁学快速推倒去，你到底是为了量还是为了质来的？我们现在讨论的都是不易攻略的目标。我告诉你三天能推一个，我敢教你敢学吗？"

富二代低下头，说不出话了。

曾辉："而且我不仅仅是为了给你们上节课才找了这么一个，想要总结出一套完整的方法论，多花点时间和精力不应该吗？爱迪生发明灯泡还实验几万次呢，我在试验品身上才花了三个月，这还算长吗？"

他轻点手柄，幻灯片切到他与陈吟第一次见面的情景描述，回归正题。

曾辉锁定了陈吟，是从她为小笔盖打架的事来学校开始的。

那一天，一个家长出言不逊，陈吟虽没当场发作，但看得出来她瘦小的身体里喷薄欲出的杀气和倔强。

曾辉看在眼里，经过调查和打听，最后确定这个刚烈性子的女孩是符合条件的目标。

"然后就开始制造相遇吧，"他说，"偶遇什么的当然可以，但是难免显得刻意，让人起疑，而且不能搭建长久关系，很容易见了一面就断了。所以，我劝窦佳成主动跟班主任提出跟她妹妹做同桌，这样在不久后的家长会上，我跟她就顺理成章坐在一起了。话题围绕孩子的学习展开，再提前给外甥报一个补习班，顺势加到她的微信，建立了长久联系，能一起接孩子上下学，有什么突发状况随时随地可以出现，这样不管我多么频繁地出现在她的生活里，都很自然。"

台下的学生们低声惊呼。

"然后就是制造单独相处的机会。比如，外卖是我故意点的，点一次不是她送的，就点第二次第三次，直到是她。

"她的妹妹丢了也跟我有关。那天我接窦佳成放学，发现陈吟没来，她妹妹等得有点着急。正好，她们姐俩上午在学校大吵了一架，我就觉得可以利用一下，就随便在人群中找了个拉着行李箱的女人，指着她的背影跟窦佳成说，那是小笔盖的姐姐。我外甥也没怎么看出来，但他也信了。然后他自然就去告诉她妹妹说别等了，你姐不要你了，我刚才看见你姐拉着行李箱去火车站了。

"那小丫头真以为她姐是因为白天吵架的事不要她了，就赶紧去火车站追了。再后来我就可以出现了，帮陈吟一起找她妹，成为她当下唯一的依靠。

"这种事情做了几件，她大概就离不开你了，想什么时候在一起就看你自己了。"

台下的男人们连连感叹，其中一个平头的男人听得尤为认真。刘苏生站在教室后面，微笑着看着讲台上的曾辉。

曾辉："这里要注意一下，在一起不代表你就成功了，只是成功的第一步。我们讨论的女性都是比较聪明且有原则的，在一起了也说明不了什么，她照样可以不听你的，想走就走，所以你要让她把心交给你才行。"

这句话引起了男人们格外的注意。

"接下来我要问一个问题。"

曾辉低着头，在讲台上慢悠悠地来回踱步："如果，在交往的过程中，她发现了你是 PUA，你怎么办？"

学生们或陷入沉思，或小声议论。

某新媒体创始人说："都被发现了还能怎么办，走为上计了呗。"

众人笑。

曾辉："如果是你非要不可的对象呢？"

那人回答："在我这儿，没有非谁不可。"

曾辉微笑："那你的办法完全没问题。"

一个留美博士率先发言，并仍保留着作为学生的习惯，举起了手，直到曾辉用眼神示意他可以说，才发言："否认，说是别人学的。"

"证据确凿了你怎么否认，睁眼说瞎话吗，"曾辉让他坐下，"我就被发现了。"

众人惊讶。

"是的，纵使你百密，也可能会有一疏。其实也很简单，如果你被发现，就大方承认，一味否认或逃避其实都是默认的表现。

"但不是束手就擒的承认，是反客为主的承认。承认自己学过PUA是因为曾经受过巨大的感情伤害，对自己失去了信心，让她同情你，告诉她学PUA是为了找到真正能够挽救你于水火的那个女人，然后让她相信，她就是那个人。"

有的男的听了，不知为何，都打了个寒战。

"这样，不仅挽回了她，你也真正得到了她。你不仅完成了推翻人设的这一步，顺便也进到了下一步，这时候推倒，她无法拒绝，因为她为了拯救你什么都愿意做。

"推倒后，就是脱手的阶段，主要用的是煤气灯法，我之前给你们讲过的，通过故意露出破绽引她对你起疑，在她责备你的时候再拿出证据证明她是错的，反复几次，让她逐渐自我怀疑，觉得都是自己的错，然后接下来你是想控制她，还是甩掉她，都由你说了算。"

学生们听得入神，几秒后逐渐响起了掌声。

曾辉的话似乎还没说完，他没受掌声的影响，把遥控手柄放在桌上，接着说："有人问我，像这种女汉子类型的女生怎么攻略，她们看着很不好惹，不好亲近，有的可能比男的还男。其实我想说，人这种动物，越缺什么就越炫耀什么。"

刘苏生微微一笑。

曾辉："女汉子，就是因为缺一个能保护她的汉子所以才成为汉子。当所有男人都把她当兄弟的时候，只有你把她当女人，你就得到她了。"

幻灯片以陈吟与曾辉在沙滩上的合照作为结束，照片上陈吟笑得灿烂，金色的发丝在风中摇曳。

台下学生中的王峰，盯着那照片沉沉地入迷了。

"就到这了。"曾辉宣布下课，刘苏生打开了教室门。

学生们纷纷起身，陆续走出教室，有的直接走了，有的三两聚到卫生间，一边抽烟一边讨论刚才课上讲的东西。

曾辉拿着手机，对陈吟一个接一个的来电视若无睹。

他走到教室外的走廊，整栋楼是环绕开放式的，共三层，每个楼层的情况一览无余，像商场的格局。

曾辉抵着围栏打开一瓶矿泉水大喝了一口，润润讲得干涸的嗓子，很爽很舒服。

"电话响了。"

刘苏生向他走过来，背靠在栏杆上，斜着看他。

"知道，一会儿就不响了。"曾辉说。

刘苏生："刚我跟人家打招呼了啊，一听书编好了很兴奋，约咱们下午就过去一趟。"

"急什么，最后一个我还没整理完。"

"没事儿，那边迫不及待要先看看，咱把合同先签了，事定了，你再慢慢整理也不耽误，你觉得呢？"

电话终于不响了。

曾辉把陈吟的微信拉黑，电话删除，清空一切交往记录，淡淡地说："我那房子可以收了。"

"成，"刘苏生再问一遍，"下午去不去？"

曾辉喝完最后一口水，把空瓶扔进垃圾桶："去。"

刘苏生驱车带曾辉去了娱恒公司，一家刚刚起步的新媒体公司。

公司虽新，但董事长可不是个初出茅庐的新人，在此之前，他已经是一名以做外贸电商发家的成功商人了，商业嗅觉极其灵敏，眼光极其长远，当所有人都在搞实体销售的时候，他就已经开始搞起了电商，当电商正值火热的时候，他却认为电商正逐步走下坡路，另起炉灶干起了直播新媒体。

直播是什么，会发展到什么程度，谁也说不好，曾辉也不在乎，他心里只在乎一件事情，就是把笙歌教育做大做强，越大越好，这是他毕生的事业和理想。

想要做大就需要很多钱。

曾辉和刘苏生到达娱恒，不需前台秘书通报，二人便轻车熟路地直接往董事长办公室走，他们此行带了两样东西，一个优盘和一本手稿。

"老霍，东西都给你带来了。"

霍振川感叹："你们办事的效率可真是够低的，十万字不到的东西让我等了两年多，今天苏生跟我说的时候，我都快忘了还有这档子事了。"

刘苏生："哈哈老霍，我们这本书虽然字数不多但全是干货，那可是笙哥亲自一个一个实验总结出来的经验，这是什么呕心沥血的程度您想想，神农尝百草也不过如此了，而且全球仅此一本，你要是买了，这叫什么，知识垄断。掌握了最核心的知识，就是掌握了一个行业的命脉呢，这么好的东西还不值得你等等？"

"哈哈哈你小子就你这张嘴能说。"霍总被他逗笑了。

"优盘我就先收起来了，这个钱另算，"霍振川把优盘好好放在了一边，意味深长地邪魅一笑，然后点了一根雪茄，拿起那本手稿慢慢地翻看起来，疑惑发问，"为什么叫十一猎女手册？"

曾辉说："懵懂单纯非常容易接近的女性除外，手册里把女人大致分为十一个类型，女文青，傻白甜，拜金女，风流女，乖乖女，绿茶女，富家女，结婚狂，老熟女，孤僻女，女汉子。十一种女人，十一种不同的攻略方法，从搭讪到脱手全套教程，比市面上所有一般的 PUA 教程更具体更有针对性。这也是我们机构高级班的教材，我用学生做过测试，手册里的方法可行性非常高。"

跟之前的繁复寒暄相比较，聊到专业，曾辉兴致明显高了，话多到刘苏生根本插不上嘴。

霍振川的兴趣被提了起来："有多高？"

曾辉目光严峻："成功率百分之九十三以上。"

"这些都是你换个实验过之后总结出来的？"

"无一例外。"

"你这三个多月处的这个……陈吟，也是？"

"她是最后一章女汉子的试验品。"

霍振川倒吸一口气，一时说不出话来。他低头翻着手册手稿，抬眼，欣赏地看着曾辉："猎女者，果然名不虚传。"

曾辉微微一笑，也没说什么。

"这本手册我买了，你们开个价。"

刘苏生与曾辉对视一眼，看向霍总说："三百万。"

霍振川眉头微皱："东西是好东西，但也只是你们说的，还不知道流到市场是什么反响，现在就开这个价，老弟有点过于自信了吧？"

刘苏生笑得灿烂："老霍，未知说明什么？说明我们这是头一份，一旦成了，你就是这个行业的领头羊，你目光一向比别人长远超前，不可能看不出来我们这手册在PUA教育未来的市场中意味着什么，三百万都是兄弟价喽。"

霍振川一听就笑了，浓密的雪茄烟雾在三人之间的半空弥漫："行，三百万就三百万。"

刘苏生一听，悄悄用胳膊肘撞了两下坐在旁边的曾辉。

"但我有个条件，"霍总话锋一转，直视曾辉，"你要是能做到，我还加钱，而且帮你们往海外卖，我有渠道。"

曾辉："什么条件？"

霍总呵呵笑，圆鼓的肚子颤了又颤："我刚翻了一下，发现你这手册里少了一种女的，我想让你把她补上。"

曾辉皱了皱眉："什么人？"

"女强人，女商人。"

"不行。"曾辉脱口拒绝。

"怎么不行了？"

曾辉靠在椅子背上严肃道："PUA虽然是撩妹高手，但其实在锁定目标的时候是有所选择的，有些女人从一开始就会被排除掉。家世背景厉害的女人不要，死缠烂打的女人不要，会毁人名誉的女人不要，极度自我、聪明的女人不要。像你说的这种女商人，大多太聪明利己，推倒成本高，有时候还有可能被反杀，不划算，所以从一开始就会被排除出去。"

"呵，"霍总哼笑，"就是难推倒才要让你教，要全都是容易拿下的我还买你这破书干什么？"

刘苏生见曾辉有些面露难色，说："可……可老霍，你这确实有点难为人。"

霍总："你这手册不号称就是教人攻略那些用一般套路攻略不来的女人的吗，你就该迎难而上，不然我觉得这书我买着也没什么意思了，这么一看只是些挠痒痒的东西。"

刘苏生："哎！……"

"行，"曾辉面不改色地说，"我加上。"

霍振川一听，终于开心了，他从抽屉里拿出一张照片给曾辉，照片上是个身穿职业装、英姿挺拔的女人，她的五官清冷，表情冷峻，算个冰山美人。他深吸了一口雪茄，悠悠地说："就照着她来，告诉我怎么拿下这个女人。"

刘苏生也抻着脖子凑过来看，好奇地问："这谁啊？"

"白一榛，投资大王白戎志的千金，网上一查什么资料都有。"

刘苏生挑了挑眉，什么都明白了："嗨老霍，你直说想追这个女的不就得了，还绕这么大弯子让我们编书里什么的。"

曾辉目不转睛地盯着照片："你加多少钱？"

霍振川身体前倾，靠近一点说："三百万，再加三百万，一共六百万。"

刘苏生唰地抬头看他，满眼星星。

曾辉："可以，成交。"

他们当场就痛快地签了合同，先付了一部分定金，等手册编成之后再付完全款。

二人满载而归，刘苏生激动到握着方向盘的手都是抖的，他兴奋地问坐在副驾驶的曾辉："你说，他霍振川自己有家，开的又是个网红公司，也不缺女人啊，怎么偏偏对长相这么一般的女的动了真情呢，呵呵。"

刚离开娱恒，曾辉就已经开始工作了，此时他正把笔记本电脑放在腿上查白一榛，回答刘苏生："什么真情，只是这个白一榛不像别的女人那么愿意搭理他而已。"

刘苏生诧异地转头看了他一眼。

曾辉手里的活儿不停："人如果到了要什么就有什么的地位的时候，一旦想要什么东西得不到了，就算不择手段也一定要得到。这里面真心有几分不好说，但要证明自己是一定的。"

刘苏生打开车窗，长呼了一口气，连连摇头感叹："有钱人的心思果真不要猜。"

"这也是我让你再开一个高级班的原因，"曾辉看向他，淡淡地说，"有些人什么都不缺，但总能找到自己缺的。"

"笙哥英明。"

刘苏生佩服得五体投地，对他伸出了大拇指。

曾辉的嘴角微扬，目光又落回到笔记本电脑上白一榛的个人资料上。

刘苏生："这下好了，十一猎女手册要改名十二猎女手册了。好像确实十二听起来顺耳一点，你看金陵十二钗什么的，一听就是一套的感觉，加一个也行。"

曾辉拿着笔，手臂搭在车窗上，目视前方，陷入了沉思。

为了寻找到一个符合条件的女商人做试验，曾辉费了不少劲。

又不能直接拿白一榛做实验，霍振川知道了还不得像捏死一只蝼蚁一样捏死他？

所以，他只能找别人。

可这个试验品既要符合普遍女商人的特性，又要与白一榛高度相似。因为他明白，是不是真的适用于攻略所有女商人其实没那么重要，只要找出攻略白一榛的方法就行，霍振川要的只是这个。

就在曾辉为寻找合适人选一筹莫展的时候，培训机构这边还出了点岔子。

有人举报他们非法办班，涉嫌诈骗。

曾辉听到这个消息的第一反应是程启山。

那个搬砖的被逼急了，还真是难缠。

以防被查办，刘苏生和曾辉连夜将培训班搬到了城西的一栋旧居民楼里，把那作为临时教室。

搬走的第二天，果然有关部门来查了，但笙歌教育已经人去楼空。

"上课偷偷录像，还把咱们所有实践课消费的单据偷摸儿留了个备份！真没想到这小子还留这么一手！"

搬家那一夜，刘苏生一边在灰尘漫天的教室里挥着扫把打扫，一边把程启山臭骂了一千次。

曾辉则坐在靠窗的椅子上，静静地在一个黄色的本子上勾掉了几个人名，都是最近被他淘汰了的女商人人选。

他嘱咐刘苏生接下来把举报的事情动向盯紧一点，而他自己的全部精力不得不放在寻找试验品上，不能再拖了，他已经找了一个多月。

曾辉发现找女商人这件事比他想象中的难很多。

以前那些，他只需找到每个类型最有代表性的女人就行，但这次的目标最主要的是还要跟白一榛相像。

近一个多月，曾辉天天混迹于商业峰会，慈善晚宴，前前后后找上了十三四个女商人，觉得都与白一榛的内在秉性相差甚远，为了不浪费时间，便通通脱手了。

搬家后的又一个月，举报的风波由于查办人员没有找到曾辉他们躲去了哪里而似乎渐渐平息了。

可有一天，刘苏生忽然跑来临时教室告诉曾辉一个道听途说来的坏消息："那个陈吟，是不是有一个小妹妹？"

"嗯，怎么了？"

"不知道真的假的，说那小姑娘最近在到处找你，好像要报警告你。"

曾辉抬头，微微皱起眉头看他："告我什么？"

"不知道，我听班上几个学生说的，听得七七八八。"

"没事儿，我什么都删干净了，告不到我。"

"嗯，就是让你最近小心点，"刘苏生一脸担忧地看着他，"你人还没找到？"

曾辉一筹莫展地看着手里的本子，摇摇头。

"有这么难吗？不就是找个跟白一榛像的女人吗，"刘苏生忽然抽了口气，"要不，你找她妈吧。"

曾辉缓缓地抬眼把他瞪得体无完肤。

刘苏生笑道："我这不给你提供新思路呢吗，一般肯定是越亲越像嘛。"

曾辉忽然抬起头，似在伸手不见五指的漆黑隧道里找到了一抹光，那便是出口："对，舍近求远干什么。"

"？？？"刘苏生有点蒙。

曾辉在本子上写下了几个字：白一榛身边最亲的人。

他看着这几个字，嘴角扬起一抹浅笑。

他正要解释给刘苏生听，突然有人猛烈地敲门。

二人警觉地一起回头去看，谁也不敢吭声。

门外的人越敲越重，越敲越狠，仿佛要把门砸开一般。

第六章

躲藏

1

　　有学生曾经问过曾辉，如何委婉地知道一个女人是否愿意跟你过夜？

　　他回答说：约她去旅行。

　　学生疑惑不解：这有什么直接关系吗？

　　他说：看她是愿意去远的地方还是近的地方。

　　她要是选择了近的地方，当天就能往返，说明她还不想跟你在外面过夜。但如果她答应跟你去远一点的地方，比如南方，一听就知道一天肯定回不来的那种，那就代表她默认与你发生些什么了。就算她暂时没同意，肯跟你单独去那么远的地方，也说明她对你有意思。

　　这招试探是曾辉自己发明的，他曾经屡试不爽。

　　可要是答应了跟你去远方又放你鸽子，是什么意思呢？

　　曾辉也有些迷茫了。

　　那一夜，曾辉把喝醉了的成筠送回了家又返回到 KTV。

　　包间里满地的酒瓶子，乌烟瘴气得看不清人，只听声是一群人，有男的有女的，有人唱有人笑，曾辉几步走进去，压下刘苏生刚要往嘴里送的酒杯，抓起他的外套，说："走了，开工了。"

　　"呀？你咋回来了？"

　　刘苏生还没反应过来，就被曾辉拉了起来，沙发上的人见寿星被拉走了直在后面嚷嚷。

　　二人走出包间，刘苏生微醉地问："妞呢？你不是送她回家了吗，你不趁人家喝多了好好发挥一下，怎么自己又跑回来了？"

　　曾辉把外套往他身上一扔："鱼上钩了。"

　　刘苏生一下子就酒醒了："真的？！行啊小子，速度啊。"

"嗯，所以我打算今晚就把最后一章整理出来，尽快给霍总。"

"事不宜迟啊，回家整！走走走走走。"一提起钱，刘苏生生日都不过了，都忘了跟包间里的人打声招呼，就直接拽着曾辉回家了。

二人回到了曾辉的住处，那是一套三层的顶楼套房。

曾辉坐在书房挑灯夜战，整理着十二猎女手册最后一章女商人的手稿，刘苏生也兴奋得睡不着，就一直陪着，在曾辉的房子里闲逛。

曾辉平时没什么爱好，唯一称得上爱好的应该就是喜欢收藏手办和盲盒。

所谓盲盒，里面通常装的是动漫、影视作品的周边，或者设计师单独设计出来的玩偶。之所以叫盲盒，是因为盒子上没有标注，只有打开才会知道自己抽到了什么。不确定的刺激会加强重复决策，就这点来看，这和买彩票颇为相像，都有赌运气的成分。

但是玩盲盒的玩家都知道，每个系列的盲盒都有那么一两个产品出现概率极小，就像小时候吃干脆面攒水浒卡，我们永远都抽不到宋江一样。

曾辉的极端之处就在于，他一定要凑齐每个系列的所有产品，不管最后剩下的那一两个有多难抽到，他都会一直买一直买，直到买到手为止。至于剩下那些成堆成堆的重复玩意儿，他会转手低价处理掉。

因此，曾辉家里有一个房间是专门摆放这些盲盒手办的，虽然刘苏生已经来过他家千百次，但每次走进这个房间，还是会叹为观止。

这极度的强迫症也体现在了曾辉对待工作的态度上。

《十二猎女手册》，是他多年呕心沥血之作，十二个女人，缺一不可，不管有多难。

曾辉连夜赶工，终于在凌晨三点的时候完成了《十二猎女手册》的全部内容，他把手稿交给刘苏生，让他如果可以，明天就给霍振川送过去。

"跟我一起咯，你当面给他多好。"刘苏生打着哈欠对他说。

"我去不了，"曾辉从柜里拉出行李箱，"我明天得跟成筠去旅行。"

刘苏生一听就不对了，赶紧把曾辉又按回了座位上："吁吁吁——你等会儿，什么情况，合着你今晚没跟她……"

"没有啊。"

"那你跟我说鱼上钩了。"

"都答应跟我去南方了，难道不就是上钩了。"曾辉面不改色地反问他。

"那，那毕竟还不算完全成功嘛，你这么着急就把最后一章写出来给人家老霍，能行吗？"

"明天一到不就成了，早一天晚一天有什么区别。你到底给不给他，你不给就等我回来亲自给他。"曾辉嫌他废话多，说着就把手稿往回抢。

"哎给给给，我给我给，"刘苏生把手稿死死抱在怀里，"我不就是怕明天出点什么岔子嘛……"

曾辉嗤笑："能出什么岔子。"

第二天，果然出岔子了。

曾辉背好行李去机场，等了半天，成筠都没出现。

直到航班起飞了，他一个人站在机场大厅，给她打了几个电话，都暂时无法接通，发了好几条微信，也没收到回音。

中午，刘苏生从娱恒回来，下了车，手拿着车钥匙和一份合同，哼着小曲往家走。

打开了家门，他抬头一看，愣住了。

"你咋还没走？"

他问正坐在沙发上看电视的曾辉。

曾辉淡淡地看了他一眼，什么也没说，目光又落回到电视上不知所云的综艺节目。

刘苏生瞄到了客厅中央的行李箱，猛然反应过来："不会被放鸽子了吧？"

曾辉仍不说话，只是从鼻子里叹了口气。

刘苏生赶忙凑过去追问："什么情况，露馅了？"

曾辉摇摇头。

"吵翻了？"

还是摇头。

"那为啥人没来啊！"

"不知道。"

"那，那我这手册都已经给老霍了，"刘苏生抖了抖手里的合同，"钱都拿了啊。要是让人家发现咱写的攻略不好使怎么办？要不，我现在找他把手册收回来。"

"不用，我们现在需要钱，这事就先别跟霍总说了，我这两天再看看她是怎么回事，你赶紧拿着钱办正事，"曾辉忽然想起一件事，"对了，人都找着了吗？"

刘苏生唉声叹气，一屁股坐在他旁边："一提这个我就头大，这些人也不知道怎么回事儿，联系方式全换了，一个都联系不上，以前跟咱俩称兄道弟的，现在全都不知道藏哪儿去了。"

曾辉深吸了口气，低下头："你也别着急，也是时间太久了，断了联系很正常，你再仔细找找，重振这个机构光靠咱俩不行。"

"没问题，你放心，包我身上。"

曾辉则陷入了沉思，满脑子都是成筠，他打算如果再过几天还没她的消息，就去她公司一趟。

"小成总？我也不知道她去哪儿了呀，"成筠的助理小纪接待了曾辉，"她都好几天没来上班了，应该是出差了吧。"

曾辉不相信她的话："你的领导去哪儿你会不知道？"

"我真不知道，领导的行踪哪可能天天跟我汇报呀，尤其是我们小成总，整天来影去无踪的，她老这样，突然消失几天，又突然出现，我都习惯了。"

"那你们白总呢？"

"白总确实是去出差了，带没带小成总我就不知道了。"

曾辉站在原地叹了声气，眉头紧皱着，环顾了一下成筠平时工作的办公室。

"她如果回来了请你立刻告诉我，谢谢。"

曾辉给了小纪一张名片，然后就离开了。

成筠音信全无的半个月后，刘苏生站在曾辉与人合租的那间老居民楼拥挤的小单间里，问曾辉："你这房子我是退租还是不退呢？"

"不退。"

"鱼都跑了还留着这房子干吗。"

"万一鱼又回来了呢，发现房子消失了不就露馅了。"

曾辉去卫生间往喷壶里接水，刘苏生跟在其身后，有句话不太好意思说，酝酿了半天，到底还是说了出来："可我觉得，她怎么像是在躲你呢……"

曾辉一顿，眼睛虽然看着手里的喷壶，但水已经接冒了。

刘苏生继续补刀："人家连家门密码都改了，明显就是不想让你找到。你这次……不是玩儿脱了吧？"

曾辉抬眼，从洗手池的镜子里看他，目光犀利而冷峻。

刘苏生狐疑地说："她……不会是同行吧？"

曾辉盯着他，眼睑一颤，终于开口回应了："有点像，我怀疑过。"

如果真是这种可能，刘苏生可有些诧异，这么多年，曾辉也不是没碰到过女同行，但就像深夜密林中突然对视上的两双眼，只需从那凶猛的目光里，双方便能认出彼此是同类一样，曾辉通常一眼就可以把女PUA辨认出来。

一般情况下，同行相撞是互相回避的，这是一种默契。

可这一次，曾辉竟对成筠是不是同行并不十分确定。

"你跟她还没那个吧？"

曾辉把喷壶扣好盖子，走回房间，刘苏生紧跟其后，追问他。

"没有。"

"那她花了你多少钱？"

"一直都是我在花她钱。"曾辉回答。

"那这女的一不图色二不图钱，你这次的人设也不是什么有权有势的，如果真是同行，那她勾搭你到底图啥呢？而且她什么也没得着，顶多就跟你腻歪了一阵子，现在又莫名其妙地没影了，啥意思呢？"

"所以，她又不像同行。"

曾辉站在阳台前，用喷壶一下下地喷着成筠送给他的薄荷，呼吸越发沉重起来。

"要不我觉得还是算了，你换个人吧，或者就这样吧，反正手册已经卖给老霍了，就当咱们成功了。"

曾辉听这话，忽然有些不悦："你回家吧，我这阵子都住这儿。"

2

当夜，月光柔软，黑夜静谧。

曾辉一个人躺在这小房间里睡得很熟很沉。

"曾辉。"

忽然，耳畔传来了一个熟悉的声音。

一个轻柔而顽皮的女人声，一遍又一遍地唤着他的名字。

"曾辉。"

还有百灵般的笑声。

不知唤了几遍，曾辉猛然惊醒，满头大汗。

刚刚，他明明很想醒来，却无论如何都睁不开眼，似被梦魇压住了一样。

他回头看窗台上的那盆薄荷，渐渐将呼吸平复回正常。

是成筠的声音。

曾辉觉得诧异，这么多年，这么多女人，从未有谁闯进过他的梦里。

而且，不止一次。

只要一住在这儿，曾辉晚上就会梦见她，听见她的声音，或许是这里有太多她的影子。难道是房间太小，有关她的回忆浓度太高，所以才会常常梦见？

也或许是他头一回遇到一个衔着鱼饵跑了的鱼，所以对她格外在意？

坦白说，曾辉不是爱上了她，只是她时而无限接近时而遥不可及、给出希望又模糊回避、明明心动了却又突然放手离去，使他陷入越来越深的迷惑，这份迷惑才是真正使他焦灼不安的缘由。

曾辉有些受不住，去了趟医院，跟医生说他最近失眠多梦还有些幻听，医生觉得可能是压力太大导致的神经衰弱，给他开了点安眠药，叮嘱他需要的时候就吃。

曾辉拿着药回培训机构上课，学生们早早都到了，在教室里闲聊着。

刘苏生见曾辉一上午都没来，过来问他去了哪儿。

"去医院开了点安眠药。"

"睡不好啊？"刘苏生关心地问。

曾辉站在讲台上开启幻灯片，不吭声。

"哎，何必呢，都让你就算了得了，我看你被那女的搞得压力好大，我可没见过你这样。"

"我必须找出问题在哪儿。"

"没准儿那女的就是反侦查能力强点，察觉出来你的目的，自然就跑了呗。"

曾辉仍不说话，调试着设备。

刘苏生接着假设："要不就是她有什么特殊癖好，专门喜欢撩男人，撩着撩着觉得没意思就走了呗。"

与成筼最后见面的那晚还历历在目，曾辉试图从记忆里搜查蛛丝马迹：

在 KTV 偶遇，她醉了，他送她。

她踩着高跟鞋在盲道上一瘸一拐，他拉住了她的手，四目相对，截至此刻他确定一切气氛都还很对。

直到……

他提出去旅行。

成筼的眼里好像闪过了一丝失望之类的东西。

就是这里，开始不对了。

"哎？笙哥、刘哥，你们聊啥呢？"

一个学生突然凑过来，打断了曾辉的思绪。

刘苏生："跟你没关系，回座上课去。"

学生："我就是听见你俩说的，感觉我好像也遇到过类似的一个女的。"

曾辉猛地抬眼看他："你也见过？"

"嗯，那女的是不是一开始一个劲儿地撩你，还老给你花钱。"

"对。"刘苏生回答。

"然后，她也从来不问你是干什么的，有没有女朋友，家里几口人，反正就是对你的个人信息好像不怎么在乎，害得我当时准备了一大堆词，结果一句都没用上。"

曾辉想了想："是。"

"但是只要你想跟她上床或者直接表白，她就一下子人间蒸发了。"

曾辉抓着那学生的肩膀问："她叫成筼吗？"

学生恍惚地点点头。

"惯犯啊……"刘苏生惊呆了。

"她这么做到底图什么。"曾辉刚想问，但很快闭上了嘴，他忽然想起，在很早以前，她就已经把答案告诉过他。

Mamihlapinatapai

"我很喜欢它的意思，形容两个人都有一个共同的渴望，但都不想首先打破僵持的那个瞬间或感觉。"

爱情都是有保质期的，只要抓住那最美的部分就好。

最美的部分，不言而喻，是暧昧期里那想要而不得的期待、没完没了的甜言蜜语、无休无止的缠绵悱恻、不知疲倦地做无聊的事情却又倍感充实。

一个暴雨倾盆的午后，在狭小拥挤的合租屋里，成筠早已告诉了曾辉答案。

她是个骗子，可她图的是恋爱里暧昧的感觉。

因此，确立恋爱关系，或者发生性爱关系，就是 Mamihlapinatapai 的终结。

曾辉明白了："所以对方是谁并不重要，是不是真心也不重要，只要你能给她她想要的。"

一旦给不了她，她就会离开，去找下一个能给她的男人。

一次又一次，永远暧昧，永远新鲜，永远激情，没有背叛，没有伤害，没有悲伤。

下午的斜阳透过百叶窗，懒懒地照进客厅的地板上，坐在窗台上的曾辉点燃一支烟，烟在指间燃烧，悠然，从容。

他紧皱多日的眉头终于化开了。

3

"吴小芬，我的笔呢？"

猫软绵绵地翻了个身，侧卧在窗台上，继续打盹。

成筠身穿一件清凉的雪痕真丝黑睡裙，趴在床上办公，晃着雪白而纤细的小腿。

床上堆满了各种未处理的合同文件，正等待着一支笔签字。

小芬举着个大汤勺，从厨房叽里咕噜地跑进屋来，直奔桌子，从第二个抽屉取出了成筠那支掉了漆的御用笔递给她。

成筠接过笔，唰唰唰地一本接一本合同地签字，像有些小学老师批作业明明没怎么看就写了个"已阅"一样。

小芬："咦……小姐你都不看看再签的吗？"

成筠停下笔，转过头盯着她："我从来不相信合同。"

然后，接着唰唰签字。

"我的药拿过来。"

小芬："哦好好。"

说话之际，小芬就把一个药瓶举到了她眼前，她垂眼看了一下："不是这个，我每天白天吃的。"

"哦哦！"

小芬迅速又换了个棕色瓶。

这回是了，成筠迟疑地接过药瓶，看了她一眼，暗暗感叹这乡下丫头的业务越发熟练，对自己的生活细节了如指掌。

"小姐，你怎么每天要吃这么多药啊，你到底得啥病了，生病得去医院啊，光靠药顶可不行的呀，成药篓子了啊！"小芬整理着一柜子大大小小的药瓶。

成筠咬着笔盖看文件："那是保健品，笨。"

"管啥的保健品？"

"又问！"

立刻闭嘴了。

成筠打开药瓶，倒了颗白药片塞进嘴里，翻身仰卧在床上，盯着掉了墙皮的窗发呆，外面有同院人家养的鸽子在飞。

除此之外，这小区里还有人养鸡，天天早上四五点就打鸣，自打一个月前搬进来，成筠就没睡过一个懒觉。

没办法，旧小区就这样，没人管。

"开饭啦！"

成筠懒洋洋地在床上打了几个滚，像要上刑场似的。

李红霞倒是双耳一立，晃了晃脑袋，让自己清醒了许多，从窗台上跳下来，轻盈落地，嗒嗒嗒地跑到客厅去了。

小芬大喊："小姐你多少吃点吧，你可怜可怜俺，你要是再瘦下去白老板又得骂俺了。"

成筠不情不愿地坐起身来，赤着脚走到餐厅。

看着满桌的菜，腰果炒虾仁，蒜蓉菜心，排骨老鸭汤。

她吃了不到十口，把筷子放下了。

小芬着急："还不够清淡？"

成筠不说话，只径直走到窗前，给薄荷浇水。

小芬倒了一碗汤端到她身后："你喝碗汤也行哦。"

成筠看向窗外，面露不悦。

对面就是另一栋居民楼，红墙绿顶，楼与楼之间相隔甚近，能隐约看到对面每户人家里的生活。平时换件衣服都要拉上窗帘，以免被人看了去。

小芬："小姐，咱们为啥那么大房子不住，搬这儿来呀？"

"躲人。"

"躲谁啊？催债的啊？"

成筠想了想，回头看她，问："小芬你几岁了？"

小芬一愣，如实回答："俺二十一。"

"你二十一我也二十一，"成筠放下喷壶，接过汤，用勺子搅啊搅，"你却天天追在我屁股后面伺候我，这种局面，你都不反思一下原因吗？"

"小姐俺又哪没伺候好？"

成筠无语，头好像瞬间大了一号。

"你年纪轻轻的，甘心就只做个保姆？"

"那有啥不甘心的，白老板给俺的工资可多了！"

对牛弹琴。

小芬低下头："小姐，俺哪能跟你比，你能力多强啊，读过大学，还是老板，俺初中都没念完。"

"我听说你不是学过点会计嘛。"

"俺？……"

"就这么定了，"成筠将汤一饮而尽，把空碗还给小芬，摸摸她的头，微笑说，"限你一周之内找个工作，我不会告诉师父的。自己找不着就找人才中介帮忙，钱我出。听话，以后晚上回来就行，别整天在我面前晃悠，问问问。"

成筠骂骂咧咧地回了房间，李红霞也跟着去了。

一周后的某个白天，吴小芬却还在家里晃来晃去。

"小姐，咱咋又突然要搬回去啦？"

成筠正把墙上的画一幅一幅摘下来放到床上，站直身子，瞪着她："你现在不是应该在外面工作吗？"

小芬噘着嘴，低下头，手里捏着正在整理的衣服："俺……俺不想找了。"

"怎么了？"

小芬仍低着头不说话。

"不说的话我就开除你了啊。"

小芬急了："那个中介……"

"中介怎么了？"

她吭哧瘪肚的样子真是急死成筠。

"嗯？"

"那个中介本来说好的有什么活儿肯定第一个想着我，后来又……又不好好给俺找了，俺再也不想去了。"

"钱没到位？"

小芬摇摇头，手里越拧越紧，委屈巴巴。

成筠放下了手里的活儿，饶有兴致地靠在桌沿静静地盯着小芬看，把她盯得发慌。

成筠笑："那中介是不是对你有意思啊？"

小芬把头埋得更深了。

"然后你发现了，就把他给拒绝了，人家生气了，就不好好给你找工作了。"

小芬羞愤得快要哭了。

成筠随手拿起桌上的一个药瓶，来来回回拧着瓶盖，陷入了沉思，而后继续收拾柜里的药，一边把它们往行李箱里收，一边说："你不去了，那钱就白花了。"

"那，那俺也不找那个人了。"

"再遇到这种情况，象征性地装傻充愣一点，别那么急着拒绝。"

"不拒他他不就以为俺对他也有意思了呀，要是俺对象知道了可咋办！"

"喷，没那么严重，只是让他全力帮你找个好点的工作而已。你记住，如果让一个男的觉得你跟他有机会，他就不会对你那么刻薄，他如果被你吸引了，就会更尊重你，努力对你好，"成筠指着窗台，"去，把那几盆薄荷都包上。"

"哦。"

小芬听得入神，猛地反应过来正要走过去，回头却见瘦得跟纸片人似的成筠竟然抱起了一个大箱子，她赶紧要抢过来："俺帮你小姐。"

"不用不用，我来，你搬花，"成筠接着说，"只要让男人觉得有机可乘，他就会尽力不伤害到你以免断送这次机会，但如果知道自己彻底没戏了的话，他立马变成大尾巴狼。"

"是嘛……俺从来都没听过……"

"他们当然不想让你知道这个，笨。"

小芬的世界观被迫刷新了。

"算了，教你也学不会。打包差不多了，"成筠抻了抻腰，"搬家公司还没到楼下？"

小芬吭哧吭哧把花往外搬："到了到了。"

"行，回家了。"

成筠的嘴角扬起一丝意味深长的笑。

师父突然提前从德国出差回来了，摸鱼的日子戛然而止。

算算日子，成筠觉得，自己的生活大概也可以重归正轨了。

她一搬回师父的大房子，就赶紧回公司上班。

第一天，要比平时早一个小时到公司，提前部署一些准备工作，比如与小纪统一好口径，以免自己摸鱼了一个多月的事情暴露，惹师父不高兴。

因此，为了避免迟到，成筠是坐地铁来公司的。

平时习惯了开车直接走地下停车场，太久没走公司正门了，她转了向，绕着公司写字楼转了又转，越急越找不着入口。

"走这边。"

一个男人帮她找到了正确的门，并绅士地拉开了它。

"谢了。"成筠以为是保安大哥，可擦身而过之际，抬头看了一眼，便愣住了。

"曾辉。"

曾辉一身黑色休闲装，显得舒适又从容，他对她微微一笑："好久不见。"

成筠凝望着他，说不出话来。

晚上，小芬已经把家都收拾好了，刚要准备晚餐，成筠却提前下班回来了。

还带了一个男人。

还未等她发问，成筠便带着这人直奔厨房对她说："今天他下厨。"

这气场全开的架势把小芬吓退到客厅，她还以为小姐是另请了个厨艺出众的大厨要来替代她的位置，结果忙活下来，也无非就是做了些家常菜而已，除了有些搭配没怎么见过以外，也没什么特别的，小芬这才放下心来。

但就是这些奇奇怪怪的料理，好像很合小姐的胃口，至少她可没见过小姐吃她做的菜有这般狼吞虎咽，就连猫都上桌嗅个没完。她在旁边看着，心里多多少少还是有些失落。

　　"没人跟你抢，慢点吃。"曾辉笑着坐在成筠对面，自己不动筷，只是看着她吃就很满足的样子，似在欣赏一件失而复得的宝物一样。

　　成筠咀嚼着："你怎么知道我今天走公司大门？"

　　"我不知道。"

　　她抬眼看他。

　　他说："我每天都在那儿等你而已。"

　　成筠忽然想起了什么，觉得有必要解释一下："嗯……我那天临时有事，所以才没去机场……"

　　"我刚好也有事去不了，"曾辉把话抢了过来，"那天晚上我喝了点酒，突然约你去那么远的地方玩是我唐突了。"

　　成筠看着他真挚的双眼，僵在了原地。

　　他拿起筷子夹了一只清水煮虾，边剥虾壳边轻声说："以后你想去了我们再去，不想去就不去。"

　　一只白嫩软弹的虾肉连着虾尾被放到了她的碗里。

　　"我只希望，你不要再消失了，行吗？"

　　浓密睫毛扇动了一下，成筠把虾送到嘴里，慢慢咀嚼，说："行。"

　　"来点酒吗？"曾辉问她。

　　她惊讶："你喝酒了？"

　　他笑说："我不喝，看你喝。"

　　她也笑："好吧，小芬，给我拿瓶酒，随便哪瓶都行。"

　　小芬开了瓶干红，曾辉接过酒瓶为成筠倒酒，红黑色的酒倾入高脚杯深处，翻腾起一个浪，他说："没有你的这段时间，我工作很忙，可不知道为什么，一闲下来就会想到你。"

　　成筠将杯子拉到面前，用纤细的指尖绕着酒杯口的边沿画圈。

　　"想起你的玩笑和毫无征兆的伤感，我总在想，是什么原因才让你变成你。如果有机会再见到你，希望你能把我当个知心朋友，能敞开心扉的那种，把你的心结说出来，兴许你能过得痛快点。"

　　"我现在就很痛快啊。"

成筠的手指一顿，慵懒地眨着眼，注视着他，不知在思索什么。

许久，她开怀了起来："敞开心扉可以呀，但是光我一个人说不公平，要不，你问我一个问题我问你一个问题。用秘密换来的秘密，才有含金量嘛，你敢不敢？"

曾辉见她脸上顽皮的笑容，原本面无表情的自己也跟着笑了出来。

"你笑什么啊？"

"没什么。"

"到底笑什么！"

"就是很久没见到你的笑了，有点像做梦，"他正襟坐好，"来吧，我敢。"

成筠来了兴致，喝了一大口酒。

"那我先问，嗯……"她思索着，无意间扫到桌上的菜，来了灵感，纤细的手指直勾勾地指向小米辣炒蛋，"这道菜不是你自创的，是个女人给你做的吧？"

曾辉一怔，与她兴致勃勃的眼睛对视了几秒："是。"

她笑问："能把做法记这么清楚，你一定很爱她吧？跟我说说她。"

"没什么好说的，普普通通的恋爱。"

"爱情哪有普通不普通之分，她漂亮吗？"

"还行。"

"她是一个什么样的人？"

"人挺好的。"

"那你们为什么分手？"

"感情不和。"

"你是不是做过对不起她的事情？"

他猛然抬眼，却见她那双笑眼里有点调戏，有点迷情。

他迟疑了几秒："做过。"

此话一落，成筠睫毛微动，身体前倾，轻声问："什么事？"

"没能给她幸福。"

她笑了出来，似乎在为这段无疾而终的爱情无可奈何。

曾辉说："该我问你了吧？"

"你问吧。"

"你为什么不谈恋爱？"

"你怎么知道我没谈过。"

"我猜的。"

成筠的笑容僵在了嘴边，让小芬给她倒上了酒，酝酿许久，才迟迟开口："我……"

曾辉静静地等待着她的回答。

"算命的说我克夫，不谈恋爱是为人类造福。"

曾辉泄了气，成筠笑成了啼叫的鹌鹑。

曾辉说："你不真诚。"

"好吧，你不信我也没办法，但事实就是如此。"

说着，她心满意足地将杯中酒一饮而尽。

曾辉注视着她，越发觉得这女人有意思。

从成筠家离开以后，他立刻给霍振川打了电话，告诉他手册最后一章女商人的内容需要重新编写，霍总知道他急用钱，所以只要回去了一半的钱，让他慢慢编。

挂断电话后，他站在成筠家楼下，看着她的窗冷笑："克夫，亏你编得出来。不急，宝贝，我迟早会知道你的心结是什么。"

第七章

追逐

1

醉酒加过度劳累，王峰睡得十分沉。

醒来的时候，他发现自己赤着上身，穿着短裤，被白色的床单五花大绑绑在了椅子上。

他用惺忪的睡眼环顾了四周一圈，头痛欲裂，一时没反应过来自己为什么在宾馆的房间里，直到目光转到了坐在床上对他怒目而视的陈吟。

她已经穿好了衣服，看起来一夜没睡很疲惫，但还是愤怒更多。

一朵败落的、枯萎的玫瑰就躺在她的身边。

王峰认出了，想起了，昨晚的一切。

就在他刚要开口问问题的时候，却不料陈吟突然冲过来，揪着他的脖子，狠狠扇了几个耳光。

一下比一下重，直到扇得失去了力气，她才停了下来。

王峰吓坏了，也不敢发问了，只等陈吟喘完气。

她把他的手机里"笙歌教育 笙老师"的微信亮给他看，一字一顿地问："是他派你来的？"

王峰的脸颊被扇得火辣肿胀，他慌神地摇了摇头："我自己来找你的，他不知道。"

"他不说，你怎么认识我。"

"他……他上课讲过你。"

陈吟双眉微蹙："什么意思，讲过我什么？"

"什……什么都讲过，你……你是他的教学案例，你的微信微博 QQ 照片，所……所有的一切，跟他在一起发生过的每件事，我都知道，上过这节课的全……班同学都知道。"

陈吟不可思议地死死盯着他，双眼发红，布满了血丝，泪水在眼眶里转了又转，执拗地不肯滴落下来。

王峰看着她，似乎也很心痛："我已经退学了，不在他那儿上课了，我是真的喜欢你才来找你，陈吟，你相信我……"

"你问他，他现在在哪儿。"

陈吟把他的手机举到他面前。

王峰看着手机，犹豫："我……我问不了，他把我拉黑了，退学的学员都会被拉黑。"

"不可能。"

"不信你跟他说句话试试。"

陈吟立马给曾辉发了条"你在哪儿"，屏幕上立刻显现"对方拒绝接收您的消息"。

她握着手机的手卸了力，尽可能保持着冷静。

她要挟王峰："穿上衣服，带我去他学校，现在，马上。"

"我……"

"否则我告你。"

王峰立刻闭上了嘴。

他还是带陈吟来到了笙歌教育的教学写字楼，然而那里除了一些歪歪扭扭的桌椅和满地狼藉，一个人影都没有。

王峰也很诧异："他们……他们可能换地方了，我刚走的时候有人闹着举报他们。"

陈吟死死瞪着他，眼神像刀子，把他刺得生疼。

"真的！我没撒谎，这真是他们原来的教室，"王峰手忙脚乱地爬到教室的地上，随便捡起一张草稿纸，上面都印有"笙歌教育"四个字，"看，我真没骗你。"

"那他们换哪儿去了？"

"我怎么知道！我早不在这儿上了。"

陈吟看着人去楼空的写字楼，一句话都说不出，只重重地呼吸。

王峰心疼地看她，想离她近一点："陈吟，我是真喜欢你，我自打第一眼看见你的照片就喜欢你，想保护你，所以我才来找你的，我跟他不一样。"

"滚。"

"陈吟……"

"你再不滚我就告你，"陈吟看都不愿看他一眼，"滚。"

然后，王峰就乖乖消失了。

陈吟一个人走进凌乱的教室，坐在第一排的椅子上，仰望着被撕碎只剩下半张的投影幕布。

她仿佛看见曾辉站在讲台上滔滔不绝地讲课，穿着她第一次见到他时穿的那身西服，幻灯片上是她的照片，她的隐私，她的喜怒，她最没有防备的一面，她十九年生命中最犯傻也最美丽的一百天。

只是，那不是一场对逝去爱恋的追忆，而是一次实验的复盘。

她把自己想象成他的学生，呆呆地仰望着，想象着，但却没有哭。

不知坐了多久，电话将她拉回了现实。

"喂。"

"姐！你人嘞？昨天晚上咋没回家呢？现在也不接我啦？你不要我啦！"小笔盖在电话里扯着嗓门喊。

陈吟恍然，今天周六，要接她下补习班。

不知不觉，天色已暗下来。

不到七点就接近全黑了。

果然，秋天来了，天变短了。

陈吟收拾了一番情绪，免得被这个小机灵鬼听出端倪，说："我睡过头了，你站那儿别乱跑，等我。"

"你可拉倒吧，等你我不得饿死。那个……汤文佳养了只小猫，她让我去她家吃饭，然后看看小猫咪，亲爱的姐姐我能不能去呀？姐姐姐姐你最好啦，你最美你最好你是大仙女。"

"去吧去吧。"

"哦耶！汤文佳！我姐让我去了。那你晚上来接我哦！"

"好。"

"不要再忘了哦。"

"嗯。"

"拜拜。"

"拜。"

挂断电话，陈吟起身离开了这里。

从这一天开始，陈吟每天只有两件事，拼了命地工作和照顾小笔盖，别的，她什么都不想。

可就算如此努力地想要假装什么都没有发生的样子，该发生的仍一件不落地砸在她的头上，时时刻刻提醒她，她错爱过一个男人，一步错，步步错。

虽然她与曾辉早已分手，但是他对她的伤害就像怎么杀都杀不尽的害虫，像阴魂不散的魑魅，从没放过她。

越来越多的微信好友申请。

越来越频繁的陌生骚扰电话。

越来越多的跟踪狂。（或许不是真的有人跟踪她，但是她已经无法分清）

越来越不堪入耳的私信……

起初只是微信、微博、QQ、电话，后来连她的小号都沦陷了。

"姐你抽啥风，好好的你没事儿换手机号干啥呀？"有一天，小笔盖不解地问陈吟。

陈吟把旧电话卡放进抽屉里："原来的手机号 4 字太多了，晦气，我想换个 6 字多的。"

"呀，你啥时候这么迷信嘞，"小笔盖刚放学回来，累得书包都来不及卸下，就连人带包直接往床上一躺，"换个新手机号你就得把原来绑定的各种账号都给改一遍，你不嫌麻烦的呀。"

"不麻烦。"

小笔盖想到了什么，噌地跳下床，脱下书包，迅速跑到厨房，大喊："姐！蛋糕呢？"

今天是小笔盖的生日。

陈吟恍然大悟："啊……我忘取了，我这就去。"

"给忘了？！我的亲姐呦，快去呀，都几点了，人家马上就关门啦。"

小笔盖又跑了回来，忧心忡忡地看着她手忙脚乱地穿衣服。

"姐，你这几天咋回事，老不记事呢，岁数大了？脑子不好使了呀？不能啊，十九岁也不是很老吧。"

陈吟赶紧穿上鞋，火急火燎地出了门，往蛋糕店的方向飞奔，怕店会关门，她不得已抄了小路。

自从上次被跟踪，她就再也没走过这个胡同。

这一次，虽然天也黑了，但她选择狂奔而过，应该不会再遇到危险吧。

她站在那漆黑的胡同口，用手机照明，犹豫了两秒，一鼓作气，奋尽全力冲了进去。

中途，经过一片光亮处，是那小卖店，陈吟用余光扫到了坐在店口的光头男人，隐隐感觉到被他惊讶的目光追随着，她的双腿更加快了几分。

虚惊一场之后，她可算安全穿过了这个胡同。

她原地喘了口气，来不及后怕，就直奔蛋糕店，在关门之际拿到了给小笔盖预订的生日蛋糕。

返回就不着急了，她便从大路往回走。

大路宽敞有路灯，街道上有来往车辆，路边时不时也有行人。

可不知是后遗症，还是怎的，陈吟已经没有往日那般勇敢了，如今的她，只要是夜路，只要是一个人，连这种大道她都走得战战兢兢。

还好，一切顺利。

可就在她快要到家的时候，那个跟在她身后的影子又出现了。

从轮廓看，是个光头。

陈吟的双腿瞬间没了力气，她一小步一小步地往前挪，不知何去何从。

那光头在她身后跟得很紧，让他没想到的是，走了几步后，陈吟忽然站住，转向了他，拎着蛋糕径直向他走来，她如此勇猛反倒把他吓退了两步。

陈吟站在他面前，面无表情地说："你也是他的学生吧，说吧，他搬到哪儿去了？"

"什……什么学生？"光头蒙了。

"你不是上了笙哥的课才盯上我的吗，别装了，我都知道了。"

"谁生哥熟哥，谁谁谁盯上你了，你别血口喷人啊。"

"求你，告诉我他在哪儿。"

光头一听这话，换了个饶有玩味的表情："那你得报答我呀。"

"怎么报答？"

他歪着头，欲伸手："还用问吗？"

"你敢动我我报警。"

光头忽然哈哈冷笑："别装了，我都看到你的视频了，挺放得开的啊，现在矜持了？"

陈吟瞳孔战栗："你说什么！什么视频？"

"片儿啊，我在片站看你视频了，发都发了，你装什么装。"

"片……"陈吟不敢相信自己的耳朵，"你在哪儿看到的？"

"专门看片的网站啊。"

陈吟转身要走，被光头拉住，她狠狠甩开他："你跟我的一路都有监控，动我一下试试。"

光头愣在原地，没敢再去伸手抓她。

"你可回来啦！"

小笔盖早就蹲在家门口，陈吟一开家门，她便兴奋地朝生日蛋糕扑了上去："我的蛋糕，我来啦！"

陈吟松了手，任由小笔盖把蛋糕端到桌上迫不及待地打开，她则把笔记本电脑拿到厕所，锁上门，坐在马桶盖上，戴上耳机，搜索那个光头说的网站，点了进去。

她一页一页地翻找下去，心跳越发急促，呼吸越发困难。

最终，在一个视频封面里看到了自己。

她又慌又怕，迟疑着，用发抖的手点开了视频。

视频将她的记忆瞬间拉回了三个月前那个晚上，那个她原谅了曾辉学过PUA的晚上，那个他向她求婚的晚上，那个她想要拯救他的晚上，那个她生命中最美丽的一天，在他家里，她怀着激动、紧张和期待，把最宝贵的自己献给了他。

然而，这私密的、珍贵的全过程却以全景的录像偷拍了下来，并已被几百万陌生人观看过。

陈吟坐在马桶盖上，万念俱灰地盯着笔记本屏幕，她从未体会过这种难受，想哭，却一滴泪都出不来，很难受，很憋，好像失去了哭泣的能力。

哭不出来，毒就只能积在身体里，越积越厚，很快，她就要中毒身亡了。

她抬起头："熊。"

她猛然冲出了厕所，跑到屋里，到处翻找。

小笔盖刚打开蛋糕，问："姐你找啥呢？"

"熊呢？"

陈吟转头问她，定睛一看，紫色的熊正在小笔盖的怀里。陈吟一把抢过熊，把它从头到尾仔仔细细检查个遍，直到，盯着熊的眼睛一动不动了。

小笔盖有点蒙："熊咋了姐？啊？咋的了？说话啊。"

熊娃娃的双眼看似平常，实则一圈又一圈地，如深不见底的旋涡，似要把陈吟拉拽进去，拽进那黑色的深渊。

深渊的尽头，是另一双眼睛，一双她曾深爱深信的、极尽温柔的，却无比凶猛的眼睛。

那天晚上，这只熊就坐在窗台上静静地看着他们，把一切记录了下来。

陈吟吓得浑身发抖，本能地狠狠将熊扔进垃圾桶，连带着垃圾袋一起丢到了楼下的垃圾站。

五六分钟后，她才回来了，小笔盖吓坏了，带着哭腔问她："姐到底咋了，为啥把熊扔了呀，是不是那熊是曾哥哥送你的你一看见它就难受啊，那扔就扔吧，你别伤心了，你说你难受我看着也好难受啊。"

陈吟终于绷不住了，眼泪一滴一滴地滑落下来。

"姐……"

小笔盖怀抱着她的腰哇哇地哭。

"对不起，姐扫兴了，"陈吟蹲下来，为她擦眼泪，"咱过生日，不想不开心的。"

"嗯！"

"走。"

陈吟拉着小笔盖围着生日蛋糕坐下，姐妹俩都调整了一下情绪，插上蜡烛，点燃。

烛光摇曳，不知哪来的风，一直把烛火吹得乱颤。

陈吟帮小笔盖戴上蛋糕赠送的生日帽，微笑着对她说："许个愿。"

小笔盖双手抱拳于胸前，缓缓闭上眼。

陈吟看着她，微微摇晃着身子清唱："祝你生日快乐，祝你生日快乐，祝你生日快乐，祝你生日快乐。"

小笔盖睁开眼，看了看她，又看回蛋糕，一口气吹灭了蜡烛。

"许了什么愿？"陈吟微笑问。

2

"您的情况我都听明白了，我复述一遍。五月，您认识了一个名叫曾辉的人，并跟他在一起，百天纪念日的时候他以您不信任他为由跟您提出了分手。后来，你屡遭陌生人的骚扰，发现曾辉是一个 PUA 导师，并把你的隐私放在课堂上公之于众，你怀疑那些骚扰你的人都是他的学员，对吧？"

"对。"

"然后，你又发现了他将你们发生关系的视频偷拍，并擅自卖到海外的网站上以牟利。没错吧？"

"没错。"

"陈女士，我们先去立案，但我不得不提醒你，现在的情况，对你很不利。"律师看着手里的本子，叹了口气。

陈吟抬头看她："怎么不利了？"

"从你的表述看来，我们现在最大的胜算只能是从告这个人涉嫌侵犯他人名誉权隐私权、非法办学和制作、贩卖淫秽视频牟利入手。"

"他还欺骗我的感情呢，骗我上床，对我精神打压，还有那些人的骚扰呢！"

"多次骚扰只会处五日以下拘留或者五百元以下罚款，更何况没有证据证明是他教唆他们做的。至于他欺骗你的感情，陈女士，我非常同情你，我听了也非常心痛，但是你们这种情况，顶多算情侣因感情不和导致的普通分手，很可能判不了罪。"

陈吟沉默了许久："那就告他你刚才说的那些罪。"

"这就是我所说不利的点，现在没有有力的证据去证明他的罪行。我们现在不知道这个培训机构搬到了什么地方，就没法告他非法办学。你也找不到他，拿不到他手上欺骗你的证据，而且我猜测，如果这种人都已经到导师的级别了，他应该早就把手里所有与你有关的证据销毁掉了。"

"可我有啊，我手机里还留着跟他的聊天记录和照片，那就是证据啊。"

"那只能说明你们曾经是恋人，没法证明他把那些公之于众过，我说的证据是他的教案，或者他上课讲你的录像，但我担心他讲完就销毁了。"

陈吟的手心疯狂出汗："那视频呢，这个也告不了他吗，视频里分明有我和他啊。"

"这个跟聊天记录是一个道理，如果没有证据，我们不能说是他卖给网站的，也有可能是视频不小心流出去的。"

"可是偷拍的人是他啊！那也犯法了吧！"

"是犯法了，也需要证据。"

陈吟忽然想到了："我有证据！我有！他偷拍我的摄像头！"

"真的吗？"

"季律师你等等我，我马上回来！"

"好的，您别急，一路小心。"

陈吟抓起包跑出了咖啡厅，她一路狂奔，穿过一条条街道，直奔家楼下的垃圾站。

垃圾站里有三个大分类垃圾桶，但从没有人专门分类过。

她有些不记得昨晚把用黑垃圾袋包着的紫熊丢到哪个桶里了，她已顾不得那些，打算徒手去翻，她挨个将垃圾桶的盖子掀开，苍蝇乱飞。

而三个垃圾桶，全都空了。

晚来了一步，垃圾早上被环卫工人收走了。

陈吟又去抓着环卫工人问垃圾被送到了哪里，赶过去的时候，巨大的垃圾车已经快把附近小区送来的垃圾都处理了。

她彻底找不到那只熊了。

陈吟落寞地在街上游荡，像白日里的孤魂野鬼，她双眼干涸失神，即使直视太阳也无动于衷。

走着走着，她在一个橱窗前停下了。

不知不觉，她已游走到一片商业区。

她微微转身，透过橱窗看见了一家店内几大橱柜的钻戒。

门店的招牌上是白底黑字的、极有设计感的 logo。

她想起自己也有一个印有这个 logo 的白色小盒子——是那个人送给她的。

她慢慢走进去，把左手摊放在玻璃橱柜上给一个二十岁出头的小店员看。

"这是你们这儿的吗？"

小店员只看了一眼她手上无名指上的戒指，便一脸抱歉地说："不好意思，这不是我们家的。"

陈吟冷笑。

如她所料。

她低头看了看橱柜里那些闪耀着白光的钻戒，是啊，没有一款跟它一样。

"我们家最近推出了 Believe 求婚钻戒系列，主打年轻人，浪漫款和简奢款是最受欢迎的，性价比超高，您有兴趣看一下吗？我可以帮您拿来看看。"

"Believe？"陈吟问。

"是的。"

陈吟面无表情地往店外走，小店员在后面仍有礼貌地说："欢迎下次光临。"

陈吟回过头看向她，眼神被她身后墙上的标语吸引。

一生只爱一人。

她突然笑了，笑得有点僵，因为很久没笑过了。

那天晚饭后，陈吟忽然提出想要看一部感人的爱情电影。

小笔盖翻来找去，最后给她选了《泰坦尼克号》。

陈吟和小笔盖坐在床上抱着笔记本看电影，看到在沉船的危急之际，Rose放着救生船不坐，毅然回头去找因偷了海洋之心而被关押在船员室的Jack。

所有人都拼了命地往求生的方向跑，只有她逆着人群向海水漫进的船体深处奔去。

当她终于找到他的关押之地的时候，海水已经漫上胸口。

Rose捧着Jack的脸不停地亲吻，不停地道歉。

Jack说我没偷宝石。

Rose说我知道我知道。

他问你怎么知道的。

她说我就是相信你不会。

Jack愣了一秒，深深地吻了下去。

陈吟哭了。

哭得喘不过气来。

哭得撕心裂肺。

小笔盖也哭了，但很明显跟她不是一种哭。

陈吟的哭已经远远超出了被电影感动的程度。

她哭完了电影的整个后半段，仿佛如果电影还不结束，她就永远哭下去。

可令人意外的是，那天哭完，陈吟就彻底平静了下来。

自从换了手机号，她就再也没有收到过骚扰短信了。

跟踪的人也越来越少。

仿佛一切从未发生，她继续着正常的生活。

洗衣，做饭，看着小笔盖的功课，接她上下学，翻译稿子，送外卖。

只是比往日工作更勤奋、更拼命了些。

有一天，小笔盖放学回来，吃晚饭的时候，跟陈吟炫耀说："我这次作文才扣了两分哦！"

陈吟很意外，从西红柿牛腩里夹了一块牛肉给她："你再看仔细点，是扣了两分还是就得了两分。"

"啧！"小笔盖不服气地跳下桌，去翻书包。

"我信你我信你，先把饭吃完了。"

"不行！我必须给你看看我的大作！"小笔盖驴脾气上来了。

翻了半天没找到，她爹毛了，干脆把书包一顿暴力拆卸，陈吟见了赶紧上去拦："刚买的书包，大小姐，你爱惜一下我的劳动所得行不行？"

"买这个书包也有我一份呢。"

"你那五十元还不够零头。"

"那是钱多钱少的事吗，再咋说也是我百词比赛满分得来的，算我人生中第一份奖学金呢！"

"挣点钱出息了，以后用不着我了是吧？"

"说不定哦。"

陈吟沉默了，怔怔地低头看她。

"你到底能不能找着了？"

"好奇怪呀！！我没带回来！"小笔盖把书包摔了，一屁股坐在地上，怀疑人生，"不会被他们传丢了吧？"

"传？"

"高分作文嘛，我们全班都传看来着。"

陈吟拉她起来："那改天再拿回来，先吃饭。"

姐妹俩又坐回到饭桌。

陈吟问："你这次写的什么，还突然拿高分了。"

"老师让写的我的爸爸妈妈。"

陈吟夹菜的手停在了半空，目光微转向她："你写了？"

"我写的你呀。"

"写我你不就跑题了吗？"

"那我没有爸妈也不能让我硬编啊，"小笔盖鬼精灵地凑到陈吟耳边，

"而且我写你，这叫反其道而行之，老师肯定得老同情我了，你看，拿高分了吧！"

陈吟："满脑子歪门邪道。"

小笔盖往嘴里塞了一大块牛肉，满足地嚼啊嚼，含含糊糊地说："反正我又没作弊。"

"快上初中了，你这些小聪明可就不管用了。"

"小学有小学的聪明，初中有对付初中的聪明，你从小到大这么乖，也没见你捞着啥好啊，就不用你替我操心了啊我的姐。"

陈吟垂下眼帘，疼惜地看着她，念叨说："是，你这样也挺好。"

"我吃完啦，这个番茄牛腩做得好！给你点个赞！"

小笔盖小猴子一般跳下了桌，蹦蹦跶跶地跑去桌上写作业了。

陈吟放下碗筷，凝望着她，沉默不语。

小笔盖回到学校赶紧到处找自己的作文，但同学们你推我我推他，几次三番下来，到底还是传丢了。

这可把小笔盖气坏了，人生第一份高分作文，本来还想送给陈吟做礼物的。

"丢了就丢了吧。"陈吟安慰她。

可小笔盖越想越不甘心，思来想去，她有了一个办法。

日子一天天过去，深秋已至。

发黄的树叶落了一地，踩上去，咔嚓咔嚓作响，脆的，碎的。

陈吟穿着卡其色的大衣，手上拎着几大包吃的，漫步在大街上。

这一天，她跟小餐馆辞了职，拿到了一笔数额不小的工资，便顺路去超市大采购了一番。

回家的大道，一路金黄。

一片落叶掉在她肩上，是树的挽歌。

她回到家，把工资跟两张银行卡放在了一起，藏在了抽屉里。然后，她把整个房子彻底大扫除了一遍，做了一桌菜。

她看了看表，离小笔盖放学还有一段时间，便去床上躺一会儿。

放学了，没人认领的小笔盖站在校门口气得直跺脚。

"又不来接我！"

她又等了一会儿，只好自己回家了。她边走边看着手里的作文纸，这是她凭着记忆重新写了一遍的那篇高分作文。

看着作文，小笔盖气哄哄地暗下决心，今天一定要跟这个不合格的监护人好好说道说道。

一打开家门，小笔盖就扯脖子大喊："陈吟！死哪儿去了，又不接我！"

屋里却一片寂静，无人回应。

桌上却有几个用盘子扣上的菜，小笔盖挨个掀开盘子，有肉末茄子、土豆炖豆角、小米辣炒蛋和一盆西红柿鸡蛋汤。

小笔盖觉得奇怪，攥着作文纸满屋找，房子不大，她很快就看到了躺在床上的陈吟。

她睡得很沉。

小笔盖拍了拍她："陈吟！你又睡懒觉！睡就睡呗，你不会定闹钟的呀！你以为给我做好饭就可以不接我了吗！"

见陈吟没醒，小笔盖索性使劲捏住了她的鼻子，等她被憋醒。

等着等着等着，陈吟还是一动不动。

小笔盖有点傻眼，回头一看，床头上有一瓶空了的白药瓶和一张字条。

字条上的字不多，却字字锥心。

"小笔盖，对不起，我扛不住了。"

作文纸从小笔盖的手里滑落到了地上。

我的姐姐

大家都知道大姐姐要保护妹妹吧？可我的姐姐不一样，我经常得保护她呢！

我的姐姐圆圆的脸，短短的头发，看起来很像男生，但其实特别爱哭鼻子。

她坐海盗船会哭，站在高处会哭，失恋会哭，看个瞎编的爱情电影都会哭。

她的眼泪就像水龙头里的水，好像永远都流不完。

每次都得我出马，编好几个笑话逗她，把肩膀借给她靠。有时候她要好久好久才会好，把我的笑话库存都掏空了，把我的肩膀都压麻了，唉！这届家长真难带啊！

你看我姐姐这么爱哭，一定觉得她是一个软妹子吧？那可错了，她可厉害了，会做饭，会通马桶，会修水龙头，会英语，会骑电动车，会送外卖。女人会的她都会，男人会的她也会。她一个顶俩，有了她，我就不需要爸爸妈妈。

虽然，我的姐姐很笨，很爱哭，凶巴巴，还记性不好，但我永远会包容她所有的缺点，因为我知道她很爱我，我也很爱她。

"姐——"

3

咚！咚！咚！

敲门声一下比一下震耳，重重地砸在曾辉和刘苏生的心上，剧烈地震颤。

二人躲在临时教室里，一声不敢吭，直到敲门的人自报家门："警察！我们知道里面有人！"

一个月来，曾辉还以为换的地方足够隐蔽不会被找到，他低估了警方的能力，也高估了自己。

曾辉垂眼看着本子上的字，想到手册的最后一章明明胜利在望，就千万个不甘心。

"再不开门就把门撞开了！快点！开门！"

门外的人咄咄紧逼。

曾辉知道，这一劫，是躲不过了。

他一步步走过去，打开了门。

四五个警察二话没说，暴力地将他和刘苏生二人扣上了手铐。

刘苏生："为什么抓我们！？"

警察怒视着他："你们自己心里不清楚吗！"

经法院审理，曾辉、刘苏生以非法办学的形式骗取受害者钱财构成诈骗罪，最终被判有期徒刑十二年七个月。

同时，该院认为笙歌教育的培训内容违反社会公德和善良风俗，故该机构的培训合同应属无效，要求笙歌教育于判决发生法律效力之日起十日内返还所有学员的学费。

程启山胜诉了。

曾辉没想到自己千算万算，终究栽在了一个搬砖的手里。

十年，够做多少事？

可以让每个人手里的键盘手机通通变成触屏智能手机。

可以让城市从蓝天白云到雾霾笼罩。

可以让互联网从贴吧论坛到直播短视频。

可以让火车提速到跟飞机一样快。

可以让一个少不更事的小孩儿长成大人。

十年，也可以让一切一成不变，曾辉十年如一日的监狱生活就是如此，他的时间仿佛从入狱的第一天起就凝固了。

由于在里面表现不错，曾辉减刑两年七个月。在监狱坐满十个年头的他，重返了社会，成为一个自由人。

出狱那天，是个夏天。

阳光高照，监狱的大铁门被烤得发烫，曾辉急于去推门，手被烫到了。

他跨出去，一时不能适应脚上没有镣铐的感觉。

刘苏生正靠在一辆黑色轿车上等着他，他比曾辉提前两个月出来了。

曾辉抬眼看到他。

远远地，二人相视而笑。

曾辉的时间在这一刻重新流动了起来。

"准备好东山再起了吗？"刘苏生问他。

他笑着反问："我们的山，倒过吗？"

刘苏生也笑了，接过他手里的包："上车。"

二人驱车直奔娱恒，霍振川在等着他们。

十年在不同年龄段的人身上留下的痕迹是不一样的，如果是从十岁到二十岁，你可能会认不出这个人，但像霍振川这种从三十多岁到四十多岁的中年男人，变化也就在几根白发、几道隐约可见的皱纹里而已。

可曾辉走进办公室的一瞬，霍振川看出了神。

他似乎一点变化都没有。

如果非说有点什么不太一样，那可能就是对于从二十岁刚出头到三十几岁的曾辉来说，这十年牢狱生活更给了他几分成熟男人的韵味，使他更深不可测。

霍振川恍惚看到一个隐匿多年的王者归来了。

"霍总，好久不见。"

曾辉与他握手。

"真的是好久不见了，我的兄弟，"霍总笑说，"坐。"

三人纷纷落座。

霍总递给了曾辉一根烟："放心，人我一直帮你看得好好的。"

曾辉低头点烟，深吸一口，抬眼看他："谢了，我欠你一个人情。"

"视频销路也一直不错，后天我把分成划给你们。"

刘苏生："老霍，今天我们都没落脚就直奔你来了，你知道啥意思吧？"

霍振川吸着雪茄，大股大股的烟雾涌入空中，他眯着眼笑说："没问题，生意还算数，我一直等你们把手册交到我手上。"

刘苏生感叹："老霍，不得不说，你泡妞这方面是真有耐心啊。"

"哈哈，钓鱼要有耐心，好鱼更值得等。"

刘苏生不禁对他竖起了大拇哥。

霍振川从抽屉里慢悠悠地拿出一张银行卡，在桌面上推到他们面前。

"这，老霍你这什么意思？"

"拿着，我知道你们现在要把机构重新办起来需要启动资金。这是订金，真正大头的钱，等手册完成了，我立马给你们。"

刘苏生喜笑颜开："够意思啊，放心吧老霍，我们笙哥保证能完成任务。"他用胳膊肘碰了碰曾辉的胳膊。

曾辉立刻进入工作状态，发问："你跟白一榛现在还有交集吗？"

"当然了，"霍振川神色得意地说，"不只有交集，我跟她现在是密切合作关系，快三年了。"

"很好，"曾辉想了想，"能带我见见她吗？最好是比较隆重的场合。"

"没问题，下周，有个慈善拍卖会，各界商业人士都去。"

"好，我这周回去准备一下，"曾辉拿起桌上的银行卡，"这钱谢了。"

说完，曾辉跟刘苏生便离开了。

回去的路上，曾辉把银行卡交给刘苏生说："给我留一部分，其余的全都用来找场地找人，把之前那些弟兄都一个一个找回来，这事光靠咱俩不行。"

"放心吧，我已经开始找了。"

"对了，"曾辉提醒他，"不能叫笙歌教育了，得改名。"

"改成什么？"

他想了想："狼迹，狼迹教育。"

刘苏生怔一下："好。"

七月五日，一年一度的慈善拍卖会如期而至。

商界精英、明星政客和社会名流齐聚一堂，名为慈善晚会，实则暗潮汹涌，觥筹交错之间全是生意场的明争暗斗。

每年在这慈善晚会上，都会有几个亿的生意悄然成交，输家赢家孰是孰非，只有行内的人才能看得清。

今晚，其中唯有一人的心思不在于此，那就是跟随霍振川一同出席的曾辉。

他一身笔直西服，挺立于人群，手拿一杯香槟在众多华服之中搜捕白一榛的身影。

一眼，便认出了。

这是他第一次见到白一榛本人，她比常人清瘦，身着银色长裙，除此以外不再过多装饰，低调素雅，在眼花缭乱之中反而尤为显眼，宛如天上人。

可有一点点意外的是，眼前的这个女人虽举止优雅，气场十足，但她举着酒杯与人交谈时谈笑风生，左右逢源，与曾辉所知的给人以天生疏离感的白一榛有些出入。

"这白一榛看着也没你说的那么不苟言笑。"曾辉小声跟霍振川说。

霍振川刚与某个老板交谈完，回头顺着他的眼神看去，叹气道："那哪是她啊，兄弟你到底做没做功课？"

曾辉吃惊地指着那女人："不是她吗？"

"那是白一榛的徒弟，小成总成筠，前面那个才是白一榛。"

曾辉定睛望去，确实发现站在那女人不远处的更像印象中的白一榛，他不由得自言自语："太像了……"

霍总听见了，搭话："那丫头是白一榛一手带大的，确实跟她越来越像，你还没见她俩工作时候的样儿，脾气秉性，谈判方式，简直跟一个模子刻出来的。上次那丫头在我办公室等我，我从背影看差点把她认成她师父。"

曾辉注视着那名叫成筠的女人，嘴角不禁微微上扬。

"就她了，"曾辉跟霍振川说，"霍总，今晚别急着撤，等小成总主动跟你要我联系方式了再走。"

这话听得霍振川一头雾水。

拍卖会即将开始，人们纷纷落座，曾辉坐在成筠的邻桌，静静地观察她。

他发现，成筠那一桌大多都是男人，除了她还有一对神情哀伤的母女，小姑娘不大，七八岁的样子，胳膊上还戴着孝带。桌上的男人们接连跟那对母女说话，全是巴结讨好的脸，听对话曾辉猜明白了七七八八，大概就是那一桌都是同一集团的股东，胖的那个黄总是第一持股人，手握公司20%的股份，但看样子他并不是掌握实权的人，因为很明显旁边那两个分别掌有10%和14%的人是一伙的，与之对立，好像在阻止黄总做什么事情，他们的背后一定有个管理层的大佬在坐镇。

而他们都在巴结的母女，是持有公司5%股份的一位元老的妻女，他刚刚去世不久，股份由她们继承，这5%便成了关键，谁拉拢了她们成为一致行动人，谁就掌控了集团实权。

曾辉不明白，成筠作为一个毫不相干的投资人干吗跟这帮人坐在一起。而事实上，她确实也一脸状况外，在所有人都巴结那对母女的时候，只有成筠独自坐在餐桌另一角，专心致志地看拍卖。

今晚一共有十一件展品被拍卖，其中不乏奇珍异宝、名人字画，可成筠一概不拍，独独爆冷地以一百万元高价拍下了一个名不见经传的近代小画家张吉元的《雪中情》。

曾辉觉得有趣，静静地看着成筠笑着把画抱回座位来，趁宴席后半段的时候，悄悄送给了那母女。

那女人见画很是一惊。

成筠对她说："我知道马老生前最爱收藏小众画家的山水图，张先生的这幅《雪中情》他找了好久了，我跟马老虽然交集不多，但是我在他身上学到了很多东西，今天我把它送给马老，算是份迟来的礼物吧。"

女人早已感动得抽泣："谢谢你，好孩子。"

成筠摸了摸女人怀抱里的小姑娘，微笑说："你就是弯弯吧？你爸爸没少跟我提过你呢，一提你就是没完没了地夸，说你钢琴舞蹈样样都精，听说你爸爸给你买的是全世界限量五十架的钢琴，真的吗？"

小姑娘点点头，眼泪在眼眶转圈圈。

"爸爸对你真好呀。"

女人叹气："老马一走，我都不知道怎么带着孩子过下去。"

成筠轻拍她："你放心，马老在集团拿的是分红股份，只要公司一天不倒，就能保你们衣食无忧，他一直都在守护着你们。"

女人："你说得对，我得帮老马守住他经营半辈子的心血。"

成筠轻轻一笑，又与母女俩谈心了几句，便转身坐回到自己的位子上，悄悄跟旁边的一个女孩耳语："告诉董事长，5%归他了，按谈好的价跟咱们拟合同。"

女孩开心："好。"

"回来，"成筠耳语，"告诉他，黄总跟丰润有猫腻，说我帮他化解了一次恶意并购，他要是够意思就多给咱们一个点。"

"知道了。"

"哎小纪，"女孩要走，又被她叫了回来，成筠再压低了说话声，"跟主办方再确认一遍卖家匿名，千万不能让人知道画是咱们的。"

"放心吧小成总。"

叫小纪的女孩走了，酒桌上一片狼藉，人也都散了大半。

成筠独自坐在位子上，喝了口红酒，看着桌上的菜，好像兴趣都不大。

后来，陆续有几个年轻光鲜的男人过来跟她搭讪，她也都敷衍了事，自如地搪塞过去了，大概是知道他们的用意多是利用她而已。

最后还是一个人。

整晚观察下来，曾辉发现成筠全程除了尝了口牛排，其他菜一口都没动，再加上她瘦得不正常。

"厌食。"曾辉不禁猜测。

他心里有了策略，终于起身，自然地坐到成筠的桌，离她两个座位的距离。

成筠正百无聊赖地玩着消消乐，刚输了一局，一抬头便看见桌上忽然坐着一个不认识的男人正拿着桌上瓶瓶罐罐的调料往小碟里倒。

她看了他一会儿，终于忍不住了："你在干什么？"

曾辉抬头看她，问："你觉得这牛肉做得好吃吗？"

"哈？"

曾辉指着自己碟里的调汁："我做的比这儿的好吃。"

成筠把他从头到脚打量一番，称不上帅，但很耐看的一个男人："你是来干什么的？"

"哦霍总带我来的，我是他朋友，我就是听说这牛排做得特别好，过来蹭吃一下，研究研究，"曾辉又往碟里倒了两滴醋，"可我觉得一般，感觉都没我做的强。"

"哦，霍总，"成筠眯着眼看他，"你是厨子？"

"没，就是爱好。"

"哦。"

成筠跷着二郎腿，露出雪白的小腿和黑色的高跟鞋，看着曾辉入了神。

他埋头调汁的样子在这尔虞我诈的饭桌上显得尤为格格不入，有种莫名真实的感觉，让她忍不住想要跟他搭几句闲话。

"我们这些人看着很烦吧？各种虚情假意，嘴咧得我腮帮子疼。"她问。

曾辉抬头凝望她一会儿，才开口："没有，我觉得很厉害，尤其是你。"

这回答让成筠微微一愣。

曾辉放下了碟子，看了眼手机，对她说："我得走了，汁调好了你可以尝尝，如果有机会让你尝尝我的手艺。"

说完，他便走了。

看着桌上的那碟调汁，黑乎乎的浮着油光，有点黑暗料理的感觉。

可成筠还是忍不住叉了块牛肉蘸了点尝了尝，一入口，她的眼睛便亮了。

宴会接近结束，成筠忽然找到霍振川："霍总，求你个事呗，把你那朋友的微信给我。"

霍总顺着她的眼神望去，是曾辉。

惊呆了。

当天晚上，曾辉便收到了成筠的消息：

曾辉你好，我是成筠。

一个月后我要拍杂志封面，需要快速增肥，你愿意来给我做饭吗，包住，价钱随你开。

第八章

假鱼

1

"薄荷刺激爱欲，会挫掉人的警惕。"这是古希腊的一句谚语。

李红霞一向是只很警觉的猫，擅长捕猎。

平时家里要是一有点风吹草动，哪怕飞进来一只小飞虫，它都时刻保持警惕。

但当它吸了猫薄荷就会忘记捕猎，甚至察觉不到危险。

就像此刻，李红霞在猫薄荷鱼娃娃身上蹭得如痴如醉，根本没发现自己的宝贝指甲被成筠全剪了。

"小姐，这招真灵哎！"小芬在一旁看着惊喜不已。

成筠坐在沙发上，抢走了鱼娃娃，李红霞晃了晃脑子，立马清醒了，用爪子挠了挠耳朵，恍惚间总觉得哪里不太对。

成筠："今晚给你放个假，去你男朋友家住去。"

小芬惊讶："为啥？"

成筠不耐烦地翻了个白眼："我要带男人回来，嫌你碍事，行吧？"

"哦，"小芬刚要转身回屋，又转了回来，"小姐你可要注意安全呀，现在坏人可多了，尤其是那种来路不明的，想占你便宜，你可千万擦亮眼睛啊，俺感觉你上次带回来的那个男的看你的眼神儿就不大像好人。"

"哪个男的？"

"就那个，来咱家给你做饭的那个，看你的眼神色眯眯的。"

成筠本想回房间，忽然又转回来了，抬头饶有趣味地看着小芬，把她都看慌了。

许久后，她才开口叫她："小芬。"

"……在。"

"你可太可爱了。"

成筠咯咯笑着进屋试衣服去了，留下小芬一人在原地凌乱。

晚上十点，刚刚下课，学员都走尽了，空荡荡的教室里只有曾辉和刘苏生两个人。

"这个女的其实也没有什么特别受伤的恋爱经历，倒是谈过不少，但都不长。"

"完了？"

"完了。"

曾辉眯起眼来瞪着刘苏生："这就是你调查了一周的东西？"

刘苏生："这不怪我啊，她感情史就是这么个情况，真没什么特别刻骨铭心、撕心裂肺的。哦，还查到点别的，她好像不只是白一榛的徒弟，还是从小被她收养的。"

"收养的？她自己的父母呢？"

"没查着。"

"那她几岁被白一榛收养的，收养之前是在福利院还是被谁带大的，她父母去哪儿了，这些你都不知道对吧？"

刘苏生委屈嘟囔："你本来就只让我查她感情上受过什么伤，有没有什么心结，好让你对症下药。我寻思她出身也跟这没关系啊，就没往深了查。"

"原生家庭对人感情观的形成作用也很大，你脑子想什么呢，赶紧给我查，查完告诉我，越快越好。"曾辉差点被气得背过气去。

忽然，房屋上空从左到右传来一阵震耳的嗡鸣。

曾辉和刘苏生不约而同地望向窗外，目送一架硕大的飞机逐渐消失在深蓝的苍穹深处。

刘苏生："好好的市里那么多楼房不选，你非要把这穷乡僻壤的破地方当教室，我看咱直接搬机场里得了，反正也没多远，天天听头顶嗡嗡过飞机烦都烦死了，多影响上课效率啊。"

曾辉低下头："忍忍吧，偏一点安全，以前的地方就是太靠市中心了，才一下子就被警察端了，吃一堑要长一智。"

"也是。哎，我最近发现现在都挺流行网课的，咱们也试试？要是真搞好了，就用不上实体教室了，更安全。"

曾辉想了想，微微点头："你研究研究。"

他刚要迈步子离开，电话响了。

是成筠。

二人对视了一眼，刘苏生识相地噤住声，看曾辉接了电话。

"喂。"

"曾辉，哪儿呢？"成筠的声音有些醉。

"在外面。"

"跟谁啊？"

他看了眼刘苏生："我一个人。"

"看到我朋友圈了吗？"

"看到了。"

"看到了你为什么不来我家参加派对，为什么我生日你不来？"可能是酒精的缘故，她的语气有些撒娇。

曾辉："你没收到我送你的蛋糕？"

"我堂堂白氏集团的小成总我缺蛋糕吗！谁要你的蛋糕！"

"那你要什么？"

"我要你。"

曾辉的眼眸一怔，刘苏生在旁边听得差点笑出声，还好被曾辉盯了回去。

曾辉："你吃饭了吗？"

"吃不下。"

"空腹喝的酒？"

"嗯。"

"吃点蛋糕，不然胃受不了。"

"你来我就吃。"

"你吃我就来。"

"好，我现在就吃，"说着，电话那头响起了哗啦哗啦的声响，紧接着就是成筠嘴里含着东西说话的声音，"你听到了吗，我在吃，你快来，我心情不好。"

"好。"

"一会儿见。"

电话挂断，曾辉拿起外套走了出去。

一个小时左右，曾辉到了她家。

一开门，屋里只有成筠一个人，和猫。

"其他人呢？"

"你来，我就把他们都赶走了！"成筠光着脚丫站在地板上，举着一个酒杯张牙舞爪地说着，一个没站稳，曾辉眼疾手快赶紧抱住她的肩膀扶住了她。

昏黄落地灯下，四目相对。

曾辉把她扶到沙发上，茶几上是吃得乱七八糟的蛋糕，奶油蹭得到处都是，他想叫人收拾收拾："小芬……"

"别叫了，她也被我赶走了，"成筠用手指堵住了他的嘴，"那些人乱哄哄的烦死了，我就想起你。我就想跟你单独待着，像以前在你家一样，什么都不想，一待一整天，做无聊的事情，躺床上发呆，想干吗干吗。"

曾辉微微叹气，在她身边坐下，靠得很近："过生日为什么心情不好？"

"不知道，一过生日就不开心，很多年了。"今天的成筠身穿一件红色的连衣短裙，化了淡淡的妆，晶莹剔透的红唇像新摘的樱桃，加上几分微醺的红晕，脸色更显妩媚。

她忽然激动地坐起，凑近他说："今天陪我喝点酒吧，求你了，别拒绝我。"

曾辉凝望着她："今天你老大。"

成筠一听，兴奋地站起来，嗒嗒嗒地跑到厨房抱过来一堆瓶瓶罐罐，堆在茶几上调起酒来。她虽然有点醉，但是依然很熟练。调完一杯浓度颇高的鸡尾酒之后，她不急着给曾辉，而是跑到窗台摘了几片薄荷叶回来，捣进了酒里。

她把这杯调好的蓝色酒送到曾辉的手中，轻启红唇在他耳边小声说："如果你陪我喝得高兴，今晚我就不让你走了。"

曾辉微微转头，依稀感受到她的呼吸，他凝望着她，慢慢喝了半杯下去。

成筠看着高兴，也跟着一杯下了肚。

曾辉也紧随其后，将杯中酒一饮而尽。

二人你一杯我一杯地对饮着，逐渐醉了，空气中弥漫着越来越浓烈的难以抵御的香气，让人无法自控地心悸。

成筠红着脸，昏昏欲睡，头一歪，靠在了曾辉的肩上，他没躲。

二人似乎都忘了时间从他们身边流走。

她说："我告诉你个秘密，其实我是个骗子。"

曾辉一愣，酒醒了半分。

她接着说："我享受男人为我着迷的感觉，然后在他们上瘾的时候终止这种感觉，这样我就是永远留在他们心里的一根刺，拔也拔不掉，痒也挠不着，我比他们任何一个女朋友都难忘，我觉得这就是我在这世上的证明，可是……"

说着说着，她忽然哽住了："我最近总在想，如果世界上所有的男人都消失了，那我存在的意义是什么呢？"

曾辉听了，面不改色，心却随之震颤了一下，如果把这话里的"男人"改成"女人"，似乎也是在问他自己。

他看见她的鬓边有一缕发丝掉下来，轻轻为她撩到耳后："你跟我说这些干什么。"

她没说话，只抬起头，把下巴抵在他的肩上，注视着他的双眼，满是迷情。

"想不想，参观参观我的房间？"

他看着她，沉思。

"好。"

成筠挽着曾辉的胳膊，一步一晃地走进了她的卧房。

一进屋，入眼的便是一张很大的床，充斥着让人浮想联翩的神奇力量。

曾辉凝望着成筠，向她慢慢走来，近在咫尺之时成筠突然推开他，说："最后一杯酒，助兴，好不好？"

"嗯。"他回答。

"等我一下哦，很快哦。"

成筠走了出去，只剩下曾辉一人，这是他第一次进她的房间。

这是间主卧，空间很大，曾辉四处走了走，虽然胜利在望，但仍想试着寻找一点有关她私人的东西。他大概扫视了一遍，没什么特别的，就是墙上有几幅画挺有意思，都是些不知名的作品，几幅抽象艺术画根本看不懂，唯一能看懂的就是一幅儿童画了。

那画看起来有点年头了，但被装裱保存得很好，画上是一个小男孩牵着一个小女孩，用蜡笔画的，两个人物画风有些微差别，似乎不是出自同一人之手，笔触虽然都很稚嫩但也十分灵动，尤其是小女孩，咧着嘴角，眼睛弯弯的，门牙上还有一颗涂黑的小龋牙，笑得十分灿烂可爱，非常传神。

曾辉不禁被逗笑了。

客厅里，猫慵懒地趴在沙发上，打了个哈欠。它的眼中有一丸淡黄的琥珀，瞳孔缩成一条细长锋利的竖线，像一根银针，这犀利如针的双眼正在静静地看成筠调酒。

她纤细的手指抓着调酒棒搅拌，动作轻柔而缓慢。

调酒最忌讳急躁，不然配酒的东西无法与酒均匀地融合在一起，无法产生浑然天成的口感。

搅拌均匀后，再配以一片薄荷叶做点缀，一杯深海般湛蓝的酒便调好了。

卧室里，曾辉在书桌前弯腰看着，一个半开抽屉里有一张成筠的身份证。

此时，手机忽然响了。

他一边看身份证一边接起电话，是刘苏生的声音。

"你在哪儿呢，方便说话不？"

"说。"

"我查到了，被白一榛收养之前，她好像一直是跟一个比她大没几岁的女孩一起生活，不知道是不是亲姐妹啊。"

"大几岁？"

"五六七八岁？"

"到底几岁？"

"具体我也没打听着，"刘苏生忽然慌张起来，"但是我跟你说个邪门儿的事情啊，你不是让我找原来那些高级班的兄弟吗，一直都没联系上，刚才老刘突然找我告诉我，说他们这些年要么感情不顺，要么破产破财，一个比一个倒霉，他们都觉得是当年跟咱们学这个遭报应了，才不敢来帮咱们的。你手边有没有笔，你记一下他……"

"偷偷跟谁讲话呢？"

成筠顽皮的声音突然从曾辉后背响起，他迅速挂断了电话。

他微微后退，差点撞到她，回头看她一脸甜美的笑。

曾辉说："今天不是你生日吧。"

"我过阴历，笨！"

曾辉刚要回头再看一眼那身份证，成筠却一把将酒杯塞进他的手里。

成筠纤细的手指在他的胸膛轻轻划过，尖尖的指甲轻松地挑开了他衬衫的一颗扣子，她迷离地看着他的双眼，说："最后一杯，然后干正事。"

薄荷辛辣清凉的香气，被她呼出的气带进了他的鼻腔里。

醉人，迷情。

曾辉凝望着她，将酒一饮而尽。

成筠的脸上绽放出笑容。

这一杯喝得太猛，曾辉有点上头，有一瞬晕了那么一下。

成筠走过去，从抽屉里拿起一支笔："你刚才是在找笔吗？给你。"

曾辉看去，她手里的那支笔，笔盖跟笔身不成套，笔身比较新，蓝色的笔盖却已经掉漆，感觉用了很多年。

他倏地皱起眉，忽觉眼熟，伸手去拿，却越发头晕目眩，酒杯从手中脱落，碎了一地。

他伸出的手左右摇晃着，无论如何都够不到她手里的那支笔。

成筠一动不动地站在原地，冷眼看着他，也没有要递给他的意思。

一时间曾辉头痛欲裂，感到天旋地转，胃里翻江倒海，五脏六腑都在撕扯着，随时都要炸裂一般。恍惚间，他终于支撑不住，捂着肚子扑通跪在了地上，跪在了成筠的眼前。

成筠面无表情地看着他，从抽屉深处取出一张像素很低的老照片，在他面前慢慢蹲下来，把这照片举给他看。

他的视线已经模糊不清，隐约看出那是一对姐妹在游乐园的合照，姐姐二十岁左右，妹妹十岁左右，妹妹的刘海上别着一个蓝色的小笔盖。

"好久不见啊，"她的红唇微微上扬，"姐夫。"

"你……"曾辉的双眼狰狞地盯着她，布满了血丝。

"今天确实不是我生日，"成筠轻抚着他的脸颊，他脸上汗珠湿了她的手心，"是我姐的忌日。"

曾辉开始口吐白沫，逐渐失去力气："你，给我……酒里……下毒……"

成筠连忙摆手："我没有，我是想让你晚上睡得香一点，就给你加了几片安眠药而已。"

"加……几片……"

"加了，一瓶？"成筠不知从哪儿掏出一个空药瓶。

她又掏出一空瓶："两瓶？"

她再掏出一空瓶："三瓶？"

"你猜，到底多少？"她笑嘻嘻地凑他更近一点，耳语道，"反正你最近不是也天天都吃安眠药嘛。"

曾辉："你……怎么……知……"

话没说完，曾辉蜷成一团地躺在地上一动不动了。

2

十一岁，一个人，怎么活下去？

还是小笔盖的成筠曾经以为，只要有陈吟在，她这辈子都不用去考虑这个问题。

可从十年前陈吟吞安眠药的那刻起，她不得不面对了。

首先，她第一件做的事情就是打电话叫救护车，如果能把陈吟救回来，那一切都不是问题。

等待抢救陈吟的时间漫长而煎熬。

小笔盖被吓傻了，她小小的身躯形单影只地坐在抢救室的门前，浑身无力，忘记了哭泣，目光里失去了阳光般明媚的生机。她的脑子里时而乱糟糟，时而一片空白，但自幼就接连遭受重大家庭变故打击的她，虽然年纪还小，却已养成了先想对策再悲伤哭泣的习惯。

她目不转睛地盯着抢救室的那扇门，做好了应对门被推开后送来的各种消息的准备。

一个护士姐姐走过去，弯下腰来轻声问她："你家大人呢？"

小笔盖抬起疲倦的眼，缓缓抬起手指向抢救室。

护士："不是她，我说其他大人。"

小笔盖凝望着她，倔强地抿着嘴，一言不发。

护士："跟其他大人说，要去楼下交费哦。"

说完，她摸了摸她的头。

小笔盖目送她消失在医院走廊的拐角，又坐了一会儿，然后起身回家去拿钱。

坦白说，如果不是为了拿钱，她再也不想回那个房子里。

小笔盖回到家，以最快的速度冲进卧室，目光刻意回避掉床，直奔书桌。她东翻西找，终于在陈吟的抽屉里找到了一包现金，是她今天刚到手的最后一笔送外卖工资。

除此以外，还有两张银行卡，一张招商银行的，一张工行的。

招商银行的是陈吟一直以来的翻译工资卡，而另一张工行的，小笔盖从来没见过。

正当她仔细回想这卡是干什么的时候，一张纸从那包现金底下飘了出来，掉在了地上。

她捡起来，是陈吟交代一些后事的信。

姐有三件事想告诉你：

我攒够了给你上初中的学费和生活费，在这张工行卡里，能保你每天都有饭吃，但是往后的就得靠你自己了。

我帮你联系好了一家非常靠谱的福利院，你去了直接找金大夫就行，电话在下面。以后不管有什么事，你就找她，你见过她，就是上次跟咱们一起吃火锅的那个金老师。对不起我骗了你，她其实是个儿童心理医生，我当时很担心你心理压力大，所以才请她给你看看，还好你没事，你比我坚强，也比我聪明，我相信你可以一直好好地生活下去。好好吃饭，好好睡觉，不要喝凉可乐，不要跟别人打架。

第三，想跟你说对不起，我跟爸妈一样也是个靠不住的人，让你失望了，你像恨他们一样恨我吧，然后忘记我。

小笔盖紧紧攥着这封陈吟留给她的信，一屁股坐在地上，放声哭了。

眼泪啪嗒啪嗒地往下流，一滴两滴三滴，打湿了信纸，浸湿了衣领。

一个人，死寂的房间里，号啕大哭，没有人安慰，没有人叫停。

平日里狭小拥挤的房子，一下子变得很空、很大。

不知哭了多久，哭到已经忘记了时间，小笔盖终于哭得太累，就地睡着了。醒来的时候，已经下午了。

她赶去医院，在窗口缴费的时候，用的是那包现金。交完钱，她把剩下的现金收好，却无意间感觉手心里有个什么小东西，摊开手一看，是一张电话卡。

她一回忆，想起来了，是陈吟嫌号码不够吉利而换下来的那张旧卡，她把卡放到衣兜里，去了抢救室门口。

陈吟仍没有出来。

小笔盖在外面等的时候，按照陈吟信上的嘱托给金大夫打了个电话。

"喂？"是那个金老师的声音。

小笔盖抿着嘴不发声。

"喂？您好，听得见吗？"金大夫又询问了一番。

小笔盖的嗓子有些哭哑了："喂，我是小笔盖。"

"小……笔盖？"金大夫想了想，"哦，你是陈吟的妹妹，小成筠？"

"嗯，姐……"小笔盖本来想说"姐姐让我找你"，可第一个姐字一出口，她就说不下去了，举着电话直接哭了。

"宝贝你怎么了，你还好吗？"金大夫听出有些不对。

小笔盖努力让自己没哭出声，她深深呼吸，把眼泪生生憋了回去，调整情绪说："金阿姨，姐姐让我找你。"

"啊，她前阵子跟我说了你的情况，你也理解理解她吧，她毕竟还很年轻，压力也很大，有自己追逐的梦想也是应该的。你放心，我们福利院条件很好，有很多跟你一样大的小朋友。你愿意来吗？"

陈吟果然没跟金大夫说实话。

小笔盖咬着嘴唇："我……愿意。"

金大夫："那好，你什么时候准备好了，就让姐姐送你过来，随时都行。"

小笔盖使劲地点头，忘了电话那边的人根本看不见。

挂断电话后，她在抢救室的门前一动不动地站着。

不知道去哪儿。

从昨晚发现陈吟自杀到现在，她没合过眼，一口饭也没吃。

她决定去吃点东西，尽管她一点都不饿。

但是陈吟在信里让她好好吃饭。

她随便在医院附近找了一家兰州拉面小馆，点了一碗拉面，吃了两口，食之无味，难以下咽。

她放下了筷子。

想了想，又抓起筷子，强行往嘴里塞了两大口，并喝了一大口汤像吃药一样把面吞了下去。

总算把自己喂饱了。

很奇怪，小笔盖感觉，她的味觉似乎被陈吟带走了。

被陈吟奇奇怪怪的黑暗料理带偏了，已经无法接受正常的料理味道。

不知道这种情况会持续多久。

吃完面，小笔盖目光呆滞地坐在那儿发呆，不知接下来去哪儿。

发着发着呆，她忽然想到了什么。

她从衣兜里掏出了陈吟的那张旧电话卡，看了又看。

真的是因为号码不吉利吗？

小笔盖的脑海里忽然冒出这个疑问。

她越想越不对劲，于是坐在面馆里，把陈吟的手机拿出来，拆开，把旧卡安了回去，重新开机。

这一看，果然不得了。

小笔盖把这卡里的内容看了个遍，当机立断，走出面馆，没回家，而是直奔了最近的派出所。

"我要报警。"

"你要什么？"看见一个小女孩独自走进派出所到处喊着要报警，本来在闲聊的几个值班警察觉得有点新鲜，猜这孩子怕不是要举报她的同学抢了她的玩具吧。

小笔盖对向她发问的那个警察说："警察叔叔，我要报警，有一个男的把我姐害死了。"

警察们一听是命案，先是一愣，接着让小笔盖把那事情的来龙去脉说一遍。

小笔盖把知道的都说了，口干舌燥地讲了半天，却没想到最后只听到了这样的一句话。

"这官司不好打，她是自杀的，跟他没关系。"

小笔盖目瞪口呆。

旁边的另一个警察觉得他措辞有点问题，补充解释道："小妹妹，你要有证据证明你姐姐的死跟那个男人有关系，不然叔叔没法帮你。"

小笔盖问："什么是证据？"

警察："就是能证明你刚说的那些的东西，把那些东西带过来。"

她举起陈吟的手机给他们看："证据给你！"

警察拿过来扫了一眼，皱起眉："就这些？"

"这些不够吗？"

"这都是些正常情侣的东西，你得找到能证明这个男的是坏人的东西啊小妹妹。"

小笔盖想了想，倔强地说："我能找着，我现在就去找，等着我。"

说完，她走出了派出所。

她从西城坐公交到东城，去了曾辉原来的家，敲了很久的门，没人。

她就坐在楼下的圆石墩上等，等到堵塞的交通渐渐通畅又变堵塞，等到天色渐渐转黑，路上行人的面目已不大看得清了，她才回家。

第二天，她到学校抓着窦佳成问他舅舅在哪儿，窦佳成却告诉她舅舅换了一个新工作以后很忙，已经很久没见到他了。

"我不信他能躲到什么时候！"小笔盖暗暗道。

她开始一个人吃饭，一个人睡觉，一个人上学，放学后再到曾辉家楼下等。

以前被陈吟追在屁股后面催起床，催上学，催写作业，能拖一秒是一秒，现在没人催了，她反倒每一样都很自觉了。

每天如此过，连续好几天。

直到这天，一个下班路过的阿姨看见大晚上有一个小女孩坐在马路边，过来问她怎么回事，一个劲儿地问她家在哪儿，小笔盖一句话也不说，阿姨放心不下，要把她送到派出所，小笔盖这才开了口说："我没带钥匙，在等姐姐回家。"

阿姨担忧地看着她，站到她身边说："那我陪你一起等。"

小笔盖被她的举动搞愣了，有点吃惊地抬头看她，那是一个身穿一套小西装的白领阿姨，很有亲和力，让人忍不住信任的那种长相。

小笔盖问她："阿姨，什么是PUA？"

阿姨一听，露出闻所未闻的疑惑表情："PUA？不知道，没听过，你问这个干什么？"

小笔盖低下头："没什么，就是我姐老提的一个词，大概是种坏人，比小偷海盗还坏。"

"你姐姐被这人欺负了？"

"嗯。"

"那要报警啊，让警察叔叔惩罚坏人。"

"警察叔叔说抓不了。"

"做了坏事就要教训，有啥抓不了！"

"说得有证据。"

"那就找证据呀。"

小笔盖望眼欲穿地仰头看了看头顶的大楼："我找不着。"

阿姨也沉默了。

"哎！"阿姨突然想到了什么，"可以让你姐姐在网上发帖啊。"

小笔盖抬头看她："发什么？"

"你看现在互联网多厉害啊，有不公平的事情发到网上去，火了就会引起关注，然后各种媒体啊就会来找你采访，到时候社会上的爱心人士和政府看到了就会帮你解决。"

小笔盖听了，双眼里冒出了久违的光芒。

她赶紧从石墩上跳下来，对阿姨大喊了声："谢谢！"然后飞奔回去，用陈吟的笔记本打开微博，注册了一个账号，发了一个标题为"我姐姐被渣男欺骗自杀了，请好心的叔叔阿姨哥哥姐姐帮我抓这个坏人！"的帖子。

帖子很长很长，小笔盖从来都没写过这么长的东西。

发出去以后，小笔盖关上电脑上床去，她亢奋得睡不着觉，一想到明天醒来就能看见万千网友为她和陈吟声援讨公道，就解气得不行。

这一晚，是陈吟自杀之后，小笔盖睡得最期盼明天的一觉。

第二天一早，她自动比平时提前一个小时醒来，睁眼第一件事就是打开微博。

意料之外的是，收到的评论并没有想象中那么多。

十多条，当然也不少。

她安慰自己，一定是因为昨天发得太晚了，网友都睡着了，过了今天一定会爆火。

小笔盖收拾收拾去上学，下午放学回家后，忐忑地再次打开了电脑，惊喜的是，涨了二百多条未读消息。

她赶紧点进去查看，却发现那二百多个消息大半都是点赞，这些赞把一个ID名为橙色小灯笼的评论推上了热评：

"我看这女的也不无辜，还不是看上人家的钱了，罪有应得。"

小笔盖惊住了。

下面也有很多同情她们姐妹俩的评论，但是都没这条点赞多。

看到这句话的时候，她明显感觉到心好痛，脸好烧。

小笔盖无法自控地、发自内心地骂出了她生命中第一句脏话。

一句她偶尔听一些大人和班上几个混混同学骂过的脏话。

她曾经对那些人嗤之以鼻，但此时此刻，除了这三个字她想不出别的词更能表达她的心情。

后来，小笔盖终于明白，因为她没钱买水军，所以帖子很难火起来。

日子一天天过去，这篇文章很快淹没在了某当红男明星连续出轨三个人的八卦里，这条新闻在不到半个小时的时间里便上了热搜第一。

反倒是那个橙色小灯笼因为她那条热评一下子从平平无奇的小号变成了一个大 V，认证身份是情感博主。

那是小笔盖第一次看不懂这个世界。

小笔盖有些万念俱灰，这一切对一个十一岁的孩子来说，太艰难太无力了。

她已经收拾好了东西准备搬去福利院。

可人生总是这样，在你绝望的时候又说不定在哪里让你看到转机。

有一天，小笔盖在网上无意间看到了笙歌教育的藏身之处被曝光，竟然就在西城，而且离她家就三条马路。

曾辉的那张脸正出现在照片里。

小笔盖噌的一下站了起来，冲出了家门。

在赶往笙歌教育隐藏办学地点的路上，小笔盖得到陈吟走了的消息，医院的护士姐姐打来的电话。

还差一条马路。

拿着电话，小笔盖腿软了，她蹲在马路边，怎么都站不起来。

红绿灯一轮又一轮地闪烁，车流一茬接一茬地通过，路人走走停停，云朵也没有停止移动。世界照常运行，没有人知道一个十九岁的女孩刚刚永远地离开了，除了她。

陈吟悄悄地来，如今又悄悄地走，像莫奈笔下生动的花草，不为人知地，半放不放地，在最美的状态戛然而止，她的花期永远停留在含苞待放。

她不应该这样落幕，她的结局还没来到。

小笔盖使劲把脸上的眼泪抹干，站起来，腿压麻了。

她盯着对面等了一会儿，等腿不麻了，绿灯亮了，就朝着马路对面的旧楼狂奔而去。

她一口气爬到了顶层，也就是网曝笙歌教育躲藏的临时教室地点，可那扇门却没锁，小笔盖轻轻一推便开了。她有点蒙，轻手轻脚地走进去，生怕里面还有人，可转了一圈之后发现只剩下一间空荡荡的教室了。

还是晚来了一步。

小笔盖回家看了新闻才知道，警察先她一步把曾辉抓走了，罪名是非法办学，判了十二年零七个月。

才十二年零七个月。

太轻了吧。

陈吟的命算什么？

在短短两年里，他推倒过几百个女人，她们受的伤害算什么？

这当中有多少人留下了终身阴影无法恋爱，有多少人陷入抑郁，性格扭曲，有多少人到现在对自己受骗都毫不知情，有多少人为他自轻自贱自残过。

又有多少人为他自杀过，像陈吟一样。

十二年后，或者更快，他就能一身清清白白地从监狱出来，卷土重来，依然活蹦乱跳，生龙活虎，在酒池肉林中肆意地策马奔腾，祸害人间。

而她们早已四散于人海，或顶着滴血的心挣扎着活，或拖着残缺的身体悄然地死，无处找寻。

那些为了骗女人上床而报班的学员都能在法律的庇佑下得到利益的保护，钱财如数被偿还，可那些受害的女人呢？

谁来主持公道帮她们要回被骗走的钱，谁来为她们的一生阴影索要精神赔偿，谁来为她们遭到的"温柔强暴"辩护，谁来听她们诉苦，谁来给她们偿命。

他身上的罪行可远不止十二年。

拔舌地狱、剪刀地狱、铁树地狱、孽镜地狱、蒸笼地狱、铜柱地狱、刀山地狱、冰山地狱、油锅地狱、牛坑地狱、石压地狱、舂臼地狱、血池地狱、枉死地狱、磔刑地狱、火山地狱、石磨地狱、刀锯地狱都不够。

不知不觉，小笔盖已经在福利院门口的马路对面站了很久很久，身边是行李箱。

房子租约到期，她必须搬过来，不然无处可去。

可她站在这儿，始终没再往前迈一步，呆呆地望着福利院的大门，那小院里有五颜六色的滑梯、秋千，孩子们尽情地奔跑嬉闹，肆无忌惮地打滚儿，阿姨们在一旁不碍事但又触手可及的角落里微笑地看着他们，像麦田里的守望者，时刻守护着孩子们的快乐和安全。在这样温馨的地方里，即使是没家的孩子也一定能无忧无虑地成长，这也是陈吟想要安排小笔盖搬进这里的目的吧。

可此时此刻，小笔盖带着行李站在大门口，一直没动。

她的手里紧紧攥着一个撕烂的黄皮本子，是她在笙歌教育那个临时教室快走的时候，无意间在地上找到的。大概是曾辉的一本撩妹手册的手写笔记，可本子已被撕得稀烂，字迹也十分潦草，拼拼凑凑只能隐约可见一些"傻白甜""风流女""女汉子"之类的词，小笔盖把最新的几页捡了回来，因为上面的字迹很新，感觉是刚写下不久的。

看来是他最后想要找却还没来得及找的一种女人，女商人。

站在福利院门口，小笔盖低下头，摊开手里的这破本子最新一页纸，又看了一遍上面写的最后几个字。

"白一榛身边最亲的人。"

她抿着嘴，越抿越用力，又抬头看向福利院，金大夫刚巧从楼里走出来，正在玩耍的小孩纷纷像小蜜蜂一般扑到她身上。

余光中，金大夫隐约感受到大门外有双目光在看着她，她抬头望去，却发现门前空荡荡的，一个人影也没有，她觉得大概是自己花眼了吧，便又低头跟小朋友们温柔说道："开饭啦！"小朋友嗷嗷叫着往屋里跑，金大夫跟在队尾，又向大门外望了一眼，确认真的没人便也走进楼去。

在一个十一岁孩子的认知里，商人是哪种人？

小笔盖问："叔叔，你认不认识白一榛？"

一个系着油叽叽围裙的大叔一边往烤冷面里打了个蛋，一边回答她："不认识。"

小笔盖一听，没说别的就走了。

这回答不出她的意料，怎么可能一问就能有人认识，白一榛又不是大明星。

离开福利院之后，小笔盖凭着自己对商人的理解推着行李去了这个城市里最繁华的一条商业街，打算先把路边摆摊的小贩全问一遍，卖小吃的，卖小物件的，卖小狗仓鼠的，一个都不放过。

虽然，她不能百分百保证这样选择是对的，但日子怎么过都是过，比起一直待在福利院里，她更想赌一把。

问完小贩无果后，她又进商场里问柜台，但是她可不傻，知道站在柜台的只是服务员，给人打工的，不算商人，所以她都是直接找店长老板问。可一圈下来，仍然一无所获，倒是整个商场都认识这个扛着行李找白一榛的小姑娘了，有个彩妆专柜的导购小姐姐看她找得太辛苦，好心给了她一瓶矿泉水和肉松面包，小笔盖却非要给她钱。

小笔盖累得够呛，坐在商场的长椅上一边吃面包一边思考着这么找下去不行，她想了想，又跳下来跑去问那个彩妆导购："姐姐，除了这儿还哪儿有商人？"

这没头没脑的问题把导购问愣了，她想了想："那可多了去了，在这里做买卖的是商人，也有那种很厉害的企业家也是商人，路边的小摊也勉强算个商人呢，反正卖东西就是商人。"

小笔盖："你说的很厉害的企业家在哪儿能找着？"

"他们啊一般都在 CBD，金融街啥的。"

"那边好像没有卖东西的。"

"他们不卖东西，平时就坐办公室里，也不是不卖东西，是不直接卖，"导购也绕晕了，"反正他们是最会做生意最有钱的人，要不你去那儿找找。"

小笔盖想了想，跟她说了谢谢便直奔金融街。

金融街是一个神奇的地方，这里的楼比别的地方都高一些，这里的人都穿得板板正正，男人穿皮鞋，女人穿高跟鞋。

这里的人比别的地方的人显得更行色匆匆，好像永远在赶时间一样，还能边走路边看文件。

这里的人连吃饭都是在走路中进行的。

这里的人爱喝咖啡，吃三明治。

大包小包的小笔盖站在这里，显得异常突兀，偶有过路的人好奇地看她一眼，但顶多也就一眼，脚步丝毫不会慢下，这导致她想拦个人都拦不下来。终于，她看到一辆豪车停在了某高楼门前，一个西装革履的男士从后车门走下来，小笔盖行李都不顾了，一个箭步冲上去站到那人面前问："叔叔你认识白一榛吗？"

突然蹿出个小孩，男人吓了一跳，然后又被她的问题问得一愣，一秒后他回答："白总，认识啊。"

！！！

小笔盖震惊地张着嘴，傻在了原地。

因为她还没做好心理准备只是随口一问呢，没想到一下子就找到了！

要么就是太巧，要么就是白一榛在这片是个大人物。

她刚要继续追问，那男人忽然指向她的头顶后方："那不就是嘛。"

小笔盖顺着他指的方向回头看去，一个一身白色小西装、身材细挑的女人正踏着高跟鞋一步一稳地往大楼的转门里走，小笔盖飞奔过去，又一次把白一榛结结实实地吓了一跳，但她脸上表露出来的反应并不大，只是微微皱了下眉。

小笔盖激动地仰头看着她，问："你是白一榛吗？"

白一榛打量她一番，身体仍呈随时要往大楼里走的态势："我是，你是……谁家的小孩？"

"请你收我为徒吧。"

说着，小笔盖来了个九十度大鞠躬，把所有经过的人震住了。

白一榛更是一头雾水，说："为什么是我？"

"我的梦想是能成为最厉害的商人，你就是，我特别崇拜你，所以想拜你为师！求你收下我吧。"

白一榛看了眼这小丫头的行李："你父母呢？"

"他们都死了。"

"送她去一家好一点的福利院。"

白一榛一边往转门里走，一边嘱咐身边的一个小秘书，可她没想到，一个小小的影子倏地从眼前闪过，一眨眼，自动转门就被小笔盖用身体卡住了，她赶紧把她拉出："你在干什么！太危险了！"

保安也跑过来想要把小笔盖赶走，被白一榛拦下了。

小笔盖哭着对她说："求求你了。"

"小朋友你听我说，不是我不答应你，"小孩哭是白一榛见不得的，她指着行李箱，"拜不拜师的先不说，你这是什么意思，要我收养你吗？我根本就不认识你。"

小笔盖使劲摇头："我不是那个意思，我能养活自己。"

"你怎么养活自己？"

白一榛觉得这孩子太天真了，她掏出两张一百块钱塞到她的手里："吃顿好吃的，然后从哪儿来回哪儿去。"

小笔盖拿着钱，看着她走进了转门，直到消失在视野里。

白一榛连续开了三个会，晚上十点才下班，她跟同事们一起走出大楼，司机早已在门口把车停好，她本想直奔车去，却在漆黑的夜色中看见了一抹荧光，她仔细一看，竟然还是白天那个小姑娘，她让司机等一下，走过去，刚想问她怎么在这儿傻等一天，就看见小笔盖双手捧着一把现金给她看："这是你给我的二百块钱，还你。这些是我拿你的二百元挣的钱。看，我可以养活自己。"

仔细一看，白一榛发现她的两个外衣兜也都是鼓鼓的，一时说不出话来。

白一榛带小笔盖回了自己家，那是一栋很空很大的房子。

她不会做饭，就给她订了点麦当劳外卖，看着她吃。

"这都是你今天下午赚的？"白一榛看着这堆了一桌的皱皱巴巴的钱问。

小笔盖啃着汉堡，点点头。

"你怎么赚的？"

小笔盖掏出一根荧光棒给她看。

白一榛："就卖这个？"

"你们这边不是有一个体育场嘛，我下去逛到那儿，有演唱会，门口有卖荧光棒的，三块钱一根，啥颜色的都有。我看了一会儿，发现看演唱会的那些人都爱挑绿的，我一看海报是苏打绿，所以他们才挑绿的，我就用你的二百元把他们所有人手里的绿荧光棒买了，然后我卖十元一根，后来人多了我就涨价，20元一根，30元一根都有人抢，一眨眼就全抢没啦。"

发现市场需求，会利用信息不对等。

白一榛盯着她，不可思议地笑了："这都谁教你的？"

"电视上学的。"

"你有点天赋。"

"这算啥，我以前在学校卖小食品文具啥的，月入好几百呢。"

白一榛又忍不住笑了，小笔盖发现这个姐姐虽然长得很严肃，但是一笑起来还挺好看，所以故意把牛皮吹大了点，谁不知她那"生意"也就做了一个月而已。

　　小笔盖把可乐吸得呼噜呼噜响，白一榛看着她，沉思一阵后问："你叫什么？"

　　"成筠。"

　　"成筠，钱就先不用你赚了，好好上学，你赚钱的机会以后有的是。"

　　小笔盖反应了几秒，才欣喜若狂地看着她："你愿意收下我了吗！"

　　"供你到大学，考不上我的母校，我就把你逐出师门。"

　　"谢谢师父！！"小笔盖兴奋得上蹿下跳，"师父，我要以你为榜样！成为一个跟你一样的人！"

　　十年，成筠做到了。

　　她考上了师父的母校西南财经，也成了白氏集团最年轻的小成总，白一榛从父亲手中彻底将集团接手了过来。

　　在这十年间，成筠没有一天忘记过自己的使命，她兼修心理学，专研反 PUA 套路，并按照陈吟手机号里留下的记录，挨个找到那些曾经骚扰陈吟的学员，撕开他们平日里的虚伪假面，让生活对他们每一个人做出公平的审判，没有一个逃得了。

　　如今，只剩曾辉了。

　　听说他减刑到了十年，而十年如此飞快地到来了。

　　在等待他的这十年，成筠处处以白一榛为标准来要求自己、塑造自己，无论是从外貌到秉性，无一例外，直到这世上再也没有人能比她更像白一榛了。

　　万事俱备，她已经迫不及待再见到他了——

3

　　成筠坐在花白的医院走廊，被突然的开门声从回忆里拉了出来。

　　大夫疲惫地从抢救室走出来，一脸遗憾地对成筠说出了那句影视剧里的招牌台词。

　　"我们尽力了。"

成筠故作惊讶："只是喝了点酒，怎么人就没了呢？"

这时，成筠的身后突然冒出了两三个警察，打头的那个很胖，态度很凶，一把抓住成筠单薄的胳膊，丝毫不怜香惜玉，对她说："我们有几个问题问你，走一趟吧。"

成筠看着他反应了一会儿，面不改色地跟着去了派出所。

她以为她会被带到一间电影里常演的那种审问室，室内一片漆黑，只有一盏直照她双眼的白炽灯泡，四面都是墙，或者留一面单向透视玻璃窗供坐在隔壁屋的警官大佬观察她。实则，她只是被随便安排在了派出所办公室的某一张桌旁坐下，等待受审的时候，她东张西望了一番，大开眼界，原来警察也坐格子间。

胖警察拿了一个本子坐回到她的面前，开始一边问她话一边记。

"你跟曾辉是什么关系，男女朋友吗？"

成筠想了想："算不上。"

"那就是朋友。"

"也算不上。"

警察对她的态度有点不满："别打哈哈，到底什么关系！"

"暧昧关系吧。"

警察瞪了她一眼，在本子上记下来，继续问："你知不知道他喝的酒里有大量安眠药？"

成筠震惊地睁大双眼："安眠药？"

警察狐疑地盯着她："你不知道？"

"我哪知道啊，他今天就一直吵着心情不好，非要喝酒，我拦都拦不住！要是知道他吃了安眠药肯定不会让他喝的啊，天，他该不会是故意寻死吧，难怪他喝酒的时候特别难过。"

"不会是，你下的药吧？"

成筠还未来得及从悲伤中完全出来，就被气笑了："警察同志，我想问一下哈，安眠药是处方药，我上哪儿弄去？就算是我下的，我脑子进水了吗让他死在我家里生怕你们不知道我是凶手？！我现在都有点怀疑就是他自己吃的药，然后来我这儿陷害我！"

"你不用这么激动，我们的人已经在你家和他家查呢，结果马上就知道了。"

"你们凭什么查我家。"

"凭我们是警察。"

成筠无言以对："行，查就查，谁怕谁。"

于是，成筠就坐在这里一言不发地等着，拿出手机玩消消乐，胖警察也低头做着其他的工作。大概玩了三四局，桌上的电话响了，成筠和警察同时看向电话，警察把电话接了起来，他一边听着话筒里的人说话，一边盯着成筠，目光从犀利逐渐脱力，变为疑惑。

成筠也面不改色地盯着他，直到警察放下了电话。

她问："怎么样？"

警察："在他家找到了安眠药和医院开的单子，他最近确实一直在吃。"

她接着问："那我家有吗？"

警察迟疑地摇摇头。

她说："那我能走了吗警察同志？"

警察没说话，算是默认了。

"谢谢。"

成筠起身，拿起包，踩着高跟鞋，嗒嗒嗒地在他的注视下走出了派出所。

出来时，已是清晨。

晨雾之中，太阳朦胧可见，暖洋洋地洒在人的脸上。

雾很快就会散去，成筠加快了回家的步伐。

她的脚步不停，经过路边的一个垃圾桶时从包里掏出了安眠药的空瓶丢了进去。

她快步走着，嘴角微微扬起狡黠的笑意。

"反正你最近不是也天天都吃安眠药嘛。"

"你……怎么……知……"

成筠的脑海中浮现出曾辉临死前，跪在地上痛苦不堪的样子。

他听了她的话面色骤变，想用最后一丝力气解开心中的疑团，却连最后一个字都没说完。

成筠蹲在地上，静静地看着已经咽了气的他，回答他："因为是我让你失眠的啊。"

"曾辉。"

女人的呼唤，轻柔顽皮，空灵魅惑，如精灵。

"曾辉，曾辉。"

一声声地钻进曾辉的梦里，脑里，心里，夜夜如歌。

"你想我吗？"

成筠消失的那一个月，曾辉每天一人睡在十几平方米的出租屋里，睡得又香又沉。

唯一困扰他的，就是夜夜都会梦见她，梦里她不停地唤他的名字。

他想要醒来，身体却被梦魇压住，只得去听。

他躺在床上，紧闭双眼，眼珠却在里面来回不安地转，他的额头上全是汗，双手紧紧握着拳，想醒醒不来。

他不知道，那不是梦。

房间里真的回荡着一声声女人的呼唤，悠悠扬扬地从窗台上的那盆薄荷草飘了出来。

窗的对面，是同小区另一栋居民楼。

由于是老小区，楼与楼之间建得很近，可以隐约让人看到对面每户人家里的生活，平时换件衣服都要拉上窗帘，以免被人看了去。

每一夜，在对面的某一扇漆黑的窗里，都有一双眼睛在看着曾辉。

那双眸像黑夜里的猫，明丽而危险。

夜是猫的主场，她不知困倦。

她靠在窗边，望向曾辉的窗，刚好能看到他的床。

这个角度的房子是成筠临时搬进来的时候精心挑的。

每天晚上，她一边望着曾辉沉睡的样子，一边按下手机软件的播放键，提前录好的声音从她送他的那盆薄荷土里的小播放器轻轻发出，一遍遍呼唤他的姓名，伴着薄荷草的迷幻香气，似真似幻地、缓缓地流进他的梦里。

一声又一声，直到他惊醒。

一醒来，四周寂静，唯有皓月。

再睡去，再呼唤，再惊醒，再沉寂，循环往复。

一整夜下来，他满头大汗，陷入黑暗的空虚，困惑还是思念，他已分不大清。

直到他睡眠不足，神经衰弱，不得不去医院开安眠药，并被医生叮嘱每天都要吃。

任务圆满完成，时机已然成熟。

站在窗前遥望着，成筠心满意足，她带着小芬一起退了房子，结束了一个月的"躲人"日子，终于搬回了自己的家。

想到这，成筠差点得意地笑出声来。

她赶紧把思绪从脑海中的排演中抽离出来，回到现实。

还是午夜，还是这个寂静的客厅，和被生日蛋糕蹭得到处都是的茶几。

主卧里曾辉正在等她为他调今晚的最后一杯助兴酒。

成筠打开药瓶盖，正要往酒里倒，一抬眼看到了慵懒地趴在沙发上的李红霞，它的眼中有一丸淡黄的琥珀，瞳孔缩成一条细长锋利的竖线，像一根银针。它打了个哈欠，用那双犀利如银针的眼睛看着她，仿佛在催促她说："磨蹭什么啦，快点啦，把药下下去，就按你刚才脑海中计划的那些，杀了他，保证没问题的。"

成筠垂下眼，把一整瓶捣碎的药末全都倒进了酒里。

细细搅拌后，她把酒杯举到灯下看。

药末完美地溶于湛蓝色的酒里，不留一点颗粒。

她满意地端着酒，光着脚，悄无声息地朝主卧一步步走去。

卧室的门敞开着，曾辉正站在她的书桌前讲电话，背对着她。

"偷偷跟谁讲话呢？"她说。

曾辉慌忙挂断了手机，微微向后退，竟真的差点撞到她。

成筠顽皮地笑着，一切如计划中的样子进行着，她更没想到，连差点撞到这种小意外都跟她想象里的完全一样。

可当曾辉微微转身过来，成筠看到他手里的东西的时候，她的笑凝住了。

那张原本被她藏在抽屉深处的跟姐姐的合影不知道怎的，就被他给翻出来了。

此时此刻，老照片就在他的手里。

她死死盯着那照片，举着酒杯，僵在原地。

曾辉瞠目结舌地看着她，仿佛要用眼神将她的身体刺穿。

二人对视着，僵持着，静止着。

成筠感到手里的酒越发灼烫，几近沸腾，手心大股大股地冒汗。

她的脑海中瞬间冒出好几个应急方案，奋力地从中搜索着"上来就身份暴露了"的情况该如何处理，还能怎么让他喝下下了安眠药的酒。

还未搜索出结果，曾辉却先开了口。

"这是你的吧？"

他注视着她，举起照片问。

否认。

他这么一发问，反倒提醒了成筠。

对，可以否认，说是别人的。

她刚要说"不是"，又被他打断了。

曾辉："这两个人……"

就在这一瞬，成筠想好了对策。

一旦他撕破脸，她就承认自己是小笔盖，并谎称姐姐一直很想他，想要见他，暂时把他拖住，然后从长计议。成筠猜测他大概不知道陈吟已经死了。

不行，成筠转念一想，姐姐如果还在世，那她亲了她姐夫是怎么回事？！

情急之下，看来她只好赌一把，她就说自己从小就暗恋他，然后含一大口酒就跟他接吻，趁他不备，把毒酒灌他嘴里，并使劲呼气让他喝下去。

没有更好的办法了，自己绸缪十年就是为了今天这一刻，现在已经打草惊蛇了，此仇今日不报，他日必然后患无穷。

"哪一个是你？"

成筠一愣。

她的头脑风暴被曾辉突如其来的后半句话全打碎了。

曾辉见她没听清的样子，便指着照片上的两个女孩又问了一遍："这两个哪个是你？"

成筠的表情彻底静止了。

她无声无息地盯着他，反问他："你认不出来吗？"

曾辉又仔细看回照片，陷入沉思，然后说："我猜，这个小的是你。"

"你怎么猜出来的？"她又问。

"这照片这么老像素这么低，肯定是你小时候啊，"他笑着看向她说，"你小时候挺可爱的。"

成筠微微蹙眉，轻眯起眼，目不转睛地观察着他脸上的每一处。

眼角，嘴角，眉毛。

这些年，通过不断练习，成筠已对微表情了如指掌，如果他有哪怕零点几秒的撒谎或装傻充愣，都绝不可能逃过她的眼。

"这个大一点的是谁？亲戚？还是姐姐吗？"

他主动提起了姐姐。

"姐姐"这两个字是成筠一直听不得的。

如今从他的口中说出，更如一记重锤不遗余力地砸在了成筠早已千疮百孔的心上。

流着血，带着脓。

成筠面不改色地盯着他，心里是千万个无法相信。

她基本可以确定，他不像撒谎，他是真的忘了。

在等待曾辉出狱的十年里，成筠为保今天的行动万无一失，预设了无数种可能性，却偏偏没想过他把她忘了。

这怎么可能？

就算是逢场作戏，就算是一场骗局，一个人怎么可以把亲密相处了三个月的人忘得一干二净？

但当她看到曾辉轻松无挂的脸时，立刻明白了。

陈吟固然在成筠心里千斤重，是她一生的支柱，她的心甚至早已在十年前同陈吟葬在了一起。

但对于眼前这个把爱情当作角力游戏的男人来说，陈吟，又是谁？

只是他推倒的几百个女人之中的一个而已。他当然能忘记。

成筠漫长的沉默让曾辉觉得有些奇怪，他用手在她眼前晃了晃，把她拉回了现实。

他说："酒是给我调的吧，给我吧，正好有点渴。"

成筠才反应过来手里的酒，一杯立刻能够置他于死地的酒，一杯可以为千千万万个像陈吟一样的受害女性报仇雪恨的酒。十年的筹谋和等待，只差这最后一杯酒。

她无声无息地盯着它，一直盯着它。

曾辉见她不给，便主动伸手要去拿。

成筠的手却缩了回去。

扑了个空。

他疑惑地抬头看她，仿佛在问她怎么了。

她也抬眼看向他，微笑说："别喝了，再喝就醉了。"

她改主意了。

她把酒端出了屋，倒进了厨房的水池里，打开水龙头，把酒冲得一干二净。

成筠双手拄着水池边，盯着水哗哗地往下流，陷入漫长的沉默。

她不想杀他了。

她猛然明白，如果他不知道自己为何而死，那死亡将毫无意义。

她还险些愚蠢地把自己搭进去、酿成了大错，为这种人根本不值得。

死不是惩罚一个人最好的办法，尤其是像他这种腐烂的活人。

但生不如死可以。

第九章

上钩

1

水龙头没关紧，一直有水滴往下流，一下一下地砸在玻璃水槽壁上，发出沉闷的撞击声。

临时将筹备了十年的计划推翻，成筠一时没想好接下来具体怎么办。可她已经站在厨房太久了，再不回屋，曾辉就要起疑了。

见机行事，来日方长。

成筠把安眠药瓶子扔到垃圾桶里，并往深处埋了埋，准备回主卧，走了一步半，她忽然止步了，又折返回去，从酒架上拿了一瓶纯威士忌，倒了满满一大杯，一鼓作气地干了。

难受，发热，反胃，正好。

成筠放下酒杯，有些摇晃地走回了卧室。

曾辉还在低头看她和陈吟的那张合影，成筠趁他不备，轻轻一抽，把照片夹在了手指间，从他手中夺走了，等他反应过来下意识转过头去时，她已跳到眼前，近在咫尺，脸颊上的潮红若隐若现，皮肤上的透明绒毛依稀可见。

她环抱住他的腰，以眼为钩，吊着他的目光，一点点向前挪进，直到将他逼退到书桌边沿。

曾辉低头看她，笑问："另一个女孩到底是谁啊？"

成筠仰望他："还能是谁，我师父。"

说话之际，她手里的照片已被塞进了桌子的抽屉缝里。

随后，她想要后退，却反被曾辉搂在腰上的手掌牵制住了，换成她被一路逼到了墙角。

他的脸更靠近了一寸，他的手掌不安分地度量着她的纤腰。

他微惊："身体好薄啊，你是纸片做的吗？"

"你要干什么？"

他歪了歪头，饶有玩味地打量她，难得见这么聪明的女人也有问蠢问题的时候，问："你喝好了吗，今天？"

"你有点醉了，早点回去。"

"是有点醉，但是我记性还行，我记得某人好像说今晚陪喝好了就让我留下来住。"

"那个，我……也有点喝多了，改天吧，下次一定，好吧。"她胸口的振动越发难以抑制。

曾辉没理她说的话，反而微低下头，顺着她脖子的轮廓一路嗅到脸颊，隔着毫厘的空气："我戒都破了，酒都喝了，大小是个成总，不带这么玩弄人的。"

成筠把后背紧紧贴在墙上，身体一动不动，她感觉到他的呼气正逐渐向她的嘴唇逼近……两根纤长的手指挡在了他的嘴上。

曾辉用眼神问成筠这是几个意思。

她面露难色地说："我有点难受，真没骗你。"

"兑现承诺就放你休息，我照顾你，好不好？"

她没回答，她的脸烧了起来，像颗炭烤的铜球，她的呼吸越来越急促，目光逐渐涣散，神志开始飘忽了。

他猛地向前，把她逼到绝境，唇与唇相切。

他的气声在她耳朵上摩挲："说，好。"

唇压住了唇。

成筠被吻得喘不过气，她的反抗孱弱无力，手一直推他却推不开，想说话嘴也被占着。他越来越沉醉，她的五官却越拧越紧。

他吻着她的嘴唇，轻咬着，拧着。

她感觉身体里有一股巨浪也在翻着，滚着。浪卷着鱼虾，正盘旋着一路上游，势不可当，直冲云霄。

曾辉忽觉不对，下意识移开。

半秒，一股暖流扑上胸口，倏而浸透了他的衬衫，湿漉漉地、黏糊糊地向下坠着。

一股浓烈的、发了酵的酒精味在屋里迅速蔓延开来。

二人都定格在了事发最后一刻的姿势上，面面相觑，时间凝结，天地停转。

成筠身体微微前倾，嘴角还有一点液体残留，她不好意思地用手遮住嘴，歉然地瞄着曾辉："我……我都说了我难受。"

曾辉双手张开着，脸像个刚切过菠菜的菜板。

又平又绿。

"吐了！？"

刘苏生刚送到嘴边的豆浆瞬间不香了。

曾辉闷着头在前面大步地走，时不时有学员跟他打招呼。

刘苏生原地震惊了两秒后，小跑两步跟了上去，丝毫没看出来他一点也不想再回顾昨晚这段记忆了，继续追问："吐哪儿了？"

曾辉没搭理他。

"筜哥。"

"嗯。"

又一个学员打招呼，曾辉敷衍回应，匆匆前行。

"啊？说话啊！"刘苏生又急又心疼，"吐嘴里了？"

曾辉凶狠地瞪了他一眼，然后指了指胸口。

刘苏生一听，长舒了一口气。

曾辉面无表情地说："差点儿。"

他们上了楼，不知从哪间教室里传出了一阵音乐声，有点恼人。

刘苏生："这姐们儿也太头子①了，太……"

"别说了。"

音乐声越来越大，还有两三个男生在跟着哼唱，旋律也清晰起来，听着像《兴风作浪》。

曾辉的眉头皱得紧，他边走边拿出手机，说："帮我查个东西，发你了。"

刘苏生感觉自己的手机一振，点开一看，是一张偷拍来的一对小女孩的合影。

曾辉："小的是成筠，查查那个大的是不是白一榛。"

---

① 头子：东北方言，意为"了不得"。

"哥哥，这啥考古级像素啊都看不清脸了，让我咋查啊。"

曾辉："弄不清楚我不踏实。"

"行，我尽量。"

刘苏生想了想，劝他："真的，我的意思还是，实在不行你就别跟这女的扯了。咱换一个吧，女商人哪哪没有啊你非得跟她费劲巴拉斗智斗勇较什么劲儿呢，不觉得这女的有点难搞嘛。"

"你意思是我不行？"曾辉看向他。

"那肯定不是这意思，我的意思就是咱们有简便算法干吗非要那么绕呢对吧，咱们毕竟急着用钱，把书赶紧编出来才要紧，切磋武艺啥的以后你自己再慢慢来嘛。"

这回曾辉没掉他，但脸色也没多好看。二人已经到高级班教室了，但曾辉没停下脚步，而是气哄哄地直奔隔壁的一间普通班，是音乐传出的地方。

三个学员可能是来早了没事干，正坐在课桌上一边聊天一边用手机放歌听，曾辉站到他们面前，凶狠地瞪着他们。

曾辉说："手机砸了信不信。"

其中一个刚来听过两节课的新生还不了解曾辉的脾气，不大服气地嘟囔："听个歌怎么了，反正还没上课呢……"

旁边两个老学员一个立马把歌关了，一个给他使眼色。那也没用，曾辉已经盯上他了，直接指着那新学员："你，退课。"

"凭什么让我退课？！你说退就退啊，我是消费者，你……"

曾辉不想再与他争辩，走出了教室，交给刘苏生处理了，自己则转身进了高级班打开投影仪，把一个优盘插进电脑里。手机忽然响了一声，他掏出一看是成筠的微信消息。

在干吗呢？

曾辉盯着这几个字看了两秒，把手机锁屏并静音了。

成筠站在衣柜镜子前，再次确认一遍手机，还没有动静。

好几天了，她给曾辉的微信和电话他一概没回过。

真被恶心跑了？

成筠咬着手机沉思，又担忧又想笑。

没关系，没拉黑就没事。

她把手机丢在床上，看回镜子里的自己。

又到了每天晚上练习微笑的时间。

她练了半个小时，揉着肌肉微酸的脸坐到桌前，打开电脑又处理了半个小时的工作。

工作完，她翻了翻 Facebook，看到了一个好友的近期动态。

曼彻斯特大学的伙食看起来依然那么黑暗，还有不大好吃的唐人街，和什么噱头都能办一次的派对……曼彻斯特的街拍往往是成筠的最爱，那些充满波希米亚气息的北区里的时尚酒吧和时装店，那庄重雅致、风格泰然自若的凯瑟菲尔德区，还有那个"大声说出来，什么也不怕"的同志村。她偶尔会幻想自己在那里生活的样子，那是她的理想国，是她生命中为数不多的溜号时刻，但每次也只想个大概十秒，她不允许自己过度沉溺于安逸，安逸不是什么好东西。

现在，看到皮卡迪里花园的喷泉表演照，她又忍不住幻想了：她喝着姜汁啤酒，在喷泉边站着，身边还有一个人。广场上一群白鸽绕来绕去地飞，偏偏不会走远，太阳很大，晒得人很热，她向喷泉再靠近一点，真真切切地感受到了水滴喷溅在了自己的皮肤上，清清凉凉的……

不行，再想超时了。

她用打开曾辉朋友圈的方式把自己从想象里生生薅了出来。

小芬在厨房把西瓜苹果和香蕉切成块，放到碗里，端到成筠的房间。

"小芬。"

成筠沉着脸，严肃地研究着曾辉的朋友圈，看见小芬进来了，忽然叫住了她。

小芬一愣，以为自己又哪儿没做好。

"你说一个无敌大渣男最怕什么？"

小芬蒙蒙的："不知道啊。"

"随便说说。"

"俺真不知道，你比俺了解男人啊，"说着小芬把碗往桌上放，"小姐，吃点水果。"

手在抖。

成筠一把抓住了她的胳膊问："你怎么了？"

小芬慌了，她胳膊窝上的抽血胶带被成筠发现了。

小芬赶紧抽回胳膊支支吾吾："没啥……就小检查……"

成筠端详着她，细长的胳膊肘挂在桌上，淡淡地说："那你收拾东西走人吧。"

"别啊小姐！"

"你要是得了什么能传染的病我可不敢收留你了。"

"俺没生病，真的，真的小姐，俺老健康了！"

"那你抽什么血？"

"就是个小手术，必须得先检查下身体……"

"都手术了还说没病？"

"不是那种手术……隆胸……手术。"

成筠刚要起身，顿住了。

成筠又坐了回来，慵懒地转头，漫不经心地扫了眼小芬说大不大说小不小的胸，而后饶有趣味地盯着她的脸，展开了笑颜："想开了，知道投资自己了。"

小芬的脸红成了蛇果："没有啦，就是，俺对象嫌俺胸小……"

成筠沉默了，脸上的笑容立刻消失，两三秒后，冷笑道："他嫌你胸小你就隆胸，他要是嫌你黑是不是还要换层皮啊。"

"不是……俺都一个多月没见着他了，俺寻思像上次你帮俺减肥那样，把自己变美点儿，说不定他就能又回来找俺了。"

"减肥对你身体好，跟他有什么关系！"成筠板着脸，往后靠在椅背上，"为喜欢的男人改变一点我觉得没什么问题，前提是人家本来就欣赏你，像你这种，叫舔狗。"

小芬的头越来越低："那俺还能怎么办呀。"

成筠没说话，坐在那里淡淡地刷着手机。

沉寂了一会儿之后，小芬忽然冲过来，兴奋地拉着她的手说："小姐，你那么会谈对象，你帮俺行不行！"

"撒开，我可不会谈恋爱。"

"那也比俺强啊，求求你了小姐，你帮帮俺吧，俺和对象是老家一起出来的，亲都定了，俺不能没有他啊，你点子多，求求你帮帮俺吧！你可以扣俺工资！"小芬越说越委屈，语气里都有了哭腔。

成筠很无语。

她的手臂本来就脆，被她甩得都快断了。

实在遭不住了，为了保住胳膊，她妥协了。

"行行行，下次你们见面的时候告诉我。"

小芬这才松开了手，非要给她揉胳膊，被成筠一个"滚"字赶出去了。

屋里又剩成筠自己了，她长舒一口气，胸口忽然有点闷，好像有团会跳的火在烧。

她起身到药柜拿了瓶帕罗西汀片，坐回来，一边翻曾辉的朋友圈一边倒出一片药含在嘴里，就着水吞下去。

看着看着，一条状态吸引了她。

她的拇指伸过去点，却被一条突然出现的推送消息挡住了。

叮——是逗鱼推送。

"您关注的主播沙莹莹正在直播哦，快快去看吧。"

手一滑，她点了进去，直接进入了直播间。

一个抹胸红装的长发美女用甜如蜜丝的声音说："欢迎刚进入我直播间的小伙伴。"

沙莹莹微笑着对成筠招手，就像真的看见她坐在她对面一样。打完招呼后，她有一句没一句地跟弹幕互动着。

成筠想退回去看曾辉的那条朋友圈，一时没找到从哪里退出。

"我呀，我老家你们肯定没听过的，叫吉岩。"

听见沙莹莹说了这句话，成筠刚要点退出的手指又收了回来。

2

十年前的某天晚上，成筠在汤文佳家吃完饭回来，站在楼道里刚掏出钥匙要开门，就隔着门听见曾辉和陈吟好像在家里吵架。

陈吟的话很少，一直是曾辉在讲。

"我俩是同学，我们住在一个很小很小很小、叫吉岩的山村里。你都没听说过吧？她歌唱得特别好听……"

他讲了一大堆如何在初恋里受伤，如何报班学习追女生，学了一半又不学了之类的话，听得成筠一头雾水，听得差不多了，她终于用钥匙打开了家门，中断了他们的对话。

屋里一片昏暗，陈吟看见她进来就立刻往曾辉身边靠近了一点，二人伴装出一副什么都没发生的样子。

陈吟问："你回来啦，怎……怎么回来这么早，不是在汤文佳家吃饭吗？"

当时，成筠看着陈吟明明顶着一双哭红的眼睛，却还对她生硬地拧出了一个微笑，她知道，陈吟受欺负了。

陈吟死后，成筠把所知道的来龙去脉从头梳理过一遍，才明白了那天曾辉讲的那些长篇大论不过都是博取同情、引诱陈吟一步步走进他挖好的陷阱的鬼话罢了。

随着时间的流逝，成筠已经不大记得他那些话的细节了。

可就在刚刚，从正在直播的沙莹莹嘴里听到了"吉岩"这两个字，成筠的身体里仿佛有一扇尘封的记忆之门被豁然打开，让她猛然回到了那个晚上，这个原本以为已经在她脑中消失了的地名居然从来都没被她忘记过。

此时此刻，沙莹莹正唱着一首粉丝点的歌《阴天》，比原唱少了点慵懒，多了些伤感和空灵，是别有一番韵味的翻唱。弹幕里连连夸赞，有说比原唱还好听的，有说音色像某位天后级女明星的，还有让她上音乐节目的。沙莹莹趁着间奏无奈地苦笑回答他们："我当然希望能被好的音乐制作人发现啦，但是，可能我的命不太好吧。"

此语一出，弹幕里又是一连串的安慰，还是那几个人。

沙莹莹的粉丝数一百多万，在逗鱼不算大牌，曾经也做过一姐，但随着年龄的增长，以及新生代主播的快速更新，除了唱歌再无长处的她逐渐沦为明日黄花。她本想在最火的时候被星探挖掘，做一个真正的歌手，可奈何一直没走成。最好的时机就那么几年，错过了，等待她的就只有过气。

老家吉岩，人漂亮，会唱歌……

可成筠分明记得，她曾经在曾辉面前看过沙莹莹的直播，他说不认识。

成筠盯着直播，指尖一下一下地在桌面上点着。

第二天，她利用午休时间去了一家音乐公司找一个制作人朋友。

"你们一般怎么挖掘新人？"

时间有限，也因为是很熟的朋友，所以成筠一来就直奔主题。

朋友说："那得看挖谁。"

"逗鱼有个主播，叫沙莹莹。"

"哦！我知道她，没戏。"

"怎么没戏？"

"她潜力是不错，而且听说还是唱作型的，我们前年想挖她来着，但是他们平台不放。"

"为什么不放？"

"签了卖身契呗，中途走算违约，要交一大笔违约金呢，她一个过气小网红哪有钱啊，只能在那儿一直待着了。唉，现在这些直播平台都这样，明目张胆的霸王条款，就这还一堆一堆小男孩小女孩哇啦哇啦往里扑呢，没办法，人家现在火啊。"

成筼想了想，问："那如果我有本事帮你把她挖过来呢？"

"那敢情好啊，我们正愁没合适的新人签呢。但是你能有什么办法啊？先说一句，我可没钱啊。"

"不用你出钱，"成筼从沙发座上起身往办公室外走，摸走了一张朋友桌上的名片，"就借你身份一用。"

朋友思索片刻，凭着对成筼的了解，他愿意信她一把："成。"

"行，我先走了，改天请你吃饭。"

"行不行啊你，回回说回回没见你真请过。"

成筼笑了："欠你几顿还你几顿。"

朋友开心了："跟你开玩笑的，你要是真能把她挖过来，我请你吃大餐。得，慢走啊。"

"嗯。"

晚上，成筼在逗鱼私信沙莹莹。

您好。

等了一会儿，如她所料，一般的粉丝私信沙莹莹是不会理会的，于是她继续编辑。

我是华乐音乐的制作人方小晖，我通过直播看到了您唱歌，想约您见面聊聊，不知道是否有时间？

并附上了朋友的名片照过去。

消息发出不到半分钟便收到了回信：我随时可以。

最后约在后天晚上八点，玫瑰酒店。

沙莹莹提出的。

两天后，成筼由于临时被白一榛派去娱恒处理一些合同问题而没能按时下班，虽然短信跟沙莹莹打了声招呼，她也大方说没关系，可成筠还是怕事情还没谈就砸了，于是抢走了霍振川的一瓶 1986 年的木桐带了过去。

她到酒店的时候已经九点多了。

"沙小姐预订的是吗？"服务生问。

成筠："嗯是。"

"好的。"

服务生带她穿过一楼大厅乘坐电梯，电梯越上越高，成筠越发觉得不对劲儿，再上可就到宾馆了。终于，电梯在五层停下，与一楼的大堂餐厅不同，这里是更为幽静私密的包间，一般只有钻石会员才能预订。

成筠拎着酒走进包间，服务员自觉从外面关上了门。

包间里没有人，但被精心布置过。

地面铺着绒毯，走路没有声。

屋内装修雅致，以玫瑰色为基调色，灯光昏暗。餐桌上有个醒酒器，里面是醒好的红酒，旁边摆着一个插有玫瑰花的花瓶。桌上还有一欧式烛台，红色的新蜡兀自燃着，散发出淡淡的香。

一张圆桌，两盘牛排，两只酒杯，玫瑰，红酒，烛香，和不易察觉的轻柔音乐。

无处不在的暧昧。

其实，当时沙莹莹主动提出约在"玫瑰酒店"时，成筠就愣了一下。

本市的成年人都知道，玫瑰酒店是有名的情人酒店。

谈个生意而已，约在这儿干吗？

成筠心里正犯嘀咕，一个人影忽然出现，是沙莹莹，她原本是笑着的，可她在与成筠对视的一瞬间就僵住了。

不只是笑，连身体都僵住了。

沙莹莹今天穿了一身淡粉抹胸长裙，长而直的黑发倾泻而下，在雪白的肩上滑落，漏了几小绺卡在了锁骨窝里。

除了性感，没有别的形容词更贴切了。

成筠也僵住了。

沙莹莹似乎花了三四秒接受了一个现实之后，终于又动了，笑得有些干，对成筠说："来啦，请坐吧。"

成筠走过去坐下，把木桐放到了桌上。沙莹莹坐在她对面。

成筠又看了眼桌上的玫瑰，忽然明白了怎么回事，微笑说："我的名字是有点像男人。"

沙莹莹猛地抬起眸子看她，浓密的睫毛微微颤抖，暴露了她的小心机被人发现的尴尬。

成筠大方对她微笑着，伸手去拿醒酒器："不好意思呀亲爱的，我来晚了，我先自罚一下吧。"

酒刚要倒进酒杯里，沙莹莹忽然抓住了她拿醒酒器的手。

沙莹莹："喝你带的那瓶吧。"

"怎么了？"

"酒里……加了点东西，能让男人，那啥的。"她不好意思地支吾着。

"啊……"成筠盯着醒酒器。

沙莹莹还是把醒酒器夺了下来，让成筠换成了木桐。

二人碰了杯，喝了一口。

沙莹莹把头发往耳后别了别，说："方小姐，让你见笑了。"

"怎么会，我能理解。"

成筠的回答让沙莹莹小惊了一下，她问："你真能理解？"

成筠笑笑："我见过很多为了音乐梦想拼尽全力，头破血流的人，这条路本来就不好走，你也只是不想让机会溜走而已。"

这句话仿佛一下子说进沙莹莹的心里去了。

她激动得直点头，又闷了一杯酒："你说得太对了。我真的没有办法，我等太多年了你知道吗？我都三十二岁了，再不做歌手真的晚了，我等不起了。我跟你说，现在只要有人愿意签我带我走，离这个破平台远远的，只要不是要我的命和爱情，我怎么都行。"

"为什么爱情不可以？"成筠问。

"爱情是最没用的东西，给了也没人要。"沙莹莹不屑地说。

她越说越激动，兴许是刚才的两杯酒喝得太急，也或许是压抑了太久无处发泄，之前遇到的都是想要趁机占她便宜的男制作人，这回终于逮到一个女的可以倾诉，总之她逐渐上头，喝了不少酒，跟成筠发了很多牢骚。

"我跟你说，我都想好了，你要是男的，今天我一定要把你拿下！"

酒过几巡下来，成筠没怎么说话，一直静静地听她说，牛排几乎一口没动。

"哎！"沙莹莹已经六分醉了。

"我先提前跟你说好啊，真要签走我就得帮我给平台交违约金，350万，你要是也接受不了，咱就别继续往下聊了，"沙莹莹把头埋得很低，头发变凌乱了，说话渐渐带着哭腔，"聊了也是失望……"

成筠嘴角扬起一丝淡淡的笑，看着她说："钱不是问题，但你值不值得我们花这么多钱，还得看你的专业能力。"

沙莹莹盯向她："怎么看？"

"要不，你试写一首歌给我听听。"

"现在吗？"

"不用，我可以给你定个主题，你回去慢慢写。"

"写什么主题？"

"那你就写……"细长的烛火倒映在成筠眼中，发出狡黠犀利的光，"初恋吧。"

听到这两个字，沙莹莹的脸上立刻露出不悦的表情。

她问："能不能换一个？"

成筠："怎么了，想起伤心事了？"

沙莹莹冷笑："那人没什么值得我伤心的，我就是不太记得他了，我已经很久没见过他了。"

"他叫什么？"

"你问这干吗？"

"帮你回忆啊，名字总该能记得吧。"

"我不想回忆，能不能不写这个？"

"不能。"

她们对视着，气氛忽然变得紧张，无形中似乎有一股对峙的力量在二人之间僵持着。

沙莹莹："换一个吧。"

成筠直直地盯着她，沉默不语。

半响后，她忽然起身低头说："刚才还说为了出道什么都愿意干，现在只是给你命个题就推三阻四了，看来你还是不急，那就继续在逗鱼等有缘人挖你吧，抱歉了沙小姐。"

说着，成筠利落地拿起包和手机转身，背对着沙莹莹向包间外走去……

"他叫曾辉。"

成筠的脚步停住了。

其身后的沙莹莹急得站了起来。

成筠轻轻笑了。

现在看来，曾辉当年说的也不全是鬼话，至少这个初恋不是编的，沙莹莹就是他那个林小宁。

可他讲的那段初恋的故事是不是真的，这就看另一个当事人怎么说了。

在家中，成筠的思绪忽然被风风火火闯进房间的小芬打断了。

成筠刚要呵斥她，她却激动地说："小姐，他找俺了！"

"谁？"

"俺对象啊。"

"哦，去呗。"

"小姐！"

"怎么了，我忙着呢。"

"小姐！！"

成筠想了一下，恍然大悟："啊。"

小芬急得直跳脚："没时间啦，还有一个小时啦！快帮帮俺嘛！"

然后，成筠就被生拉硬拽到小芬的房间了。

李红霞以为发生了什么不得了的事，也跟着一路小跑过去凑热闹。

小芬站在镜子前，选了一件包领的裙子，规规矩矩的乖乖女，虽然有点胖，但还是很有大家闺秀的样子。

成筠懒洋洋地靠在衣柜上："脱了，穿这个。"说着，把一件半开胸的短裙甩在了小芬的脸上。

这是小芬买的时候很喜欢但因为穿着太暴露了就再也没穿过的一件裙子。

她不太情愿，可成筠一个瞪眼，不得不乖乖听话了。

接下来，换上裙子，快速化好妆。

临出门前，成筠把蓝牙耳机塞到了小芬耳朵里，并用披肩发遮盖，然后她拿自己的手机给小芬打了个电话。

成筠对她说："我会一直跟着你们，手机别挂，要保持通话，严格按我说的做，你要是敢自由发挥，别怪我当场丢下你自生自灭吧。"

"俺明白了，俺相信小姐，俺一定听你的。"

"走吧。"

二人一前一后出了门。

赶到的时候，成筠远远就看到沙黎商场门口有个黑黢黢的男人在叹气，直觉告诉她那就是传说中小芬的男友。

小芬踏着漆皮黑色高跟鞋嗒嗒嗒地一路小跑过去，显然，她的小男友早已等得不耐烦了。

成筠的耳朵里塞着耳机，在小芬身后十几米处优哉游哉地走着，一口一口地吃着手里的雪糕，时不时地朝他们观望。

小芬扶着腰，气喘吁吁地跑到男友面前，男友一句话都没说，但满脸的不耐烦已然说明了一切。

小芬气还没喘匀就开始道歉："对不起哈，路上好堵……"

"俺要被烤干了你知道吗！"

耳机里传出那男生的说话声，原本还在溜号看别处的成筠下意识抬眼向他俩看了过去。

小芬想要解释，男友继续打断她："你就不能有一次不迟到！你是公主吗每次都要让人等。"

她低下头，有些委屈，"对不起"三个字呼之欲出之际，耳机里突然传出成筠的声音："跟我说。"

小芬听着耳机里的话，忐忑不安地盯着男友看，迟疑了两秒，她挺了挺腰板，底气些微不足地表现出理直气壮的样子，对男友说："你……你每次约会都只提前一个小时才说，每次还都是离俺特别远的地方，俺还要……为了给你撑面子打扮打扮才出门，换……换你你试试啊。"

男友傻了眼，难以置信地盯着她，好像在辨认她是不是假的吴小芬。

正午的太阳好大，刺得成筠睁不开眼，她就不去看，只听，靠在路灯杆上把雪糕吃掉了大半。

男友刚要往商场里走，垂眼瞄到了小芬今天的裙子，眉头立马拧了起来，口气十分嫌弃："你也没什么料穿这种露胸的衣服干吗，生怕别人不觉得你像个男的吗？"

成筠目光微转，眯着眼扫视了一下那男的。

锡纸烫，格子衬衫，嬉皮裤。

纳闷儿这身魔幻造型是怎么给他勇气说出这种话的。

成筠对耳机说："你说……"

小芬听了，为难地嘀咕："……真要这么说……"

男友觉得她奇怪："你说啥？"

小芬抬起头，对他挺起胸："俺胸平怎么了，跟你在一块儿之前胸平是俺自己的事，跟你在一起后还这么小，就是你的问题！"

"俺？"

"你要是不满意，那就拿钱给俺隆胸啊！为你俺愿意，拿钱吧。"说着，小芬向他摊开了手。

男友盯着她的手，虚了一大截，没接招，说："俺的意思是不想让你穿太暴露怕走光，你今天说话这么冲干吗。进去吧。"

他这反应让小芬有点小意外，她窃喜，趁男友往商场里走的时候回头偷看了一眼身后的成筠，她正靠着灯杆慵懒地看着她，小芬对她笑了一下，然后赶忙小跑着跟上了男友。

成筠的雪糕刚好吃完了，她把冰糕棍丢进垃圾桶，不紧不慢地走进了商场。

小芬男友要买电脑的一个什么配件，比较来比较去，说是要货比三家，其实就是为了便宜几块钱，为这，小芬便陪他逛了两个多小时的电子城。

小芬感觉自己的脚走得生疼，每到一家店她第一件事就是找个地方坐一下。然而，电子城不像卖衣服的商场里有那么多座位，大多情况下她是没得坐的。

中途小芬实在太累，拉着男友说："俺饿了，咱们吃点东西吧。"

"这里哪有吃的啊，再忍忍啊，马上好了。"

说完，男友又专注于跟销售小哥砍价去了。

小芬闷声不说话了，只好继续跟着逛。

成筠倒是一直坐在电子城唯一一家咖啡馆里喝咖啡，虽然没跟着一路瞎溜达，但是两个小时听下来，她的耐性早被磨没了。

这会儿这奇葩男友又说出这种话，成筠终于忍不住了，她对着耳机叫了："小芬。"

小芬原地停住。

"你……"

成筠刚吐出一个字，微抬起眼，直直地盯向窗外的某处，话在嘴边凝噎住了。

她看见在斜对角商场的一家港式甜品店里，靠窗的位子，有一对男女，不是面对面坐着，而是肩靠肩坐在一排，有说有笑的，虽然没有腻歪到互相喂甜品，但眉眼举止也算得上亲密。

这两个人成筠都认识，但他们凑在一起就超出她的理解了。

男的是曾辉。

女的是元通物流的地区经理余婷。

也是一个出色的女商人。

几天不见，换目标了？

"小姐？"

小芬的声音小心翼翼地从耳机里传出。

"小姐俺怎么做，你还在吗小姐？"

一声声呼唤都没能把成筠唤回来。

"小……"

"走了。"男友突然叫住小芬。

这家价格没谈拢，他又换了一家。

小芬只好跟上去。

男友风风火火地在前面走着，走了一会儿发觉身后的人没跟上来，他折返回来一顿找，可算看到了龟速前行的小芬，抱怨道："你走快点行不，差点丢了。"

小芬表情痛苦地说："鞋磨脚，好像磨破了，好痛。"

事实上，她早就感觉到右脚的脚脖子后面十分刺痛了，每走一步就疼一下，一开始还能忍受，后来越来越疼，加上大热天出汗，汗液浸入磨破的伤口，简直针扎一般，几乎寸步难行。

男友见她很痛苦的样子："是吗，俺看看。"

小芬有点感动，乖乖把脚伸出来给他看。

男友仔细看了一下，立马变了脸："俺还以为多大口子呢，就一点小破皮，死不了人的，忍忍就好了。走吧，买完就带你去吃饭。"

听了这话，小芬突然很委屈，想哭又不敢哭，这时候哭一定会被嫌弃事儿多。她努努力，把眼泪憋了回去，刚要迈腿跟上，忽然听见了成筠的声音。

"你站着别动。"

小芬乖乖不动了。

"把鞋脱了。"

"现在？"小芬不敢相信自己的耳朵。

"对，脱了。"

虽然不知道成筠是什么意思，但说好了听她的，小芬还是照做了。

男友在前面没走两步，发现人又没跟上，于是转了过来，但这次他看到小芬光着脚，拎着一双高跟鞋站在电子城中央，很是迷惑。

他几乎笑了出来："你脱鞋干吗啊？"

小芬把高跟鞋举到他的面前，说："俺觉得你可能不大能体会被高跟鞋磨脚的疼，要不你感受一下？"

"你闹什么闹，快穿鞋走。"男友不耐烦道。

小芬一动不动。

周围几家店的销售员和几个经过的顾客纷纷看了过来，目光里除了看热闹甚至还对看一个大男人穿高跟鞋有些期待。

男友用余光注意到了他们的目光，他的脸一下子就绿了："丢不丢人啊你这样，这么多人看着呢，俺生气了。"

一听这话，小芬的眼睛里闪过一丝动摇。

"不许动。"成筠厉声叫住她。

小芬又坚定了，仍举着高跟鞋，跟他僵持着。

围观的人越来越多，男友压低声音对小芬说："你能不能给俺点面子？"

"给你面子？"小芬终于开口了，"你在大庭广众下说俺胸小的时候给过俺面子吗？"

"这页还翻不过去了是吗！你现在怎么还翻旧账了呢！"

"你穿不穿？"

"你走不走？"

小芬脸憋得很红，不说话，执拗地看着他的眼睛，呼吸越发明显。

男友连连点头，指着她说："不走是吧，就是闹是吧，行吴小芬，有种你一辈子都在这儿站着，俺可走了。"

说着，男友气急败坏地离开，小芬急了，忍不住冲他的背影大喊："你去哪儿！"

"咱俩就这样吧，分手吧。"他说。

"不行！"

小芬急着追上去，但被耳机里的声音叫住："不许追。"

"你不是说帮俺挽回他嘛！你骗俺！你说话不算数！"

她顾不上那些，仍然要往前冲。

成筠："再追我就开了你。"

"开就开俺吧，再不追他就真走了！"

鞋都来不及穿，小芬光着脚在电子城里跑起来。

成筠："你看不出来他脖子上是什么吗？！"

小芬骤然停下了，眼眶里充盈着泪水，模糊的视线里男友已头也不回地走出了电子城的大门。

成筠出现，挡到她的面前，面无表情地看着她："你一直都知道他还跟那女的在一起。"

小芬的眼泪终于掉了下来。

"俺以为他哪天能回心转……"

"狗改不了吃屎。"

"可是俺俩都订婚了。"

"订婚狗就不是狗了？"

听了这话，小芬哭得更厉害了。

"为什么俺总碰上渣男，这世上还有好男人吗？！"

小芬扑进了成筠的怀里，把她吓了一跳，她很不喜欢这样被女人抱着，但是她没推开她，语气冷静地说："好男人是有的，但有一点你得明白，好男人要找的女人，也不是那种肤浅到会被轻易忽悠、欺负的女人。被渣不代表你不好，但你明明知道自己被渣还要骗自己，为他要死要活，如果你一直这样，那所谓的好男人永远不会找上你。"

小芬把头埋得更深了，那样可以哭得更大胆一些。

成筠僵着身子，轻拍了两下她的后背。

"小姐。"

哭了一阵子，围观的人群渐渐散去，小芬虽然没抬头，但听哭声情绪似乎稳定了许多。

"嗯？"

"好男人是啥样的？"

"我不知道。"

"那俺还能相信爱情吗？"

成筠沉默了。

她想了想。

"你可以相信。"

小芬抬起头看着她，眼睛哭得又红又肿。

"可俺怎么判断下一个是不是好男人呢，小姐你教教俺。"

"我教不了你，我不知道，"成筠摇了摇头，"应该就是，相信直觉吧。"

等小芬哭得差不多了，成筠带着她回家。

二人站在街口等出租车的时候，小芬忽然说："小姐你这么懂男人，为啥最近那个做饭的也不来找你了，你要留点心眼啊，他是不是也喜欢别人了。"

成筠抬头看了眼马路对面的港式甜品店，靠窗的位子已经空了。

不一会儿，车来了。

"走，回家。"

成筠跟在小芬身后上了车。

3

我姐姐被渣男欺骗自杀了，请好心的叔叔阿姨哥哥姐姐帮我抓住这个坏人！

成筠坐在公司办公室里，死死盯着笔记本屏幕，瞪红了眼。

嘟——嘟——嘟——

手机已经挂断，但仍被她举在耳边，听忙音一声一声地响。

就在刚刚，她听了一个电话，得知了一个惊天的消息。

这消息使她忍不住点开了这篇多年都没再打开的微博文章。

时至今日，再翻出来看，每一个字、每一条恶意的评论、每一个恶意的点赞，都仍像一把把锋利的刺刀，一下又一下地、狠狠地捅进她的心脏。

当年发这篇文章时的愤怒、无助和费解，仿佛一直附在这字里行间，完好无损地存留到了今天，时间没有带走一丁点，只要回看，就身临其境。

"成筠！成筠！！"

一声怒吼将成筠拉回现实。

她啪地合上了笔记本，抬头一看，原来是白一榛。

白一榛端着一杯咖啡，看着她叹气说："叫你半天了。"

成筠微怔，立刻展开了笑："那几个初创的评估我让小纪都发你邮箱了。"

白一榛没接她的话，踱步绕着桌子走到她身边："这么专注，一看就是没看工作的东西。"

"师父你净瞎说，我一向都是这么沉迷工作的，你又不是不知道。"

"眼睛怎么了？"

白一榛忽然发现成筠的眼眶红得厉害，似哭过，又似发怒过。

成筠使劲眨了眨眼："沙眼，点了点眼药水，好多了哈哈哈哈师父你到底找我啥事？"

"没事，"白一榛搅了搅手里的咖啡，语气淡淡地说，"就刚才倒咖啡的时候经过，发现你盯着电脑发呆，进来看看你是不是在带薪溜号。"

"我最近工作可认真了。"成筠起身，把白一榛按在了椅子里。

"嗯，听说了，你前两天不是还跑了趟华乐。"

"师父你这么神通广大的呀，我秘密行动你都知道。要不怎么说你能当师父呢，我就是你手心里的小孙猴子。"

"怎么，你要投音乐公司了？"

"嗯……就是看看，考察考察。"成筠边说边给白一榛揉肩，"师父，看在我主动开拓业务的积极工作态度上，能不能给我两天假？"

"果然没憋好话。"

"师父。"

"请假干吗？"

"放松放松呗。"

白一榛喝了口咖啡："跟那个男的？"

成筠心头一颤："哪个男的？"

"前几天你把小芬支出去，带回家过夜的那个。"

成筠反应了一秒，咬着牙嘀咕："吴小芬这个叛徒。"

"吴小芬是我的人，谈不上是你的叛徒。"

成筠站在其身后，对她嘟了嘟嘴。

白一榛继续说："我提醒你多少次了，你在外面怎么玩我管不着，但是不要把人带到家里来，你是一个女孩子，这样非常不安全，隐私会……"

"隐私会暴露，也不了解对方是什么样的人，万一是小偷变态跟踪狂怎么办对不对，"成筠娴熟地接下话，"知道啦，你说了好几百遍啦，我会注意的，你放心，我没留他过夜。"

"没过夜也不行，喝那么多酒喝那么晚，万一人家给你下药呢。"

谁给谁下药还不一定呢，成筠赌气想。

看着白一榛坐在眼前的背影，听着她一本正经地唠唠叨叨，动不动就训人，成筠心头忽然生出一种久违的熟悉。

忽然想起某个人，也很唠叨。

忽然很想抱抱她。

于是，她就从她背后抱了上去。

闭上眼，静静地感受怀抱中温热的体温。

白一榛被这突如其来的拥抱吓了一跳："干什么你。"

成筠仍抱着不松手，闭着眼不说话。

白一榛有轻度的肢体接触障碍，实在受不了她这样子，努力挣开："给你假给你假，别撒娇。"

"嗯……"成筠还不愿松手。

"去，把评估打印出来直接给我看，现在，立刻。"

还没抱够，成筠不情不愿地松开，走出了办公室。

白一榛望着她走出去的身影，心有余悸地叹了口气，下意识把杯子放在桌上，却松手早了，杯子打翻在桌子上，咖啡溅湿了笔记本。

4

余婷答应了跟曾辉旅行，并主动提议去香格里拉。

曾辉先到的，香格里拉的迪庆机场很小，像途经某个村落的小火车站。宁静梦幻，有些不真实，好像随时都有可能消失。

出去就是草原，黑的、棕的牦牛遍地可见。

人比牛少，只有零星几辆出租车和黑车在拉客。

他们的眼睛个个似雷达，稳准狠地辨别着这班飞机下来的乘客里谁是本地人，谁是游客，谁像是有人接的，谁在左顾右盼不知何去何从，那些不知何去何从的人就是他们的目标。

一个皮肤晒得黝黑的年轻黑车司机，一眼就锁定了一个通身休闲装、推着小小黑色行李箱的曾辉。

外地的。

他一个箭步冲过去，领先于其他黑车司机，率先挡在那男人面前，操着当地口音的普通话："哥们，去县城不，四十元。"

曾辉瞥了他一眼："不用，我等人。"

小司机还不罢休，想继续劝他，曾辉也不与他再多争辩，不声不响地推着行李箱挪步到机场口的另一边等待去了。

他低头看了眼手机，按约定他率先到达，然后在这里等下一个航班的余婷。

还有一个小时。

十月，地处高原地区的香格里拉有些凉，空气有些薄。

他站着累了，便坐在行李箱上等，百无聊赖地眺望眼前的风景。

草原辽阔，没有高楼，只有一座座藏族的白塔，悬挂于上的彩旗随风飞舞，天又高又远，是常年居住繁华都市的人眼中少有的景象。

东边乌云密布，西边艳阳高挂，南边晴空万里，几种变幻莫测的天象在同一苍穹之中，不合理着，又真实存在着。在此之前，他只在大胆的画作里见过。

如此苍凉静谧，是大自然与宗教孕育的土地，庄重而神秘，让曾辉对即将在这里度过的四天三夜有了一丝幻想。

他已经很久没有这样的幻想了。

这些年，跟不同的女人，去过太多地方，把全中国都走遍了，可都是带着极强的目的来的，到头来哪哪的风景都没记住，杭州的西湖，安徽的黄山，青岛的大海，小兴安岭的丛林，脑中一片空空，去了跟没去一样。

如今来了云南，光是这机场就让他直觉般地预感到，这一次旅行会非比寻常。

曾辉等了又等，觉得时间差不多了，再看手机，还差五分钟。

他起身准备去机场口迎接，手机忽然来了微信。

他低头一看，是余婷发来的。

提前落地了？

他打开短信，看到的却是："抱歉，上次跟你提到的德国老板突然有时间了，我得出国一趟，不能陪你旅行了，下次吧。"

曾辉微皱起眉，盯着手机看了半天。

他收起手机，看着远处的风景发呆，不知过了多久才想起推行李返回机场里去。

他走到售票服务台，正好新的航班落地了，从接机口陆续走出很多人。

曾辉掏身份证问售票小姐："最早飞……"

"刚来就要走？"

身后有人说话，虽然没叫曾辉的名字，但是听声音他确定是对他说的。

他转身看去，惊住了。

他问："你怎么在这儿？"

"我看见你朋友圈啦，提前几天就到处嚷嚷，说要跟个美女来香格里拉玩，哎？你的美女呢？"

成筠背着荧光绿色的运动背包，一身运动装，吐字不清的，应该是在嚼口香糖。

曾辉仔细打量了她一眼："我是问你怎么来了。"

成筠做惊讶状："你不会又被放鸽子了吧。"

咦，她为什么要说"又"。

曾辉转身要继续买票，被成筠抓住了手。

她倔强地命令："不许回去。"

"你要干吗？"

"来都来了，跟谁约会不是约，咱俩一起玩呗。"

"我回去还有事。"

"她来就有空，我来就有事，"她的眼神里有一丝委屈，"你这两天都躲着我，是因为那天晚上吗？"

曾辉低下头："不是，我就是很忙。"

"那你为什么找别的女人？"

"她不是我的约会对象，我们只是普通朋友。"

成筠噘着嘴，半信半疑地看着他。

"行，"成筠松开了他的手，"那咱俩是普通朋友吗？"

曾辉抬眼注视着她，始终没回答。

二人随便打了辆机场门口的黑车。

司机问去哪儿，曾辉刚要说话却被成筠抢了先，她问他："你应该早就订好酒店了吧，就去那儿。"

曾辉盯着她，最后还是说出了客栈名。

这一路，二人望着各自窗外的风景，一个沉默无言，一个叽叽喳喳。

车驶进独克宗古城，终于停到了客栈门口，司机回头看看车后座的曾辉，惊喜地叫出了声："呀，哥，缘分啊。"

曾辉才发现他就是那个拉自己上车的黝黑小伙子。

小司机见他身边多了一个美女，而且一身高配的运动套装，立马笑逐颜开对他们说："哥，你看咱这么有缘，你们这两天去哪儿玩可以包我的车啊，我给你们打个折。"

曾辉："不……"

"好啊！"成筠兴奋地扫码支付了车费，"加个微信，等我们想好了去哪儿玩叫你。"

"随叫随到！"小司机也高兴地连忙掏出了手机。

二人下了车，走进一家颇有藏族风情的小客栈。

进门是个四合小院，有木桥，有池塘，有花坛，有摇椅，客栈门口还拴了一条小土狗。

前台是一个小哥，听口音不是本地人："有预订吗？"

曾辉："有。"

前台："码给我看一下。"

曾辉："我想换一间。"

"现在换要扣百分之十五的定金。"

成筠："啧，订好了换它干吗。我比她胖还是怎的，换我就住不下了？"

曾辉看了她一眼，掏出了手机给前台扫码。

入住手续办完，成筠就跟曾辉上了楼，找到了他们的房间302，一推门，成筠的双眼都亮了。

全开的门窗，木质的家具，民族装饰的大圆床，淡淡的焚香味。

成筠冲进屋里，将木窗全部推开，放眼望去，远处高耸入云的山景尽显。露天的阳台上有两张用来小憩的藤椅和一个大浴缸，周围有三面可遮挡的轻纱窗帘。

成筠转回身来，靠在阳台上，盯着站在门口的曾辉看，调笑说："都订这种房了，还说不是约会。"

他的目光闪烁。

她嘟囔："男人的嘴。"

曾辉想了想："还是换一间吧。"

"不换。"

他微惊地看着她。

成筠几步倒在柔软的床上，闭上眼睛，手臂在被褥上划水："订了不要浪费。"

"你确定？"曾辉问。

成筠睁眼："不确定还能申请场外求助吗。"

她想了想，像条鱼一样翻身过来，趴在床上用手托着下巴，凝望着他，眼底尽是柔情："你忘了，我还欠你一次旅行呢。"

曾辉回看她，眼中闪过一丝不易察觉的欣喜。

"哎。"她叫他。

"嗯？"

"你饿不饿？"

"我还行，你饿？"

"嗯，飞机餐太难吃了，就吃了一口。走，带我去吃东西。"成筠从床上起来，跳到曾辉的眼前，捂着肚子对他说。

"好。"

"你锁门。"

成筠快乐地走了出去，曾辉看着她的背影陷入沉思。

因为很饿，第一餐他们没特意去外面找饭馆，直接在客栈一楼餐厅吃了。每天的晚餐都是客栈老板自己做的，客人想吃什么可以提前点，只做一桌，陌生的旅人们共进晚餐，在异乡有了一种别样的家的感觉，这也算是这里的特色之一，香格里拉有很多客栈都这样。

点餐的时候，曾辉没什么精气神，让成筠点，成筠也毫不客气，把菜单翻了个遍，记住想要吃的，最后一口气说了出来："来个建水香豆腐，特色豆花，原浆煮手工老豆腐，冰糖豆浆。"

曾辉惊了："豆腐开会？"

"没点完呢，别打岔，都忘了，到哪儿了？"成筠问。

老板拿着本："豆浆。"

"哦对豆浆，那个，再来个小南瓜鸡汤和凉拌卷心菜吧，"成筠看了眼曾辉，"你还要什么？"

曾辉缓缓地说："够了。"

"够了谢谢，"成筠微笑着问老板，"得等多久？"

"一个多小时吧。"

"这么久。"

老板笑说："别的客人也点了，菜多就做得久，下次你们可以再提早一点把菜点了。"

"行没事，辛苦老板了。"

"不辛苦不辛苦。"

老板走了，曾辉目不转睛地凝视着她。

成筠："最近豆制品比较合我的胃口不行啊。"

曾辉似笑非笑："行。"

成筠盯着他，微微皱眉，发现他脸色不大好。

曾辉的手机响了，低头一看，是刘苏生。

成筠起身，他问她去哪儿。

成筠说："一个小时呢，出去转转啊，在这儿傻等啊。"

曾辉握着手里正在振动的手机，说："我跟你一起去。"

"别了，我看你是不是不太舒服啊，嘴唇都白了。"

"没事，我洗把脸。"

"好吧，那我在外面等你。"她笑颜如花。

曾辉目送她走出了客栈，然后到卫生间，打开洗手池的水，看着镜子里的自己，拿起电话，刚一接通刘苏生的尖叫仿佛要通过手机钻出来，刺穿了曾辉的耳膜。

刘苏生："厉害啊兄弟，她还真去找你了！"

曾辉轻笑："嗯。"

"我去，兄弟这两天还以为你真换目标了，合着是故意让她嫉妒呢。"

曾辉微微掀开帘子，往外看了眼，确认没人："小点声你。"

他看回镜子里的自己，嘴角难掩笑意，低声说："我怎么可能放弃，这游戏要么不玩，玩我就要玩到王者。再说没有人比她更合适，她就是防备心强，一要推就有事，不使点手段不行，她不是最爱玩欲擒故纵嘛，这回我也跟她玩玩。"

刘苏生："我还犯嘀咕呢，你去个香格里拉犯得着发朋友圈到处说吗，这也不是你风格啊，原来是给她看的。你不怕她没看见朋友圈，或者看了也不吃醋怎么办啊？"

"她只要看到了就会来的，"曾辉坚定地说，"没来也没关系，跟余婷在这儿待三天也不亏。"

刘苏生在电话那边都呆了，不禁感叹："不得不说，你是一个高品质渣男。"

曾辉笑了："彼此彼此。"

"连我都瞒，你可真行，这一手可以写到教材里。"

外面有些动静，曾辉轻轻把帘掀开一条缝看了眼，原来是客栈又来了几个客人，其中有几个外国人。

他小声说："不说了。"

"等等！正事没说呢！"

"你刚说了堆废话啊，说。"

"哥们儿还真把那渣渣像素的照片查明白了，牛不牛？"

"别废话，到底是不是白一榛？"

曾辉在听到刘苏生回答的一瞬，脸变了色，目光犀利起来。

"准吗？"他问。

"白一榛亲口说的。"刘苏生回答。

曾辉沉思，一阵百灵般的笑声传进了他的耳朵里，他微微掀开帘子，看见成筠走进客栈，与刚办入住的那几个客人有说有笑，他盯着她，暗暗说："那我这次不可能让她再跑了。"

挂断手机，曾辉从卫生间走出来，直奔成筠。

他问："聊什么这么开心？"

那几个游客正要上楼，成筠对他们摆手说再见后，回头看着曾辉："这帮外国人挺有意思，说晚上要办派对，邀请我去，一起来吗？"

曾辉想了想："再说吧，咱们走吧。"

成筠："走。"

二人到附近的龟山公园转了转，虽然不远，但这一路全是起起伏伏的大斜坡，又刚下过雨，路很滑很难走，尤其是上坡的时候，累的程度不亚于爬山。

赶在饭点回来，他们吃了一顿丰盛的豆腐宴，结识了三四个来自天南海北的驴友，本约好了大家一起到古城边的大佛寺看看世界最大的转经筒，可曾辉脸色越发难看了，他终于支撑不住说："我有点头疼，你跟大家一起去吧，明天我再陪你玩。"

说完，他一个人上楼了。

成筠看着他的背影，沉默不语。

晚上九点多，夜色降临。

成筠回到房间，轻轻推开门，屋里没点灯，曾辉一人躺在床的左半边，背对着她，呼吸平稳。

成筠进屋，脱掉鞋，光着脚悄悄地走。

曾辉睡得很浅，忽而感到一双纤细有力的手指在按压他的太阳穴，他睁开眼，是成筠。

她坐在床边，弯下腰俯视着他，为他按摩头，长发从两边倾泻而下，像两页屏风，围起了一个小小的私密空间，空间里只够装下她和他的脸。

"还疼？"她问。

他目不转睛地凝望着她的双眼，点点头。

"让你别跟我去别跟我去，爬了那么多坡，高原反应了吧。"

曾辉不说话，只看着她。成筠也沉默了。

黑夜凝固。

许久后，他伸出了手轻抚着她的脸向自己靠近，毫不犹豫地吻了上去。

"今天想吐吗？"他问。

成筠摇摇头，曾辉轻笑。

一阵微凉的晚风吹了进来，他在翻身之际寻着风来的地方看了眼，从阳台眺望而去，古城的灯火点亮了夜色，把城中的街道勾勒出来。

漆黑的山影隐匿在夜空里，缭绕的云雾却清晰可见，白天是灰，晚上又变白。

这夜景，正刚好。

黑暗里焚香弥漫，虚幻搅拌着真实，让人意乱情迷。仿佛黑夜丛林中两只彼此靠近的凶猛动物，相互试探，危险又痴迷，准备发起攻击——

命运让我主宰各方，号令万世仰望。傲视俗世千孔百疮，卖力任性放荡。

曾辉一惊。

巨大的音响音乐忽然从隔壁传来。

还有踩脚声，尖叫声，笑声。

不对，笑声不是隔壁的。

音乐也不是音响发出的，而是低廉的随身听。

歌声不断，笑声就不断，笑声里还有七嘴八舌的话，从久远的时间里乌拉乌拉地蹦出来。

"臭屌丝，土瘪三，小偷，矮穷矬，哈哈哈……"

曾辉忽然停下动作，时而闭眼时而睁眼，狠狠甩头，想把那些声音从脑中甩出去。

成筠发现他停了，而且瞬间满头大汗，问："你怎么了？"

"五毛都买不起，还要偷着吃！偷吃还被发现哈哈哈……"

曾辉的大脑已被各种说话声、碎片、笑声、音乐声团团包围，无处可逃，他无暇回答她，只撑着身子喘着粗气。

"我就是喜欢他们，你这个废物软蛋能给我什么？"

成筠手足无措地问曾辉怎么了，他只说："歌。"

说了几次，成筠似乎明白了，赶紧跑出房间，过了一会儿，音乐停了，她回来了。

"你没事了吧？"她问他。

曾辉平静下来，他想了想说："还是头疼，今天先这样吧。"

说完，他倒头睡下了。

香格里拉之行的第二天，从煮鸡蛋和黑米豆浆开始。

早餐时，成筠只吃了一点就吃不下了，等曾辉的时候，她就拿手机浏览旅游攻略。

"去爬山吧。"

曾辉正在剥第三个煮鸡蛋，抬头看了她好一会儿，说："山有什么好爬的，你不是想去看转经筒嘛，我陪你去。"

成筠有点不高兴："转经筒就在旁边，想去随时去，而且晚上才好看。

今天天气正好适合爬山，你要是嫌累我就自己去。"

曾辉想了想，无奈："那就去。"

"真的？"

"嗯。"

"你休息好了吗？"成筠还是有点不信他。

"好了。"

"不行别逞强哦。"

"谁说我不行！"

曾辉突然急了。

气氛略微尴尬，成筠吓了一跳。

"我说你还高不高原反应，爬山行不行，"成筠举着手机上的阿布吉措给他看，"海拔四千二百多米呢。"

曾辉反过来问她："你到底想不想我陪你去？"

"我当然想去了。"

"那我就陪你。"

此语一出，成筠忍不住去注视他，目光动容。

早餐过后，成筠叫昨天的黑车司机小哥来接他们。去阿布吉措的路不算难走，并不要求四驱越野车才能抵达，但想看到阿布吉措还是需要一点体力的，从牧场出发要徒步两个多小时，牧场有好几个足球场那么大，四周都是茂密的丛林，牦牛、马安静地吃草，不时好奇地看着外来的游客。走过牧场，他们还要横切大量的碎石坡，需要一定的户外经验。

为了保持良好的体态，曾辉长期以来一直在健身，即使在监狱里的十年，他每天也会抽出一到两个小时锻炼。即使是这样，他走到一半时仍上气不接下气了，成筠看着倒是没怎么喘，只是脸色些微发白。

他问她："你还好吗？"

成筠底气十足地拍拍胸脯说："我很好啊。"

"看不出来，你瘦瘦小小的，体力还不错。"曾辉笑。

"那是，这么多年定向越野不是白练的，"成筠对他坏笑，"没想到吧？"

说完，她又风风火火地往崎岖的前方走去。

曾辉僵在原地，看着她活力四射的背影沉默了好久。

今天是个阴天，避开了高原毒辣的阳光，倒是徒步爬山的好天气。

不知走了多久，看见前面有好几伙游客都停住了脚步，一打听才知道由于雾太大，他们也不确定前面的路怎么走。

成筠环顾四周，注意到了脚边的小河，想了想说："要不沿着河流前进，应该能走到。"

她回头问曾辉的意见，曾辉点点头。

其实他的脑袋已经涨到随时要炸开了一般。

停滞不前的游客都觉得可以按成筠说的试一试，于是大家结伴同行，后来证明这个方法是正确的，大约又走了一个半小时，他们找到了位于香格里拉小中甸的探秘之地——阿布吉措的海子。

海子边就是大量的碎石坡，有不少难得一见的高山植物：高山韭、翠雀花、雪莲等奇花异草。

一阵大风吹来，雾开始慢慢散开，风景逐渐开阔起来，他们赶紧向阿布吉措前进，越往高处走，海拔越高，空气越稀薄，山风越刺骨，他们换上了提前准备好的羽绒服，继续向上爬。刚到阿布吉措，大雾又起，他俩只好躲在一块大石头后面耐心等大风顺便避寒，等了半个多小时，大雾散去，阿布吉措的真面目终于浮现眼前。

成筠挑了山顶最高的一处站上去，深深呼吸，不禁感叹："真美！"

放眼而望，四面环高山，从空中看，群山就像一朵盛开的莲花，而阿布吉措就在莲花中心，清澈静谧，神秘莫测。

"你快来看啊。"成筠回头向落在后面的曾辉招手。

曾辉一步一步缓缓走来，望了一眼风景，有气无力地说："好看。"

成筠凝望着他的脸："谢谢你啊。"

"谢什么？"

"你都这样了还陪我来。"

"我哪样了？"

"你小时候看过林正英的电影吗？"

"僵尸片？"

"嗯，你现在的脸就跟他片里的僵尸一样一样的。"

曾辉面色铁青，他就地坐下，说："我是还有点高反，体力没问题。"

"真男人哪，"成筠忽然指向远处，"那我还想翻到那边看看。"

曾辉望去，那是一座更高的山头，他无语凝噎。

于是，他们又花了三个小时下山再爬上另一个山头，只为看到一个不同角度的阿布吉措。

回到客栈的时候，已经是晚上十点多。成筠没胃口，直接上楼了，曾辉扛不住，吃了点老板做剩下的晚饭，也上楼休息了，可一推开房间门，他因眼前的画面怔住了。

许是刚洗完澡，成筠的头发被毛巾包裹着，她身穿一条深绿色的真丝吊带睡裙，正背对着他趴在床上玩手机，她的双腿不自觉地来回晃荡，一上一下之间，裙底的风景忽而出现忽而不见。

她听见了动静，翻身回头看他，笑说："你吃完啦，过来。"

曾辉想了想，还是走了过去，刚到床边，被成筠一把搂住脖子拉到她的眼前。

"我香不香？"

"嗯。"

说着，曾辉就要凑上去，却扑了个空。

她往后一闪："但是你臭臭的，全是汗味。"

曾辉凝望了她一眼，起身去了卫生间。

冲完澡之后，他缓缓向她走来："四千二百米的山都陪你爬了，得给点奖励吧。"

"这个可以有，"成筠似笑非笑地看着他，然后很故意地轻声说，"就是不要像昨天一样哦。"

曾辉的笑容还未全展，就僵在中途。

成筠笑说："放心啦，我已经跟前台举报说隔壁放歌扰民，今晚不会有了。"

他犹豫地想了下，没说话，直接俯身下去。

曾辉撑着身子，手臂忽觉有些酸痛，差点没撑住，他咬牙撑着，还好没被成筠发现。

他停了两秒，调整好状态，但坚持一会儿，没几分钟就把力气用完了似的。

成筠抬眼看他，额头上、身上都渗出了汗，随时都要倒下来。

成筠对他说："我有点困了，要不明天吧。"

说完，她翻过身去，钻到被窝里躺下。

他坐在床上看着她沉思了一会儿，也平躺下来了。

黑暗中寂静无声。

"今天确实爬山爬得有点累。"

她闭着眼："嗯，我理解。"

她这么一说，他更尴尬了。

这一夜，他盯着天花板看了又看，看到后半夜才睡着。

"睡得好吗二位？"

第三天一早，曾辉和成筠正要出门，被前台的老板热情地打了招呼。

成筠神清气爽地说："特别好。"

老板："去餐厅吃早餐吧，今天有黑糖豆花和牦牛肉干。"

"时间来不及了，我们直接去景点吃。"曾辉说。

"哦这样啊，那等一下，"老板忽然想起什么，从前台抽屉里抽出一张旅游单子给他们，"去这些景点说是咱们客栈的客人，门票可以打 8.5 折哦。"

二人同时一愣，成筠接过单子，笑说："谢啦老板。"

"哎，晚上吃什么，早点说我早准备，"老板又叫住了他们，"我可以给你们做云南特色包浆豆腐。"

"今天不吃豆腐了，换点别的吧。"成筠边说边看向曾辉，仿佛在征求他的同意。

曾辉点点头。

老板拿出菜单："行啊，换什么？"

成筠翻了翻菜单，犹豫半天："没什么特别想吃的呀，那就来个……凉拌秋葵吧。"

曾辉在旁边听了，眼眸猛地张大了一圈。

"再点点烧烤吧……扇贝不错，蒜蓉小白菜，还有烤生蚝，"成筠转头问曾辉，"怎么样？"

他直直地盯着她半天，质疑问："你什么时候爱吃这些东西了？"

"换换口味喽，老吃豆腐也不行啊，咱又不是和尚。"

曾辉欲言又止，最后只说了句："我都行。"

"好嘞，就这些了，老板你看这两天外面那么多馆子我们都不吃，专吃你做的菜，多捧你场，你这生蚝还不得多送我几个。"

老板被成筠突如其来的撒娇甜晕了，连连笑说："必须的。"

"谢谢你啦，生意兴隆哦，我们走啦。"

二人走出客栈，在门口垃圾桶旁边站着，你看看我，我看看你。

曾辉深呼了一口气，有点不大高兴。

成筠晃着那张旅游单子问："去哪儿？"

曾辉走过去，一把抽走单子，顺手扔进了垃圾桶。

成筠："扔了干吗，8.5折哦。"

曾辉走在前面："这种跟客栈有勾连的景点，去了不宰到你只剩裤衩不可能让你出来，今天我当你导游。"

成筠："呦，原来挺机灵的嘛，那你带我去哪儿啊。"

她追了上去。

在曾导游的带领下，第三天的行程就像老年旅游团般匆忙而又悠闲。匆忙是因为一直在赶场，悠闲是因为没什么劳累的活动，在小吃购物街闲游啦，在广场一坐坐一下午啦，又看了一些藏族风情的建筑啦，好像逛了一大堆又好像什么都没逛着，全天下来都不怎么累，跟昨天的阿布吉措之行有天壤之别。

曾导游给出的理由是，不能一直高强度旅行，需要静养缓缓。

成筠笑而不语。

晚上，他们早早吃上了晚饭。

曾辉几乎没怎么吃，比成筠吃得还少。

"没胃口？"她问他。

成筠大快朵颐，曾辉没怎么动筷，少有的景象。

曾辉面无表情地"嗯"了一下，便先上楼了。

回房间后，他彻彻底底洗了个澡，把胡子剃干净，然后坐在床头闭目养神，静静地等待，终于，等到成筠回到房间……

香格里拉之行结束后的一周，曾辉迅速将《十二猎女手册》最后一章编写完成，交给刘苏生印刷并装订成册。

拿着这本沉甸甸的手稿，刘苏生长舒一口气，喜悦之情溢于言表："十二年啊，这么一本小册子，咱们在它身上花了十二年，诺贝尔文学奖也不过如此了吧。"

曾辉从办公椅上起身，走到窗前，点了一根烟，静静地喷云吐雾，心事重重地望着窗外的白桦树。

手册完成，他的反应倒不怎么强烈。

刘苏生在身后说："老霍让咱俩带手稿给他看，你下午没事吧，一起去趟娱恒。"

"我就不去了。"

曾辉从兜里掏出手机，点开成筠的微信，聊天记录截止在从香格里拉各回各家时，她给他报了声平安。

按惯例，女人们会在旅行回来后的第二天就忍不住来找曾辉，到时候他就随机应变地编个理由甩掉她们，然后彻底拉黑，就算脱手成功了。

可是，自那条报平安的消息之后，成筠后来再也没主动联系过他。

这反倒让曾辉迟迟没删掉她，偶尔还会打开看两眼她有没有来消息。

每次发现还是没有，他就莫名地不爽，会忍不住回想起在客栈的最后一晚成筠的表情。

那是曾辉在女人脸上从未见过的、写满了"可有可无"的表情，十分微妙。总之让他很不爽，非常不爽，极其不痛快，嗓子里跟噎了一大块馒头似的，没鱼刺卡着那么疼，但也喘不过来气。

像一张全答对了的卷子偏偏因为字迹太乱被错扣了好几分，像好不容易编了个筐刚往里放东西就破了，像精心做成了一大桌子菜结果全咸得难以下咽。

挫败感，对，是越来越重的挫败感。

"怎么了，下午有事？"

刘苏生看他不对劲，走过来问他。

曾辉一鼓作气，还是删掉了成筠的微信，尽管动作很快，但还是被眼尖的刘苏生瞄到了："你跟我说实话，你这次在云南到底成没成？"

曾辉不悦地瞪他："你老问这个什么意思？"

"我不是质疑你，"刘苏生匪夷所思地打量着他，"我就是觉得你，这次回来咋不太高兴呢。"

"我很高兴，不用你费心，你快去娱恒吧，别烦老子了。"曾辉把刘苏生推出了屋外，还踢了他一脚。

十天后，霍振川的六百万元到账，曾辉私人拿走了一笔钱，刘苏生问他用来干什么，他一开始不说，越不说刘苏生钱就攥得越紧，他只好坦白说要买个唱片公司。

刘苏生奇怪："你买唱片公司干吗呀？"

曾辉不耐烦："你管得着吗。"

有了钱，刘苏生在半个月内把培训班教室翻修扩大，并把网课办了起来。由此可见，刘苏生缺的从来都不是行动力，他缺的是钱。

网课招生短短几天，报名的数量远远超出了刘苏生和曾辉的想象。后来，曾辉明白了，其实很多人不愿暴露个人信息，网络的隐蔽性刚好满足了他们既想学 PUA 术又不用露脸的需求，所以网课招生的数量是上实体课的十倍之多。

但是很快曾辉就发现了纯上网课的弊端，学员的悟性参差不齐，经常有人反映理论学得挺好，一动真格就不行，看来实践课还是很有必要的。

曾辉想了想，决定改天亲自带网课学员们去夜店实践一次。

5

周五午夜一点，结束了一周的工作，红男绿女的夜时光刚刚开始。

强烈的鼓点，喧嚷的人群，快乐性感的女人和微醺疯狂的男人在音乐中尽情舞动，即便是坐在角落也充斥着酒杯的碰撞及酣畅的号笑。

电梯门一开，十几个年轻男人走出来，打头的曾辉和刘苏生径直走到吧台前坐下，各要了杯酒，看着其他人怀着忐忑而激动的心情走进了混乱涌动的人潮中。

夜店里，时而闪耀时而消灭的灯光诡谲得让人眼神迷离，那种细细地，浅浅地，滴落在盛着五光十色液体的酒杯中，慢慢地沉下去的感觉，让人忘掉现实生活中所有压力，忘记刻骨铭心的往事，忘却曾经留在心灵深处的伤痛。

曾辉今天一身黑色休闲装，头戴黑色棒球帽。他静静地坐在吧台前，一边小口呷酒一边观察舞动的人群中几个学员的情况。

都没什么进展。

刘苏生到外面接了个电话，座位上就只剩下曾辉一个人。

酒瓶在他的左手与右手之间乖顺地游动着，忽然停住，他定睛望去，一个穿着保守与此景格格不入的纤细身影一闪而过，眨眼之间便淹没于人群，不见了踪影。

"笙哥。"

曾辉回神，眼前是自己这次带来实践的网课学员之一，不知何时，他离开舞池站到了他的身边。

"嗯。"黑色的帽檐遮住了曾辉的半边脸。

这个学员叫什么来着？因为是第一次见，曾辉还没认全，好像叫李小海。

李小海是个二十五六岁的男生，个子不高，也不怎么帅，也就打扮还行，其实也是来之前曾辉亲自指挥他穿搭的。

"笙哥，我觉得我不行，我还是回家吧。"

"你怎么了？"

他苦着脸小声跟曾辉说："我刚才跟一个女生搭讪，请她喝酒，结果话没说两句她就跟朋友走了，根本不给我发挥的机会啊，还白花一顿酒钱，七十八元一杯呢。"

"哪个？"

李小海在人群里寻觅了一圈，然后忽然指向不远处的卡座上某一个在跟其他两个女孩说笑的姑娘，她一头乌黑直长发，虽然不高，但身材凹凸有致，露脐背心配上包臀短裙，性感而自信。

曾辉回过头来，问他："你主动请她的？"

"不是，我都试了好几个人了，就她让我请喝酒，我一看有戏啊，得抓住机会啊，就爽快请她了。"

曾辉忍不住低头笑了，拍了拍他的肩膀说："哥们儿，你被套路了。"

"啊？"

"你不要以为这里只有男人找女人，女人也在挑男人，尤其是美女，特别擅长筛选男人，你觉得在场那么多男人她为什么就选择给你机会呢？"曾辉又用眼神示意他向那女生望了一眼。

"因……因为我看着好骗？"

曾辉被他这句话逗笑了："这么说也没错，这种级别的美女刚认识你就让你请喝啤酒，隐含的意思就是，她其实并不喜欢你，只是在利用你请她喝酒。当然了，如果你很好利用，她会更加觉得你缺乏魅力，所以更不会尊重你，所以接受了你的啤酒然后找个理由离开了。"

"原来这样，我就这么被耍了！"

"不甘心了？"

"这搁谁谁能甘心啊！七十八元啊！"

曾辉笑说："你还有机会，追过去呗。"

李小海急了："追过去有啥用，她朋友一直都在那儿碍事，我又不能把她朋友轰走吧。"

曾辉听了，缓缓回头盯着他，眼神犀利而深邃："好几个人的时候比落单一个人成功率更高。"

"怎么可能？"李小海满脸写着四个大字：你在逗我。

"不信？"

曾辉看着他质疑的表情，莫名的挑战欲油然而生，他将杯中酒一饮而尽，站起身来，对他说："好，我今天就给你做个示范，但是得手了时候你可别跟我急。"

"笙哥你这话说的，到手了是你的本事，我凭啥急啊。你快去吧，我就在这儿好好学习学习。"

"那你把他们也都叫过来吧。"

说完，曾辉起身向那美女缓步走去。

这一边，李小海把其他几个没事的学员从舞池里拉了出来一起观摩，早就听闻前笙歌教育的S级导师笙哥的各种撩妹事迹，如今终于得到机会亲眼看到。

他们个个屏息以待，对导师的示范无比期待，可曾辉一上来的举动就令他们摸不着头脑了。

曾辉走到那三个女生身边，却对美女置之不理，反倒跟她其他两个外形条件平平的朋友相谈甚欢。

这边学员们窃窃私语，问李小海是不是指错人了，李小海说肯定没错。

"那就是笙哥认错了。"其中一个学员说。

"我觉得不能，那俩明显没那个好看，明眼人都能看出来的事笙哥更不可能搞错了。"

"难道是声东击西？"

"别吵了，好好看。"一个比较沉默寡言的、年龄稍大的学员说。

众人立马闭嘴了，继续向曾辉看去。

"指甲很漂亮，是真的吗？"

聊得正热，曾辉注意到了这三个女人紧握酒杯的手指，其中那美女的指甲尤为精致好看，曾辉忍不住转过头来向她发问。

美女一愣，被这个半天都没怎么注意自己的男人突如其来的搭话问住了，而且令她更不能理解的是，一上来还是这么冒昧的问题。她感到一丝被冒犯，不太客气地回答了句："做的假指甲。"

"哦，"他停顿了一下，看起来似乎并没有意识到这个问题是一种贬抑，引起了她的不快，仍微笑着继续说，"呃，反正还是很好看。"

说完，他又转过头去继续刚刚跟那两个姑娘的话题，美女被晾在一边。

其实也没什么大不了的，他没有羞辱她，要是那样她早就当场反击或者立马走人了，相反他很友善，可她就是莫名恼火。要知道像她这样的美女，从来都是人群中一枝独秀，走到哪儿都是众星捧月的焦点，被忽视调侃，这无疑是对她魅力极大的否定和侮辱。

"前阵子有个韩国明星不就是自杀了嘛，因为抑郁症。"曾辉说。

他们正从明星聊到抑郁症。

其中一个朋友惊呼："天哪真的吗，他们要名有名要钱有钱，还长得好看，有什么想不开的啊，不是我冷漠啊，有时候我对他们真是没法理解。"

曾辉微笑："各有各的烦恼吧。"

"我能理解，我以前做过模特。"

美女忽然加入话题，其他三人包括曾辉齐刷刷地看向她。

这勾起了曾辉的好奇，他问她："你还做过模特？"

很好，此时此刻他正满眼惊喜地注视着自己。

她要纠正他，争取他的认同。

这次换她不去看他："模特这行除了众所周知的那些超模，大多人都不好混，好多女孩为了活命只能做野模，收入不稳定不说，还有可能被各种占便宜，被野鸡公司卖私密照，想要往上爬就更难了，基本就是跟魔鬼做交易。好多听着光鲜的职业说不定芯里都是烂的。"

说这番话的时候，曾辉一直在盯着她。

曾辉开始对她产生了好奇："你以前是平面还是 T 台模特？"

美女与之四目相对："平面要求脸上镜身材苗条，T 台要求身材高挑体态匀称，你猜我是哪个？"

曾辉的脸未动，眼神自上而下把她全身扫了一遍："这么看，我还真看不太出来。"

美女没说话，只微笑了出来，喝了一大口酒，杯子往桌上一放，跟旁边的两个姐妹说了声："我要去跳舞了。"然后，便转身走向了舞池深处。

曾辉的眼神追随她的背影，会意一笑，过了一会儿，跟二位女生告了别，也走进了舞池。

扭动的人群中，他一眼看到了她。

因为她根本就没动，站在那儿一直在等他。

曾辉走过去，轻搂住她的腰，一怔，看着她的双眼笑说："应该是拍平面的。"

美女被逗笑了。

接下来，二人贴着身子随着音乐的节奏摆动，渐渐地便挪到了无人的角落。

学员们远远看到曾辉和那美女手拉着手走出舞池的时候全傻眼了，来不及感叹，只一动不动地，像复活节岛上一尊尊石像。

夜店舞池的拐角有一个低矮又隐蔽的走廊，不明示但又极有心机地存在于那里，像是专门为某些不言而喻的事情准备似的。

曾辉和美女靠在了一面霓虹暗灯的墙上，思绪渐渐失去了方寸。但就在他专注于此的一瞬，一闪而过的一幕被他敏锐捕捉到了。

"怎么了？"美女见他忽然停止了动作，趴在他的胸口，奇怪地问。

曾辉直直地盯着她的脸，说："你笑什么？"

"我没笑啊。"

"你笑了。"

"没有。"

"笑了，不明显，但是肯定笑了。"

"我、我真没有！有什么好笑的呢。"美女有点蒙。

"是啊，有什么好笑的。"

"行，就算我不小心笑了一下下，那又怎么了，你确定我们现在要聊这个吗？"她有点哭笑不得了。

曾辉不说话，只死死盯着她。

互相干瞪眼了一会儿后，美女终于受不了了，扫兴地转身要走，却被曾辉一把拉住了胳膊："回来，话没说完。"

他太用力，把她抓疼了，她回手往他脸上就是一个巴掌："你有病吧！"

她甩开了曾辉的手，骂骂咧咧地走了出去。

"莫名其妙！"

刘苏生正好接完电话回来，看见学员们都靠在吧台上围观着什么，便走过去一探究竟，结果居然跟他们一起目睹了这一巴掌，都吓了一大跳。

由于离得太远也不知道究竟发生了什么事，他们现在更不敢靠近去看曾辉的情况，只见他挨了一嘴巴之后没恼没怒，就是背靠着墙一直愣神，不知在想什么。

她笑了。

尽管极不明显，而且稍纵即逝，但是他确定就在他褪下裤子的时候她分明笑了。

那不是什么沉醉的笑，也不是什么赞叹的笑。

那笑容出现的第零点一秒起就像刀子般插进了曾辉的胸口，紧接着是熟悉的疼痛，好像它刺中的不是新伤，而是旧伤。

没错，这种笑，这种表情，他见过类似的。

香格里拉，藏族风的客栈里，成筠脸上露出的。

一模一样。

刘苏生打圆场说："一看就是那女的反悔了嘛，这都是很正常的。都散了散了，各练各的去，都会了吗还在这卖呆儿！"

学员们纷纷散了。

刘苏生刚要抬头再往曾辉那边望去，却发现那儿已经没人了。

曾辉不信邪，又回到舞池中，寻找下一个"猎物"……

这一晚，他接连又勾搭上了三四个，搭讪很顺利，可一到那一步他就状态不佳。

不知是错觉还是巧合，他总觉得在这几个女人的脸上都看到了一抹不易察觉的笑，那笑容让他没法集中精力，他的心态有点崩，一整晚下来，状态越来越差，基本没什么战绩。

他去洗手间洗把脸，刘苏生找到了他，侧靠在他身后的墙上从镜子里看他："你今儿怎么了？"

曾辉狠狠洗了把脸，起身："没事。"

刘苏生也不好再多说什么了。

第二天，曾辉神秘失踪了。

"笙哥上完课去哪儿了？"

"不知道。"

刘苏生问了一圈学员都没人知道他干什么去了。

"呀，这人，奇了怪了。"

市医院。

大夫扶着眼镜，愁眉不展地把手里的病历单看了好久，曾辉死死地盯着他的脸，每一次细微的表情变化都足以牵动他的各种联想和忐忑的心弦。

"你这个情况啊。"

大夫终于开口了，曾辉集中注意力听。

"给你开点这个西地那非，和十一酸睾酮胶丸先试一试，吃一阵子之后呢，再过来看看。"

曾辉虽然听不懂那些复杂的药名，但是那个"睾"字分明刺耳。

大夫一边在本子上"龙飞凤舞"一边接着嘱咐："一会儿去药房拿药他会告诉你怎么吃，还有啊就是，含很多雌激素的东西尽量不要吃了啊。"

曾辉听了，目光微动，忽然想起了什么。

6

香格里拉之行前几天。

成筠在家专心伏案，可表情极其痛苦。她终于忍无可忍，把笔怒摔在桌上，"啪"地合上笔记本，摘掉藏在两只耳朵里的海绵耳塞，几步冲出房间到吴小芬的房间，一把推开她的门。吴小芬窝在床上横举着手机专注地看着，门一开，她惊恐地缓缓抬起头，看见是成筠，条件反射地弹了起来。

成筠一脸严峻："我忍你一晚上了。"

吴小芬有点慌："对不起啊小姐，俺干完活了就寻思看点视频放松放松，俺是不是太大声吵你工作了？"

成筠："不只声大的问题，你居然看了一晚上这个，你是认真的吗？"

成筠抢过小芬的手机，指着屏幕上正播放着的视频，从中传出巨大的小品演员的对话和阵阵笑声。

小芬不好意思了："俺心情不好嘛……看点小品能开心点。"

"那看看别人的不行吗，一定要循环播放这一个吗！我在隔壁陪你听了一晚上的拐了拐了，我图都画歪了你知道吗？！"

"……俺每回心情不好一看小品就能好老多，对不起小姐，我关了，我不看了。"小芬委屈巴巴地拿过手机准备关视频。

成筠站在门口看着她，自从失恋之后，这妮子肉眼可见地瘦了一大圈，平时活儿一样不少干，只是比以前安静了，每天少见笑脸，而刚刚推开门的一刹那，成筠分明看到了她脸上是有笑容的。

一副耳机甩在了小芬的身上，她抬头看向成筠，成筠没好气地说："戴耳机看。"

小芬反应了两秒，笑了："谢谢小姐。"

小芬戴上耳机继续看起手机，刚看了两眼又立马傻乐起来，咯咯咯的，像只正在下蛋的母鸡。

成筠嫌弃地瞟了她一眼，无语："你的笑也收敛点。"

"哦好的咯咯咯，对不起啊小姐，这个小品太好笑了，他们一说话俺就想笑，"小芬说着说着还兴奋了，跟成筠讨论起小品情节，"你说咱现实生活里咋可能好好一个人就被几句话给忽悠瘸了，道儿都不会走了哈哈哈哈，也太扯了咯咯咯。"

成筠本来是打算走的，但是听她这么一说，她想留下来教育教育这个单纯的小妮子。

"没有啊，我觉得这个小品笑归笑，还是很写实的。"

"哪有哩，俺可没见过这种事。"

"你现在觉得扯，要是真轮到你，被一个大忽悠一而再再而三地暗示你你是个瘸子，你说不定也会忘了怎么走路。"

"俺？"小芬狂摇头，"俺指定不可能，什么人会上当啊太笨了吧。"

"给你讲个故事吧，"成筠抱着胳膊靠在门上不易察觉地笑了，在床边坐下，不紧不慢地说，"西方人曾经拿死囚做过一个消极心理暗示的实验，让一个心理学教授把一个死囚关在一个屋子里，蒙上他的眼睛，然后告诉他：我们准备换一种方式让你死，会把你的血管割开，让你的血滴尽而死。然后教授划开了死囚的手腕，让他听到滴水声，教授说，这就是你的血在滴。

"第二天早上打开房门，你猜怎么了？"

小芬听得入神，耳机里的小品都顾不上了："血滴干了？"

成筠说："死囚是死了，脸色惨白，但不是血流干死的，其实他的手腕根本没被划破，声音只是水龙头在滴水。"

"那怎么死的？？"

"吓死的。"

小芬惊了。

成筠起身来："所以啊，其实人的意志是很脆弱的。"

"真的吗，俺还是觉得俺不会被忽悠瘸。"

"那要是有人跟你推销便宜又有效的减肥药、美容针呢？"

"俺……"小芬顿时语塞了。

"你不会中招是因为你在这方面有个强大的自我，但如果有人拿你本来就自卑的东西做文章，谁都不见得逃得掉啊，这就是推销的本质。所以说啊，不要掉以轻心以为自己是例外，我也不行。"

"妈呀……这么吓人，那以后俺可得自信点，躲着点那些推销的。"

小芬吓得不轻，成筠倒是忽然眼里绽放出了灵光，她似乎有了什么绝好的想法，嘴角情不自禁地扬起。

两三天后，成筠刚开完会回到办公室休息，刷刷朋友圈，刷着刷着瞄到了曾辉的一条文字动态：后天去香格里拉，有没有适合两个人玩的景点推荐一下，私密一点。

成筠大致把这段话扫了一遍。

后天，交代了时间。

香格里拉，交代了地点。

两个人，还私密，说明他要带一个女人去，估计就是上次甜品店的那个余婷。

明明白白故意给她看的。

翻译过来就是：成筠我警告你，我换目标了，离成功就差一个旅行炮了，你现在反悔还来得及，后天赶紧来香格里拉找我乖乖投怀送抱，不要再那么多有的没的。

成筠对此只有两个字评价："幼稚。"

既然他都把坑挖得这么周到详尽了，她要是再不往里跳就有点不懂事了。成筠打开笔记本，打算把接下来三四天的工作整理一下，能提前做的提前做，能后推的推到后面，剩下的交给小纪，好把这几天腾出来。

整理了一会儿，成筠的手机响了一声，她看了一眼，是条微信消息。

成筠暂停手上的工作，拿起手机查看，是沙莹莹发来的试写好的歌词。

歌的名字叫《爱》。

要不要这么平庸且俗气且毫无宣传点？光是这歌名，成筠就已经准备好提前失望了。

可她还是给面子地冲了杯咖啡以表重视，一边悠悠喝咖啡一边把歌词看下来，毕竟她也没真的指望让沙莹莹写出什么爆款歌，只是想通过歌词看到她想要看到的东西。

看着看着，成筠倒看出点意思了。

一遍看完，又来了一遍，来来回回看了好几遍。

平心而论，这首歌歌名一般，但歌词确实有点水平，这样的才女混了三十几年也还是蜗居在一个小小的直播平台里，成筠有点替她唏嘘了。

而且更重要的是，成筠觉得她看到想要的东西了。

可以这么说，这首歌，足以让曾辉这些年做的一切都变得毫无意义。

成筠有点兴奋，她来了兴致，直接给沙莹莹拨了通电话。

沙莹莹几乎是秒接的，她在电话那头肯定也一直在忐忑地等着回音。

"嗨……"

沙莹莹的声音听着有些颤。

成筠笑了："你怎么了？"

"没想到你会直接给我打电话。"

"嗯，歌词我看完了。"成筠说。

"……怎么样？"

"我个人觉得特别好。"

电话那头终于发出了微微的呼气声。

成筠接着说："歌词很戳心，连我不怎么听情歌的人都感动了，要是编成曲一定能火。"

听到夸奖，沙莹莹也开心地笑了出来，话突然多了："谢谢啊，能得到你认可我真的太高兴了，其实也没什么啦，也不都是我凭空想出来的，我原来啊，干直播之前做过一阵子情感博主，每天都得搜集几个爱情美文啊什么的发一发，所以比较信手拈来。"

"是吗？"成筠一听，"叫什么，我去关注你。"

"嗐，早就不怎么用了，都快忘了叫啥名了，我找找账号啊，我当时瞎起的……"

成筠没说话，也没催她，只在笔记本上打开了微博，好在她说了名就去搜。等了一会儿，电话那边又说话了："哎找到了，我叫橙色小灯笼，哎哟我起的这叫什么名儿啊哈哈哈……"

放在键盘上的指尖停止了。

成筠双眸微转，脸上的表情凝住了。

人一生总有几个字是植于脑海深处的，无论如何都忘不掉，它们是直达于心的阀门开关，一旦出现，身体会条件反射地做出反应，就像老远就能听见别人在叫自己的名字，并回头去看。

成筠眨了眨眼，对手机面不改色地说："那真是用对地方了。"

沙莹莹没察觉出什么，一个劲儿地跟着说："是啊，真没想到那么多年前的东西，还派上用场了。人生有时候真挺奇妙的，有因必有果哈。"

"沙小姐，我这边有个会，先不说了。"

"啊没事没事，你忙你忙。"

"好，再见。"

"嗯再见哦！"

嘟——嘟——嘟——

手机已被挂断，但仍被成筠举在耳边，听忙音一声一声地响。

成筠看着眼前的笔记本，瞪红了眼，陷入漫长的沉默。

就在刚才，她一边打电话一边在微博上搜索 XBG，出现了一个用户。她点进去，主页里只有一条微博，那就是当年她发的文章："我姐姐被渣男欺骗自杀了，请好心的叔叔阿姨哥哥姐姐帮我抓住这个坏人！"

这么多年，文章下面的热评第一仍然是橙色小灯笼发的"我看这女的也不无辜，还不是看上人家的钱了，罪有应得"。

没错，人生真的挺奇妙的。

不知不觉，成筠盯着电脑一声不吭，双眼却越发通红，手心里被指甲掐出了深深的印子，但感觉不到疼。

"成筠！成筠！！"

一声怒吼将成筠拉回现实，她合上笔记本，抬头一看，是师父。

师父端着咖啡走进来，责问她几句是不是在工作溜号，成筠紧握的手放松了，一边给白一榛捏肩一边打哈哈，聊着聊着，她趁师父高兴成功要到了几天假。

风从东边吹来，把成筠的头发吹乱了。

眼下四面没有什么高大的遮挡物，风便又直扑过来，使本就冷清的墓地更凉了几分。

成筠一身运动装，背着荧绿色大背包，独自在一个墓碑前无声无息地站着，看着晨曦的景色。全程没说话，也没什么表情。

直到太阳完整浮出，她便走了。

迎着晨光，一个向前方独行而去的剪影，像幅浓墨重彩的油彩画。

去到机场，成筠轻而易举地在贵宾候机室找到了余婷。

她走过去。

"小成总。"

余婷没想到在这儿能看见她，惊讶地站了起来："你要去哪儿啊，出差啊？"

成筠开门见山："余姐，你是要去香格里拉吗？"

余婷一愣："你怎么知……"

"给你看样东西。"

成筠直接掏出了手机，给她看笙歌教育的网站。

余婷扫了一眼，奇怪问："这什么？"

成筠拿过手机，在屏幕上往下滑了滑，又展示给她："你看这是谁。"

怕她看不清，成筠又把金牌导师笙哥的照片放大了一寸，余婷探着脖子仔细辨认，这回看清了，但她还是有点没搞明白状况："这，这什么东西，他是教什么的导师……"

成筠："笙歌教育，现在改名狼迹教育，是专门教 PUA 的机构，你听说过 PUA 吗？"

余婷一头雾水地摇摇头。

成筠面无表情地继续解释："就是教男人骗女人上床，骗女人钱。约你一起去香格里拉的曾辉就是教这个的，你们到了那儿，他会骗你发生关系，然后回来之后拉黑你，这还是轻的。你的个人信息还有可能被泄露，被勒索，被骚扰。"

余婷听得目瞪口呆，有好多问题想问成筠，比如她怎么认识他，怎么知道这些，但是她反应了一会儿，发现现在这些都不是最重要的，当务之急是避免被伤害。

成筠仿佛能听见她的思考，告诉她："你就跟他说你临时有工作，不能去了。"

余婷想了一下："好。"

她拖着行李手忙脚乱地往贵宾休息室外走，回头喊道："谢谢你啊小成，你可帮了姐一大忙，回头姐请你吃饭。"

"没关系的。"

成筠微笑回应，直至余婷消失在视野里，她自己拿出机票，坐下了。

二十多分钟后，她乘上了飞往香格里拉的航班。

飞机在云霄之中平稳飞行，头等舱里成筠喝着咖啡盯着笔记本，网页上全是她搜索的东西。

什么食物雌激素多。答案是豆制品、鸡蛋、卷心菜、坚果等。

查完以后，成筠合上笔记本，把窗板拉上去，望向窗外，飞机破开云层开始低飞，正下方就是壮阔的高原。

跟沙莹莹在玫瑰酒店那晚的对话浮现在她的耳边。

"他叫曾辉。"

成筠起身要走，沙莹莹急得站了起来，脱口而出。

成筠听了，心满意足地走回到座位上："那就讲讲你们的事吧，那个曾辉是个什么样的人？"

沙莹莹缓缓坐下来，满脸的不愿意提。

"其实真没什么好说的，他……"她想了想，"孬种，废物，loser，这些词加起来就是他。不对，这些都不够，像他那种人，从头到脚就是个悲剧。"

成筠没接她的话，是想听她继续说下去，这通发泄恰恰说明她其实想说的有很多。

"我父母离婚得早，我跟了我妈，她后来嫁给了一个开小卖店的。白天，她去市里商场上班，我就跟我继父待在小卖店里。他老来我们家偷东西，被我继父追着打，我就趴在窗户上看，就这么认识的。"

追溯有关曾辉的事情时，沙莹莹整个人不情不愿的，每一句话都像挤牙膏似的。

"他是个有点矮，有点黑，长得不算丑但肯定也称不上帅，穷得也直掉渣的那么一个人吧，还是我们那片出了名的小混子。你别误会啊，不要以为是那种像古惑仔一样，到处找人掐架拉帮结派很帅的人，他可没那魄力。他就是天天在大街上晃的那种，挺自暴自弃的，不高兴的时候谁都能欺负他一下，大能耐没有，只有胆儿蔫坏，偷东西啦，拔人气门芯啦，辍学闲逛啦，真干起架的时候声都不敢吭，还手那就更不可能了，软蛋一个。"

成筠见她杯子空了，为她倒上酒，听沙莹莹接着说："这么说吧，你知道他能窝囊到什么程度吗？就是那会儿流行古惑仔嘛，好多男孩天天跟着学，烫头打架，就伙混混里有个家庭条件不错的，走哪儿都带着个随身听，天天循环放古惑仔的主题曲，《友情岁月》啊《兴风作浪》啊什么的，跟行走的 BGM 似的，特别二。那伙人没事就殴他一顿，往他身上撒尿什么的，后来把他殴得对那几首歌都有阴影了，一听就抓狂，跟唐僧给孙悟空念了紧箍咒似的。呵，我从来没有见过这么窝囊的男人，从来没见过。"沙莹莹冷笑，举起酒杯一饮而尽。

听到这里，成筠垂下眼帘，思绪纷飞。

虽然沙莹莹态度很消极，语气也很轻蔑，但是有关他的一切她都记得一清二楚。成筠隐约觉得，关于曾辉，其实沙莹莹是有话要说的，如果他真如她口中那般不值一提，那么她当年为什么会选择跟他在一起。

"那为什么是他？"成筠问。

沙莹莹听了，没有立刻回答，而是注视着成筠，慢悠悠地重复了一遍她的问题。

"为什么是他？"

沙莹莹突然笑了。

她低下头手里玩弄着那盘子里的樱桃梗，玩了一会儿，开口说："我小时候长得挺好看的，加上会唱歌，就挺多男生喜欢我的，但都没什么实质付出，曾辉是第一个愿意给我攒钱买房子的男生，而且他真的做到了。"

成筠似笑非笑地看着她："所以你们分手是因为买完房子以后他就没有利用价值了，你甩了他？"

沙莹莹手上的动作骤停，缓缓抬起头看着她，一直没说话。

她们二人相对凝视着，如果没看错的话，成筠从她的眼里发现了一抹不易察觉的闪动。

成筠："分手以后你们还在联系吗？"

沙莹莹不在乎地说："没什么联系，我倒是听说他后来混得很渣，至于怎么个渣法我没细打听，反正不是什么好人。我一点都不意外，那就是他，烂泥扶不上墙。"

"你不觉得，"成筠抬眼看着她理所当然的样子，忽然问，"他变成后来的那样，跟你有点关系吗？"

此话一出，沙莹莹突然直直地盯着成筠，目光锐利。

"女士们，先生们，飞机正在下降。请您回原位坐好，系好安全带，收起小桌板，将座椅靠背调整到正常位置。所有个人电脑及电子设备必须处于关闭状态。请确认您的手提物品是否已妥善安放。谢谢！"

成筠的思绪被突然响起的语音播报打碎。

飞机在香格里拉的上空缓缓下降，云雾散去，高原全景尽显眼前，这是一个山峰和草原比楼房多的城市。

在一阵剧烈的嗡鸣中，飞机急速降落，猛烈一震，安全着陆。

成筠把电脑装进背包，背上行囊，起身走下了飞机。

这班乘客不多，所以接机的人也不多，成筠走出接机口，一圈还没转完就在售票服务台看到了那个熟悉的身影。

她来到他的身后，听见他正因被余婷放鸽子而要买回程的机票，忽然开了口："刚来就要走？"

曾辉回身，看见她又惊又喜，他一定在为计谋得逞而暗暗憋笑吧，憋得一定很辛苦吧。

来吧，曾辉，开始这让你心心念念了太久的三天三夜吧，这次旅行一定会让你终生难忘。

成筠扬起明媚的笑容，温柔而无声地凝望着他。

送你几顿豆腐宴，让丰富的雌激素尽情地抑制你的雄性能力，加速你的性腺退化。

再怂恿隔壁驴友举办一场派对，放上一首你最"爱"的《兴风作浪》，好在情意正浓时，把你拖进梦魇的怀抱里，然后，再也提不起"性"致。

第二天，我会带你去爬最高的山，走最远的路，看最美的风景，待你筋疲力尽，没力气策马扬鞭，我会安慰你，告诉你这不是你的问题，但是

◀ 241 ┤

有了前一晚的一次失败，你已无法说服自己的心。

第三天，雌激素不再重要，换成生蚝、秋葵之类的壮阳食物更合适，但不是为了助你一臂之力，只是想委婉地提醒你：你该补补了。

最后，事后送给你一个客气的笑容，保你念念不忘，永记于心。

怎么样，这三天三夜，让你难忘了吗？

从香格里拉回来后，飞机一落地，成筠给曾辉报了个平安，然后被一连串触目惊心的未读消息吓得不轻，全是小纪发来的，说出了一起并购股权的纠纷，急需她回公司处理。

成筠一看，立刻马不停蹄地奔往公司。按理说离开了三四天而已，而且偌大的白氏也不是离了她一个小成总就不转了，不至于乱套成这样的。

成筠觉得突然，直接打电话问小纪："师父呢？"

"联系不上，都好几天了。"

"好几天什么意思？"

小纪支支吾吾："就是……这两天老找不着白总。"

"出差了？"

"……也没有，偶尔还能看见她。"

"一问三不知，算了，我马上到。"

成筠挂断电话，打了辆车回到公司，又是请客又是谈判，可算把烂摊子处理了。

大概一周后，等工作都差不多恢复到了正常的节奏，成筠终于想起来翻看曾辉的微信时，发现他已经把自己拉黑了，前一天查看的时候他还没。

自从上次报平安之后，她没再找曾辉说过话，倒也不是因为太忙，就是故意的。曾辉没有立即在旅行回来第二天删掉她，就能说明他一直在等她主动找他，可她偏偏不，她不会理他，就像忘了这个人一样，仿佛一切都没发生过，仿佛那是个不值一提的旅程。如此一来，那个人只会更焦虑，然后暗暗地在心里把香格里拉的三夜反复咀嚼，复盘，揣度。究竟是哪里出了问题，怀疑，推翻，再自我怀疑，再推翻……

不过，这样还不够。

当城市沉睡的时候，有一个地方不仅醒着，而且还异常亢奋火爆。

夜店中，年轻的男男女女们在舞池里忘情地舞动，分不清谁是谁。白天，他们是大学生，是白领，是精英，是高知，但到了此时此地，他们全都一样。他们醉生梦死地扭动，把一切社会身份、喜怒哀愁、没处理完的事甩得一干二净，他们是夜行的动物，受原始冲动的支配，在黑暗中有意或无意地被美妙的异性身体吸引着，寻觅着，乐此不疲，谁都无法把他们叫醒。

人群中有一个不太融入的存在，成筠身着小黑色西装，坐在角落的卡座上，潜伏在光的盲区里，静静地观察着吧台边的曾辉。

今晚，他是带学员来实践的。

一群局促的、笨得不行、穿着刻意、手脚都不知道该往哪儿放的男人。

成筠喝了一小口长岛冰茶，跟坐在旁边的小纪耳语了两句，小纪一听，问："哪个？"

成筠朝舞池扫了一圈，依次指了几个女人："这个，这个，这个……反正脸蛋和身材在线的，全都说一遍。"

"明白了。"

小纪起身，往舞池深处走去，成筠缓缓向后靠，融进了漆黑的阴影里，默默观望着。

"小姐姐们，有个赚钱的机会要不要？"

三个女人刚大汗淋漓地跳完舞，正准备去点点酒，忽然听见有个人在身后说话，她们直觉般地回头，是个个子矮矮，但底气很足的小姑娘。

"什么？"

三个女人中有一个尤为高挑火辣，其他两个都一般，小纪干脆只看着那位火辣美女的眼睛，指向吧台："帮个小忙，找上那个男的，你们一人两千元。"

美女垂下眼睑，居高临下地把小纪打量了个遍，说："你把我们当什么人了。"

小纪说："我不是那个意思，你们只管笑就行了。"

三个女人一头雾水："笑？"

"就是这种。"

说着，小纪试着给她们示范笑一个，她很努力地在还原成筠教她的笑容，但乍眼看去还是有点不自然，像嘴角抽搐。

其他两个女的越看越蒙，美女倒是自信地说："懂了。但是得先给钱。"

小纪微笑地指着角落里的卡座:"成了你就直接到那儿去找我要钱就行了,我会一直看着你。"

"好吧,咱们走。"美女拉着两个朋友离开了。

小纪回头望了眼卡座里的成筠,转身过来继续在人群中寻觅下一个人。

成筠静静地坐在卡座里,曾辉小纪两边观望着……

过了一阵子,她看见曾辉跟那高挑美女搭上了话,并手拉着手走进了舞池。

成筠兴奋得忍不住站起身来,走得更近一些看得更清,不知不觉她走到了吧台区域。

她看见他们跳了一会儿就转移了战地。

"笙哥真是神了!你说他到底跟那女的说什么了,咋没几句就上手了呢。"

"撩呗。"

"不对,肯定还是有技巧,回头得让笙哥给咱讲讲。"

"那你少听点吧。"

"我咋了?"

"我们学会了顶多是小米加步枪,你学会了是核武器,杀伤力忒大,你还是少祸害点人吧。"

"我怎么就核武器了,我想摊上这病啊!你会不会说话!"

旁边几个男人的讨论声忽然打断了成筠的观察,她回头一看,不正是曾辉那帮学员嘛。

他们争论得手舞足蹈,热火朝天,论到激动时,那个得了不知什么病的学员胳膊肘往后猛地一挥,啪啦——玻璃碎了。

夜店音乐声太大,只有他听见了玻璃碎声,他条件反射地回头,看见身后的成筠,刹那间,被迷住了。

玻璃杯在地上,掺着半杯橘红色的冰茶,酒精在空气中迅速挥发,香甜迷醉。

未等成筠开口,那学员赶紧说:"对不起啊,我……我不是故意的,我赔你一杯。"

成筠没答应,也没拒绝,只看着他趴在吧台上跟酒保要酒。

"你喝什么?"他问她。

成筠笑说:"随便。"

学员点了两杯威士忌，跟成筠挪到较为安静的一处喝去了。

"美女是干什么的？"

"打工。"

成筠漫不经心地往曾辉那边望了一眼，将杯中酒一饮而尽。

学员看呆了："美女好酒量啊。"

"你也来？"成筠说。

学员举着酒杯犹犹豫豫的，有点尿。成筠不屑地放下酒杯："算了，不勉强。"

"哎我来！"学员一把拉住她，咬牙切齿地干了杯中酒。

成筠满意地注视着他："行啊，你要是能喝倒我，我请客。而且一会儿你想让我干什么我就干什么。"

"你说的啊。"

她的话像一剂鸡血狠狠扎进了他的后脖颈。

成筠微笑："我说的。"

她回头跟酒保说："上最好的。"

学员开始上头，一杯接一杯地喝起来。

"李小海呢？"一个学员回头发现边上少了一个人。

其他人说："不知道，瞎勾搭去了吧。"

学员们就继续聊天了。

这边第四杯还没喝完，这哥们儿自己先喝趴下了。

成筠拿起他的手机，贴着他的拇指解了锁，一顿翻看，翻着翻着，一个微信群名抓住了她的注意力。

——狼迹染友群。

染友？她点了进去，翻了翻聊天记录，触目惊心的文字涌进了她的眼睛。

群里的人定期汇报着自己成功把传染病传染给了多少女人。

看得出，曾辉是知道并默许他们的存在。

成筠对着这部手机僵持了很久，她回头望向曾辉陷入沉思，他正在与那美女缠绵。

她转过头来，面不改色地拿起手机嗒嗒嗒地一顿点，完事之后，锁屏，放下手机，起身离开。

"美女！"酒保叫住了她，"酒没结账。"

她指着睡成烂泥的学员，说："他买单。"

说完她走了。

酒保狠狠晃醒了那学员："哥们儿，酒钱结一下。"

那人显然还没清醒，神志不清的样子："多少钱……"

"一千二百六。"

学员瞬间酒醒了。

成筠坐回卡座，无声地盯着人群里的曾辉，眼神锐利如刀。

过一阵子，小纪坐回到她身边，累得够呛。

成筠递给她一杯果汁。

小纪渴坏了，仰头几大口就把一整杯果汁喝光了："我把脸蛋身材都在线的美女差不多都交代了，差点儿的也说了。"

"我看到了，辛苦了。"

"不辛苦不辛苦。"

小纪看着成筠，其实她根本不知道成筠要干什么，她今天本该早早下班的，却猝不及防地被成筠拽到了这里。但是小纪已经习惯了不过问领导做任何事的用意，尤其是私事，她只管照做就行了，无论成筠让她做的事有多匪夷所思。

没过多久，那个高挑美女果然凯旋而来，到卡座找她们。成筠让小纪给她扫码转账，美女一看手机，十分惊喜："四千？"

"多加的两千，是为你那最后一巴掌。"小纪说。

美女目光微转，瞄了眼小纪身边的成筠，正微笑地看着她，仿佛在说这是你应得的。

"那就谢谢了。"

她刚要走，被小纪又叫住："哎小姐姐等一下。"

美女回头。

小纪说："还有个小事麻烦你。"

7

两天后。

曾辉把病历单塞进他背包的夹层里，单肩背起包离开医院，开车回培训中心。

开着车这一路，他直勾勾地目视前方，沉默无言。

下午四点多准时到达培训教室，稍微休息一会儿，五点钟还有一堂高级班的课要上。

刘苏生给他留的意面早就坨了，又硬又干，如同嚼蜡，曾辉没吃两口就放下叉子，背起包直接去教室了。

离上课还有十分钟，已经有十几个学员在等待了，曾辉进来的时候，他们正聚在一起窃窃私语，不知在讨论什么，见曾辉进来了跟见到瘟神似的立马闭嘴，散开，各回各位了。

曾辉瞥了眼讲台上的一堆手机，问："谁手机还没交上来？"

培训班重办之后就加了一条新的规矩，上课前学员要把一切可以录像录音的电子设备上交，以防出现第二个程启山。

学员们面面相觑，没人回应。

"数不对，"曾辉严肃得可怕，"主动交上来和被我搜出来是完全不同的结果，你们自己看着办。"

"还没上课呢……"一个靠墙倒数第二排的学员嘟嘟嚷嚷地说。

曾辉看向他："拿过来。"

"我在等一个大客户的电话，不一定什么时候能打过来，今天就算了吧。"

"来电话了我给你。"

"不麻烦了，还是我自己来吧。"

"你觉得我是在跟你商量吗？！"

那学员的脸一下子挂不住了，走出这儿，他大小也是别人的领导，只有他凶别人的份儿，多少年没被别人呲儿了："你有点过于牛逼了吧？"

二人正面杠上，场面陷入尴尬。

旁边的一个学员赶忙过去拍拍他的肩打圆场："哎别别别，笙哥没那意思，来了咱就得守这儿的规则对吧。收手机也是出于保护咱们隐私的考虑，是为大家好对吧，消消气。来，老南，把手机交了吧，电话来了笙哥再给你呗，耽误不了事儿。"

在这哥们儿的劝说下，那老南勉强把紧握手机的手松开了，眼神却仍凶狠地盯着曾辉，曾辉拿到手机，心满意足，不屑于他的眼神，转过身去调试投影设备。

十分钟后，正式开始上课。

"我们讲到手册第六章，风流女。这类女人一般在两性关系上经历丰富，阅人无数，而且比较能接受一些其他类型的女人不能接受的真相，比如男人的本质。所以她们对童话免疫，却对成人漫画无法拒绝。也正是因为她们看透了男人，所以基本对爱情不抱幻想，游戏人生是她们的常态，听起来是不是觉得这种女人岂不是很好追？那可太乐观了，这种道行的女生可不是谁都能入得了她们的眼的，你是真贵族还是镀了层金边儿的假把式，人家一眼就看得出来。"

曾辉讲得起劲，悠悠地走下讲台，走到学员中间。

"所以，如果硬件条件不够硬的话千万不要装，被拆穿会很尴尬，况且你一定会被拆穿。"

忽然，身旁有个学员举手提问。

"那我有个问题，如果只有硬件够硬，得怎么办啊？"

他的语气里着重强调了"只"，全班哄堂大笑。

倏地，曾辉低下头，睨起眸子。

提问的是那老南。

曾辉的目光锐利如刀："你问这干什么？"

老南一脸故意："没什么，就忽然想到了这种可能，不懂就要问嘛。笙哥追女生这么有经验，肯定知道怎么办。你就没遇见过这种情况吗？"

曾辉面不改色，紧闭着的嘴里是咬紧的牙。

背包就在脚边，他垂眼往敞开的包里看了一眼，夹层里的病历单分明还在，"纵欲过度引发的阳痿早泄"几个字在上面。

从医院出来后，曾辉包不离身，他确信这张纸没被任何人看到过。

曾辉不想继续这个话题："没遇见过。"

说完，他遥控投影仪翻到下一页 PPT。

"不对吧，我怎么听说前天晚上你带网课那帮人去夜店，就是因为这个砸了。"

曾辉的手柄僵在了半空。

老南还没说完："还挨了一嘴巴子。那是怎么回事啊，笙哥给我们讲讲。"

曾辉："你听谁说的？"

"不用听谁说，那天晚上都传遍了。"

一定是夜店那女的说出去的。

曾辉压着火，憋着气，胸口的起伏越发剧烈。

这时，一阵铃声猝不及防地响起，把大家都吓了一跳。

讲台上的手机堆里有一个屏幕闪动着。

老南兴奋地叫喊："哟，不好意思，是我的我的。"

说着，他大摇大摆地迈着步子走到讲台前，把自己的手机拿走，然后径直打开了教室门，笑呵呵地对大家说："有个大客户我得先走了，各位同学好好跟笙哥学学不举怎么泡到妹子的吧，走了。"

说完，他夺门而出。

学员们看着曾辉，谁也不敢吭声。

沉默了一分多钟后，曾辉挺直身："继续。"

下了课，刘苏生闯进曾辉的办公室，问他："怎么回事儿，南勇光怎么课上一半人走了？"

曾辉埋头刷手机，不说话。

"说话啊，你跟他吵起来啦？"

"没有。"

"没吵他怎么回手在网站上给咱打了个差评，到底咋回事！"

曾辉专注地看手机。

"啊？"

气氛僵持着，刘苏生一把夺过他的手机："说话！"

曾辉手机被抢走了，也没什么反应，只往后一靠，坐在那里看着他。

二人你看我我看你，这样的局面不知何时才能结束。

突然，三下敲门声。

"进！"刘苏生大喊。

一个瘦削的男人唯唯诺诺地走了进来："请问，笙哥在吗？"

屋里的两个人同时望去，刘苏生："你哪位？"

男人进屋来，站定在门口，嬉皮笑脸地说："我是，那个，一直在上咱们网课的，我叫田仁伟。"

刘苏生皱眉："网课的？"

男人："啊上次去夜店实践我有事没去。"

"哦田仁伟，"刘苏生意味深长地看着他顿了一下，"你什么事？"

"没啥大事，就是一直挺崇拜笙哥的，想来见见真人。"

"哦，他就是，"刘苏生指了指曾辉，"看完了吧？回去吧。"

刘苏生要转回身来又被田仁伟叫住了："哎哎哎那个，我还有个事想请教一下笙哥。"

刘苏生有点不耐烦。

曾辉问："什么事？"

田仁伟壮着胆子走得更近一些说："笙哥，我真的特别崇拜你，我觉得你就是全天下男人的宗师……"

"说重点！！"刘苏生吼道。

田仁伟："哦，就是我吧是咱们普通网课班的，但是我最近看上了一个妹子挺不好追的，我听说您给高级班讲课的教材是特别实用的方法，而且我想追的妹子在您书里好像也讲到了，我就想过来问问……"

啪——

一本印刷装订好的《十二猎女手册》拍在了桌上。

"拿走。"

刘苏生和田仁伟都被曾辉的举动惊住了。

田仁伟不敢相信："是……是送给我的意思吗？"

刘苏生使劲地给曾辉使眼色，眼珠子差点掉出来，可人家就是不接招。

"对，"曾辉对田仁伟说，"顺便教你一个通用于攻略所有女人的宗旨，就是她缺什么给她什么。"

田仁伟把书紧紧抱在怀里连连鞠躬："谢谢笙哥，谢谢笙哥！"

"没事儿。"

"那你们忙，我先走了。"田仁伟走出了办公室，并带上了门。

刘苏生目瞪口呆："你没病吧，居然把手册免费送人，这不像你啊。"

"教材编出来就是教人用的，烂在手里没意义。"

"不是，而且你知道他的情况吧？他有那个……"

"那又怎样，招他们的时候你也同意的。只要给了钱我们就有义务教他们真东西。我就是让所有人看看，谁才是这行里真正的老大，不管多难带的人从我这儿走出去都是撩妹高手。"

刘苏生看着曾辉说话时狰狞的眼神，像武侠小说里为练神功走火入魔的人一样，他感到隐隐的恐惧不安、不寒而栗。

8

"方小姐，我这首歌能发吗？"

"你别着急，我跟你说好几次了，有好消息我一定会第一时间告诉你。"

"可是，你不是说我写得特别好，发了一定能火吗？"

"我是这么认为，但发单曲出专辑是公司各个部门共同完成的，不是我一个人能决定的，但我会为你全力争取，耐心等待好吗？"

"那你们会签走我吗？"

"这我现在也不能确定，你不要着急亲爱的。"

"好吧……那就这样吧。"

"嗯，我还有工作要忙，回聊沙小姐。"成筠挂断手机，刚好签完了堆了一摞的文件，她伸了一个大大的懒腰，拿起咖啡杯刚送到嘴边，却发现杯子空了。

"小纪！"

小纪开门进来："小成总什么事？"

"都签完了，拿走吧。"

"好的。"

小纪收文件，成筠起身晃到落地窗前伸腰。

"师父呢？"

"白总去娱恒了。"

"又去……"成筠回身过来，"你说，师父最近老偷偷去娱恒不带我，是不是有猫腻？"

小纪："我不知道。"

成筠眯起眼，望着窗外陷入思索。

过了一会儿，她拿走了座椅背上的风衣，离开了办公室。

成筠驱车来到娱恒，没从正门走，而是低调地开进了地下车库，她找了一处停车位正停下车，猛一抬头，透过后视镜好巧不巧看到了白一榛和霍振川走在一起。

果然背着我跟霍总谈什么秘密生意呢。成筠想。

她卸下安全带，刚欲开车门吓吓他俩，没承想先被吓到了。

霍振川竟然抱住了白一榛，而且白一榛没有丝毫抗拒的意思！！

这什么情况？！成筠傻了眼。

她坐在车里忍着没动，直到看见霍振川一个人上了车，驶离停车库。

成筠再也忍不住了，下了车直奔到白一榛面前，白一榛见到她有点惊："你怎么来这儿了？"

成筠："师父我什么都看到了。"

白一榛听了，一脸放弃解释的表情："哦，看到就看到呗，别往外说啊。"说完，白一榛往前走。

成筠跟上，质问她："什么时候开始的？"

"你请假那几天。"

"我说我回来以后发现你连公司都不管了，你怎么能跟他在一起呢！"

"我怎么不能跟他在一起呢？"

"他，他有老婆孩子啊！"

"离婚了。"

"离婚了也不行，你跟谁在一起都行，就是不能跟他！"

"一边玩儿去，小孩少管别人的私事。"

白一榛走到门口，门突然被成筠的脚卡住了，成筠堵住门，执拗地挡她的去路。

白一榛站定，无奈："从小到大就会这一招吗？"

"我不是小孩了，你也不是别人，你是我师父，"成筠目光严峻，"我唯一的亲人。"

那是十年来，白一榛从未在总是嬉皮笑脸的成筠脸上见过的严肃表情。无所畏惧的成筠此刻显得如此恐慌和脆弱。

成筠："别跟他在一起，求你了。"

白一榛注视着她，沉默良久。

她叹了口气，微笑着轻轻抚摸成筠的脸，然后扒开门走了。

成筠看着她远去的背影，柔光下纤瘦、纯粹的人，跟记忆中的十九岁女孩重合为一，迈着无畏欢快的步子往前走，渐渐淡出她模糊的视野。

成筠在家，对着电脑上的字发呆。

毕业快乐！再见了，大不列颠国，我终于要回家了。

照片中，那个身着学士服一脸清俊的男人端端正正地举着曼彻斯特大学的毕业证书，龇着牙笑得很灿烂。

成筠关上Facebook，转头看着镜子里的自己，今天晚上她很想练习，但是笑不出来。

她去药柜拿了瓶药，往嘴里塞了一片。

叮——电脑收到一条邮件消息。

成筠坐下来点开链接，是华乐发来的。

她看见邮件内容，总算笑了一下。

她合上电脑，想了想，拨通了一个陌生号码。

"喂，帮我查一个人，娱恒的霍振川，越快越好。"

四天后，凌晨一点多，成筠一份资料刚拿到手就带上直奔白一榛家。

打开门，白一榛看起来很清醒，显然还没睡，她看见成筠，语气淡淡："进来吧。"

白一榛卸了妆的五官更清冷，多了几丝仙气，她身穿一件长长的白色真丝睡裙，整个人像朵一碰即落的玉兰花。

成筠进屋，来不及坐下，直接把资料递给她。

白一榛在倒白开水，瞄了一眼："这是什么？"

成筠："霍振川为了给儿子再买一套房办的假离婚，他把你骗了，师父，你赶紧离开他。"

白一榛把水递给她："你为什么非要拦着我跟霍总？"

她这一问莫名其妙。

成筠急得直跳脚："因为他骗你啊！很明显他不是个好人啊！他接近你另有目的！师父你这么精明需要我给你解释吗？趋利避害啊，这不是你一向行事宗旨嘛！"

见成筠没接过水杯，白一榛便自己喝了一口："我说的是，没查到他假离婚之前，你为什么断定他对我意图不轨？"

霎时，成筠语塞。

白一榛注视着她的眼睛，继续追问："成筠，我为什么会成你的师父？"

"……"

对视。

"遇到我之前，你是谁？"

9

那天，白一榛其实是听小芬说成筠最近往家里领了个男的，出于关心，想知道更多这男人的信息而专门去成筠办公室找她的，谁知还没问出个所以然反让成筠逮到机会请了好几天假，好跟那个男的出去玩。

"去，把评估打印出来直接给我看，现在，立刻。"

成筠不情不愿地松开了紧抱白一榛的手，走出办公室。

白一榛放下杯子，目光追着她的背影叹了口气。在心里发愁：够了解对方吗就敢单独跟人家出去玩？

一失神手松早了，杯子打翻，咖啡洒了一桌子，溅湿了成筠的笔记本。

白一榛迅速把杯子放远点儿，从纸抽里唰唰唰地抽了几张纸擦笔记本。

擦完盖和外壳后，她把笔记本打开检查了一下，还好没渗键盘里去。

她抬头，透过玻璃门，看见成筠歪着身子靠在打印机旁盯着它工作，可双眼其实好像在放空，一副心事重重的样子。

白一榛低下头，在要合上笔记本的刹那间被屏幕上的东西吸引了注意。

她皱着眉头快速读了一遍，而后不动声色地把笔记本合上。

成筠拿着打印好的评估向办公室一步步走来。

"喏，一共三家的。"

成筠进来，把评估放在桌上。

白一榛伸出纤瘦细长的手，抬眼望了她一眼，拿起评估，看了起来。

两天后的上午。

在说来就来的暴雨中，一辆银白色宝马缓缓停在了路边海鲜大排档前。

排档大棚下桌挨桌地坐了许多客人，有的是专门来吃饭的，也有临时躲雨顺便点几个串等雨停的。其中，有一桌上只有一个人，那人从上到下都是不菲的名牌，自己点了一大桌菜和啤酒，他是霍振川。

霍振川不算是个有常性的人，没什么事是坚持了很多年的，除了时不时地借各种由头单独约白一榛出来。

而且屡败屡战，锲而不舍。

一般情况下，如果非工作需要，白一榛是不会赴约的，所以后来霍振川长了记性，就经常假工作之名约她，一开始她会来，两次三次之后，她发现醉翁之意不在酒，对这招也免疫了。但是今天，白一榛却答应得挺爽快。

半个多小时后，当霍振川独自坐在大排档看见白一榛停下宝马并向他走来时，有点受宠若惊。

她走进防雨布撑起的大棚下，把伞支在空地上沥着，在霍振川一刻不放的目光追随中坐下。她看懂了他表情的意思，解释说："今天我刚好没什么事。"

沉闷的雨点重重地砸在塑料棚顶上，哗哗作响，嘈杂喧闹，如果不大点声，听不大清人说话。

白一榛看了眼桌上吃了一半的炒蛤蜊、蒜蓉扇贝和几串烧烤，说："原来大老板也来这种小吃摊。"

霍振川哼笑了一下："小时候的味道。"

"小纪告诉我娱恒第二季度带货销量第一的事了，恭喜你霍总。"

"谢谢。"霍振川的情绪并不高涨。

放眼望去，桌上、地上，起码七个空啤酒瓶子，另一边还有几瓶没开的。

白一榛问："心情不好？"

"没什么事儿，就离了个婚。"他说得云淡风轻，却仰头闷了一杯酒。

"服务员。"

忙得团团转的服务小哥耳朵很尖，他迅速识别出召唤他的声音方位，并看向这边。

"给我一个杯子。"

白一榛今天本不打算喝酒的，但此时此刻，还是给自己倒了一杯，她轻轻碰了一下他的杯子，然后一饮而尽。很多人觉得白一榛为人冷漠，处事冷静，稍微带点温度的话从不会说，似乎没有同理心，其实她只是天生不太会安慰人罢了。

懂她的人知道，这一碰杯就是她表达安慰的方式了。毕竟，鲜少见到不可一世的霍振川这副沮丧样子。

事实上，白一榛在感情方面纯粹得像张白纸，如同孩童。可有时候，被她善待过的人甚至不知道她为此付出了多少。

这一杯酒霍振川很受用，他又给白一榛和自己倒上。

他们相对无言，只一杯接一杯酒地喝下去，这种陪伴胜过千言万语。

"白总，我今天跟小纪约你的时候其实没抱什么希望，反正你拒绝我也不是一次两次了，我都习惯了。"霍总笑道，"但是，今天真是没想到，你能二话不说来陪我，让我非常感动，真的。"

即使坐在塑料板凳上，白一榛的腰板也挺得很直，她淡淡地对他说："霍总别这么说，作为朋友这是我应该做的。"

一听此话，霍总猛地抬眼看她："朋友？听你这么说我可太高兴了，我还以为你一直只把我当生意伙伴而已呢，原来霍某人在白总心里一直算朋友。"

"当然了。"

"那能不能不止于此？"

白一榛一愣，跟霍振川在一起的时候，被调戏这件事可能会迟来但永远不会不到，她也淡定处之，按惯例回以沉默。

霍振川没被打击到，毕竟他已经习惯了。他只是似笑非笑地凝望着白一榛，与其说是欣赏，更不如说是考究，他在她脸上考究的时间太长，把她盯得有些不自在。

白一榛问："我脸上有东西吗？"

霍振川摇摇头："其实有一个问题困扰我很久了，一直不好意思开口问白总。"

"你问，知无不言。"

"那我可问了啊，你、谈恋爱的时候是什么样子，我总是想象不出来，是跟工作时候一样一直板着脸，还是会撒娇很小女人，跟平常反差极大，我一直非常非常好奇，很想亲眼见见。"

白一榛沉下眼："这个问题不是我不想回答，只是我没谈过恋爱，我在亲密关系中是什么样我自己也不知道。"

霍振川将信将疑："一次都没有？"

白一榛一言不发。

霍振川点起一根雪茄，在这路边大排档里显得格外惹眼，他说："我不信，你啊，就是不想告诉我。一个从小美到大的女人，怎么可能没人追，男人都瞎了吗？"

白一榛听这话笑了："霍总这话说的，好像真亲眼看着我长大似的，谁告诉你我小时候好看了。"

"哎！别说，我还真见过你小时候！"他忽然来了兴致。

白一榛被他说蒙了，只见他把雪茄叼在嘴里，从裤兜里摸出了手机，不知道在翻什么。

"看看我找到了什么。"霍总兴致勃勃地把手机递到白一榛眼前，那是一张很旧很旧的洗印照片，尽管像素模糊，但隐约可见其背景是游乐场，拍摄对象是两个小姑娘，大手拉着小手。

白一榛看着照片，眉眼微蹙。

霍振川举着手机一言不发地盯着她的反应。

半晌后，她却没有正面回应，反问他："你从哪儿搞到的？"

"这你别管，你就说是不是你吧！"

白一榛抬眼注视他，说："你不说哪儿弄的我也不会告诉你。"

霍振川愣了半天，只好缴械投降。

"嗐，就是在成筠办公室谈事，无意间看见的呗。我看一个是成筠，另一个肯定是你了呗，我一看有你，实在没忍住，就拍了一张。"

见白一榛没吭声，他也有点不确定了，探过头来小声追问她："哎，这大点的是你吧？"

白一榛垂眼看着照片上的两个女孩，陷入漫长的缄默里。

雷电把昏沉沉的天空劈开，雨从撕裂的缝隙中倾盆而落。

一时间，白昼变成暗夜。

头顶的棚布被瓢泼的雨打得丝毫不留情，似乎下一秒就要被砸破了，让躲在下面撸串喝酒的人们既庆幸又不安。

就在前一天，雨已经开始下了，下了一整天都没有停的意思，反而呈越来越大的态势，一辆银白色宝马缓缓停在了小区楼下。

小芬在厨房忙活，锅里炖着土豆和胡萝卜，今晚就吃这个，一个人简单一点就好。

李红霞在水池边找到了一席之地趴了下来，目不转睛地盯着锅里咕嘟咕嘟冒上来的泡。

咚咚咚——

猫竖起耳朵，警觉地挺直身。

有人敲门。

小芬放下汤勺，调至小火慢煮，匆匆去查看。

"谁啊？"

家里一向鲜有客人的，尤其是在这个时候。

"我。"

这清冷的声音太有辨识度，小芬赶紧打开门，看见白一榛站在门口，又惊又蒙。

小芬反应了一秒："白总，小姐早上刚走，她旅游去了，不在家的。"

白一榛抖了抖黑伞上的雨水，踏着高跟鞋迈进屋来，关上门："我知道，我给的假。"

小芬见她要进来，开始手忙脚乱地找拖鞋，找水壶。

"不用忙活了小芬，"她拉住她，"我问你一个问题就走。"

"问俺？"小芬一愣，"行，白总你想问啥？"

"那个三天两头被小姐带家里来的男人，是叫曾辉吗？"

小芬想了想："对对，好像是。"

白一榛的目光沉了下来。

窗外雷电交加，树在雨中疯狂摇颤。

"行，谢谢你，"白一榛放下手机，打开门，迈出一只脚又转回来对小芬说，"不用告诉小姐我来过。"

"好的好的。"小芬连连应和。

白一榛关门走了。

刘苏生对霍振川千恩万谢了一番后，立即给曾辉去了一个电话。

上午，他得知那个成筠果真跳进了曾辉欲擒故纵的陷阱里，现在两个人应该已经到香格里拉的酒店了。

为此，在这通电话里，刘苏生把曾辉狠狠地夸了一顿。

身为曾辉这么多年来的最佳拍档，刘苏生管理发展培训机构的第一要义就是夸好曾辉，他可是机构的核心竞争力，只有将这位金牌导师的价值发掘到最大，从中获得的利才能最大。

其实，刘苏生早就预感到 PUA 培训这一行寿命有限，这个隐藏在地下的秘密行业一旦广为人知，便是它衰败陨落的开始，无论隐藏多深，法律都会立刻挖地三尺，将其连根拔起，PUA 培训不可能有未来。

不过，这并不影响刘苏生现在干下去，这一行于他而言即使是昙花，他也要在它凋谢之前，取其花粉，收其香气，榨其汁水，最后在黎明来临之际，还要给它拍张照片发到朋友圈秀一番赚些点赞和关注。直到把它身上的价值榨得一滴不剩后，它是生是死，被阳光晒干，抑或烂在泥土里，都与他无关。

一朵花而已，何必认真。

曾辉这个人就不大一样了，他近乎疯狂地爱着这一行，视其为一生的事业和信仰，是他存在的价值。想要讨好他，钱不一定管用，但对他专业的肯定一定有用。哄好了他，就是机构成长最好的养料。将来，狼迹要是死了，其他所有人都有可能全身而退，唯独他曾辉必定陪葬。这么个肯卖力又不图利的好搭档，刘苏生可不会轻易放手。

不过不管如何"同床异梦"，那一天到来之前，他俩还是互相成就、互利互赢的共生关系，甚至比一般夫妻还要牢固紧密。

把曾辉夸开心了，刘苏生准备把更好的消息告诉他："哥们儿还真把那渣渣像素的照片查明白了，牛不牛？"

曾辉在电话那头没耐心听他故弄玄虚了，直接开骂："别废话，到底是不是白一榛？"

刘苏生挑了挑眉："是。"

曾辉一顿："准吗？"

"白一榛亲口说的。"

"哎，这大点的是你吧？"

霍振川凑过来紧紧盯着白一榛，他已经问了两遍了，可她盯着照片一直不说话，他还以为是雨声太大她没听清，刚要再问一遍，白一榛忽然抬眼看他，说："是我。"

这回答让霍振川小惊了一下，他注视着她的双眼："真是你？"

白一榛淡淡地说："是我没错，二十岁出头吧，带成筠去玩，大人给照的。"

霍振川夹雪茄的手顿了一下，而后他哈哈笑了出来："那我就放心了哈哈哈，我这偷拍就挺尴尬的了，要是还拍错，那可太丢人了哈哈哈。"

"不过霍总，私自偷拍人照片涉及侵犯隐私，有点变态啊。"

"哈哈哈还不是因为上面有你，不然我堂堂集团老总能干这事？！"

白一榛用冷淡的眼神凝望他，澄碧的眸子里尽是深不见底的层层冰凌，被这样的目光盯久了反而感到了一丝禁锢的诱惑。

"霍总，你真的喜欢我？"

她问。

霍振川没防备，一下子被问住了。

他说："那还有假，你可能不知道，我比你以为的喜欢你还要久。"

"那下次就找个好点的地方约我，路边摊我吃不惯，公司还有事我先走了。"

白一榛站起来，霍振川有些发蒙，还未完全确认之前，他拒绝自己提前欣喜："白一榛你，你的意思是接受了？"

白一榛拿起地上的黑伞，低头看他："也不是接受，可以试试，这回你不是离婚了吗？"

说完，白一榛撑着伞走出雨棚，走进雨里。霍振川的目光灼灼，锁定在她的身上再无法移开，直到目送她驱车驶出蒙蒙雨雾之外。

白一榛拿出了一个暗灰色的优盘。

成筠盯着优盘，一动也不敢动。

铛——铛——

钟声震碎了过去的种种片段，回忆在黑夜中散尽，师徒二人仍立于白一榛家中对峙。

客厅里有一个檀木大摆钟，一到整点就报时，几点就敲几下，钟声浑厚而悠长，其实声响不大，但成筠还是被惊到了。

凌晨两点了，她完全不困。

此时此刻，她无比清醒。事实上，这么多年来她紧绷的神经都没被这么刺激过了。

白一榛在质问完那两个意味深长的问题之后，并没有等成筠回答上来，就转身拧开了保险箱，从中取出了这个优盘给她。

"你来得正好，这是我昨天刚从霍振川那儿弄到手的，里面有曾辉通过霍振川卖到海外的所有视频，因为不知道哪个是你姐姐，我就都拷下来了，一共二百三十一个文件。"白一榛说。

成筠一动不动地站在原地，没伸手也没回答，只看着她。

白一榛一直举着优盘对她说："成筠，拿着它把曾辉送到监狱，不仅给你姐，也算给另外二百三十个人报仇了。完事之后，心无旁骛地给我回来上班。"

成筠眼睑微颤，半晌，笑了出来。

她缓缓地道："师父我听不懂你在说什么，什么姐姐报仇的，我大不了再也不跟那个曾辉在一起了。"

"我看见你电脑里那篇微博了。"白一榛说。

成筠反应了一下，恍然大悟说："哦你说那个啊，那是别人发的，我就是刷微博刷到那个了，师父你也想太多了吧。"

成筠哈哈笑了两声，随手抓起刚才白一榛喝过的水杯喝了一口。

白一榛："你认为我真的允许自己收养一个来路不明的小孩儿吗？"

成筠哑然，眼睛发涩。

成筠的回答对白一榛并不重要。

"你承认也好，不承认也罢，反正听我的，把优盘交给警察，把惩罚坏人的事情交给法律，除了这个你不需要做任何事情，"白一榛的双眼像两条千斤重的铁链，将成筠的身体牢牢锁住，使她无法动弹，"她会把你交给福利院，也是这个意思。"

她把优盘塞进了成筠的手心里。

"我累了，你随便找个屋睡吧。"

然后，白一榛进屋去了。

咔嚓——卧室门关上了。

暗影灯光里，成筠孑然立于寂静的客厅中央，唯有钟摆声做伴，优盘在她的手心里被越攥越紧。

10

这些年，曾辉和刘苏生把狼迹成功做成了 PUA 培训领域的一座高傲的围城。

它高耸，尖锐，高级，坚固，如贫瘠的小城中一座拔地而起的摩天大楼，突兀而嚣张地矗立在城市的云端之间，接受着无数的仰望和妒忌。

其实，这一行一直都不是只有他一家，可它太一家独大，几乎垄断了整个市场，甚至有人认为狼迹可以直接与PUA教育画等号。这样的狼迹每一天都在疯狂扩张。围城外那些零零星星的小机构只能望尘莫及，一边颤颤巍巍地经营下去一边担心自己随时被狼迹挤死。

可是最近，这围城的墙壁似乎出现了裂痕。

一则"荒唐！PUA教父笙哥其实是痿哥，狼迹是个大骗局！"的帖子迅速在圈内走红，紧跟着出现了大批变了形的衍生传闻，一个比一个夸张。什么其实曾辉从小就是痿哥，干这行就是为了满足作为男人的虚荣心，那几百个被他推倒的女人都是无中生有，不然有那么多仇家他不可能活到今天；还有说曾辉是个弯的，所以才那么了解女人；更有曾辉早就死于狱中的说法，说现在这个曾辉其实是一个跟他长得很像的阳痿男冒名顶替的。

谣言奇形怪状、天花乱坠，但唯一逃不开的就是——他不行。

一夜之间，圈内人都知道了那个被神化为猎女宗师的男人竟然连猎枪都是坏的，不管真相和原因究竟是什么，这件事本身太戏剧太讽刺太有聊的了。

狼迹的学员们纷纷抗议、退课，正打算报名狼迹的人们也转向了别家机构。这座摩天围城一夜间变得摇摇欲坠，岌岌可危，一直在城外蠢蠢欲动的小机构们终于等到了这一天，它们虎视眈眈地潜伏在狼迹的周围，待它轰然倒塌之时，好瓜分从中呼啦呼啦流出的市场资源。

事情一出，刘苏生第一时间让曾辉回家避一避，曾辉照做了，可没两天，他家也被迫沦陷了。

家里的大门被从早敲到了晚上，都快敲烂了。曾辉一直屏息躲在书房里给刘苏生打电话，但没人接，他就一个接一个地打，直到晚上五六点钟，刘苏生终于接了。

"真不是我说出去的，你家地址要是我泄露的我还让你回家躲什么呀！别说你家了，我也被围了，我这边都应付一天了，水都没空喝，"刘苏生在电话那头连连喊冤，"肯定是那几个高级班的，就他们跟你混得挺好，这帮孙子，平时人五人六的，笙哥长笙哥短的，关键时刻过河拆桥！"

外面敲门声太大，曾辉关上了房门："先别管是谁泄露的了，现在怎么办？给我个方案。"

刘苏生："这帮人退了学费还不满意，居然还跟我要精神赔偿！发现咱们停课歇业了，就找到咱俩家来了。现在也没什么特别好的办法，只能躲着别出来。给我一晚上想一想，我想出应对方案了再告诉你。"

曾辉想了想："好吧，就这样。"

"哎！好好躲着千万别出门啊！"

"嗯。"

曾辉把手机往桌上一摔，往后一仰，浑身脱力地靠在椅背上，听门外的敲门声和叫骂声。

"曾辉！开门！你不是挺能嘛，出来给我们上课啊给我们洗脑啊，忽悠人的能耐哪儿去了，现在就会躲屋里大气都不敢喘你是不是男人！"

"啧，是不是男人这么一目了然的事你还问个啥！"

"对哈，哈哈哈……"

"曾辉，你个孬种，你就是个招摇撞骗的骗子，快把骗我们的钱还给我们，出来！"

曾辉一言不发地听，捂着耳朵倒在椅子里，紧紧闭上眼睛。

耳边的叫骂声逐渐混乱，声音忽多忽少，时大时小……

"孬种，臭屌丝，土瘪三，小偷，矮穷矬，哈哈哈哈哈呵呵呵呵！"

他意识飘忽，渐渐分不清哪些声音是真，他只觉得思绪如铅锤般沉重，坠入深不见底的潜意识里，挥之不去的意象拼凑在一起，过去的碎片开始抽象变形，化为另一种诡异绮丽的真实。

他忽而感到浑身酸痛，睁开惺忪的眼，农村正午的太阳好烈，阳光化为千万根银针刺进他的眼睛，他抬头仰望，树影绰绰，混乱不堪，四五个男孩像几座大山将他团团包围，对他拳打脚踢。收音机里古惑仔歌曲的伴奏，为此刻增添了几分莫名诡异的仪式感。

他想要挣脱，他知道自己深陷在梦魇中却无法叫自己醒来。

透过忽闪忽闪的腿缝，一个一袭蓝白条纹裙的姑娘正经过，他想要大声呼喊她，他知道只要呼喊，她一定会来救他，但她的名字已到嘴边还是被他生生咽了下去。

让她看到自己这样子，比被折磨死还要难受。

慢慢地，打从心底里，他认同他们给他的种种绰号和行为，他不予否认，甚至欣然接受。

男孩们累了，歌曲逐渐远去。

他独自躺在苞米地旁，望着天，与一堆堆苞米棒子一起在烈阳下晾晒……直到敲门声没了，嘲讽声也没了，人影没了，音乐也没了，男孩们走了，女孩也走了，他才醒了。

这一觉，曾辉睡得很沉，醒来的时候阳光明媚，世界无声，唯有窗外的鸟啼做伴。他抬眼看表，上午九点。

曾辉从椅子上起来，浑身生疼。脖子也落枕了没法左扭，只能目视前方。

他把门和窗户分别查看了一番，确认不再有人骚扰。

他去厨房冲了杯咖啡，回到书房，一边喝咖啡一边翻看手机。

有几条刘苏生的未接来电和短信。

先拿卖手册的钱堵住那些人的嘴，过阵子我会帮你解释你的事。留得青山在，以后我们还有重振的机会。

这就是他想了一夜的对策？

曾辉沉下脸，看着窗外楼下小区围坐在一起的大爷大妈，一时不知道该干些什么，他从没这么闲过。

沉默半晌后，他用笔记本登录了逗鱼直播，从关注里找到了沙莹莹，把她最近动态查看了一番。

从粉丝的留言得知她已经连续两周没直播了。

有人说她生病了，有人说她家里有事耽误了，有人说她可能要辞职了，有人说她可能在忙着发歌。

曾辉倒了杯酒，打开沙莹莹最近的直播回放。

"hi 宝宝们~今天想听我给你们唱什么歌呢？"

这声音，这面容，这举手投足一颦一笑，每一秒都温柔而尖锐地刺激着曾辉的神经。

就着杯中酒，他把回放看完了。

今天，刘苏生还是不让他出门，他便躺在床上一直看手机，困了就睡，醒了接着看手机。清醒的时候，他会目不转睛地盯着天花板，不知道在想些什么，转眼，夜幕降临了。

曾辉浑浑噩噩，正又要睡去，电脑上突然的一声消息提示音把他吓了一跳。

他爬起来眯着眼瞄了一下，下一秒瞳孔扩张了好几倍。

他立刻拿起钥匙和外套冲出了家门。

笔记本屏幕上赫然显示着一条逗鱼推送。

沙莹莹分享了一首名为《爱》的歌曲链接，作词演唱都是她。

"你给我解释解释这怎么回事！"

曾辉顾不上刘苏生的嘱咐还是出了家门，直奔娱恒，把手机扔在霍振川的桌上，双眼冒着火，厉声质问他。

"什么怎么回事？"

相比之下，霍振川淡定太多了，他一个眼神把办公室里的其他几个人支走，然后没精打采地瞥了一眼曾辉的手机，笑道："哟，这歌我刚听完，唱得不错，十有八九能火，想不到咱们直播平台也要培养出明星了，不错不错。"

曾辉狠狠拧过头，落枕的脖子刀锥般地疼，他忍着疼，死死凝视着霍振川，声音喑哑："霍振川你少装傻，我在问你人为什么没给我看住，让她偷偷找别人发歌了！！"

"哎，人家愿意帮她免费发，我也没办法，只好成人之美了。"

"但是你我说好的，沙莹莹，你帮我看着她不离开逗鱼半步！"

霍振川嗤笑一声，低头倒了杯茶："老弟，我旗下二百多个艺人，不可能每一个都看得过来。我已经帮你看了十多年了，这期间我为了她拒绝了多少大制作公司的合作，损失了多少，你不会不清楚，我霍某人对你够意思了吧。再说，这人都老了，现在不卖出去难道你要我烂在手里？"

"怎么可能烂你手里，我说了我会把她带走！"

"你拿什么带走？"

曾辉眼睑微颤，他们四目相对，像针尖对上了麦芒。

"钱？还是你那本破书？我可是听了你的，结果现在被人家攥着假离婚的证据宣告彻底凉凉。哼，现在的笙哥，还有那个能力吗？"霍振川抿了一口茶，嗤笑道，"先把自己的那些烂摊子事收拾了吧，沙莹莹是我的艺人，我想怎么处理就怎么处理，你现在没有资格耽误我赚钱。"

曾辉听懂了他的意思，点头冷笑："好一手过河拆桥，姓霍的，你真行……"

"小张，送客。"

曾辉听霍振川要轰他，一气之下跳上桌，扬起拳头照着霍振川的脸上就是狠狠一下！

霍振川被捶蒙了："保安保安！叫保安！"

在二人胶着之际，三四个膀大腰圆身穿保安服的男人冲进办公室，把发了疯的曾辉生生扛了出去。

灯火阑珊的街道，来来往往的路人和车辆都被娱恒大门前那个被保安扔在地上的曾辉吸引了注意。

曾辉看着还不服气，坐在地上也要骂骂咧咧，把几个保安逼急了，又给他一顿拳打脚踢。

路过的人们一边朝着自己要去的方向前进一边转头来看热闹，但只有一个人把保安奋力推开，并伸出手将他扶了起来。

"你没事吧？"

曾辉没说话，被搀起来后，拍了拍身上的灰尘，回过头来。

搀他的是成筠。

"我是PUA，我一点都不喜欢你，我从头到尾都在骗你。"曾辉说。

昏暗的清吧里，成筠坐在他对面静静地等他情绪稳定些后再说话，结果一开口就是自暴。

点的酒来了，一杯莫吉托一杯茉莉普，哪杯看着都眼熟，因为都是薄荷调酒——成筠的爱。

她把莫吉托轻轻推到曾辉面前，说："我知道。"

"知道还帮我，"曾辉看着她，冷笑道，"你也是真的够贱。"

成筠不置可否，说："刚碰巧我也在娱恒办事，无意间听见你跟霍总吵架，才知道原来你才是沙莹莹真正的老板。之前为什么撒谎说不认识她？为什么一直看着她？你明明知道她多想成为歌手，为什么阻止她？"

"跟你有关系吗？"

"我很好奇。"

"你好奇我就必须得告诉你吗？"

"是不用，你不说我就乱猜喽，"成筠垂眸想了想说，"我猜，你俩好过，然后她把你甩了，你气不过，就暗中控制她，扼杀她的梦想来报复她，对不对？"

曾辉眯着眼盯着她："成筠，我特别烦自作聪明的女人，你就是这种女人。"

成筠一愣，继而道："行，那我不问了。"

寂静。

她搅着酒，冰块撞击玻璃杯，丁零当啷地响。

"我是想控制她，但我不想报复她，更不想扼杀她的梦想，相反，我会帮她圆梦。"曾辉沉默了一阵，突然开了口。

成筠屏息，目光追随着他。

曾辉盯着那杯酒，一口也不喝，只是盯着，他的双眸流露出一丝狼眼般的凶狠，声音低沉："我有了足够的钱，就会买一个音乐制作公司送给她，我要让她认识到一些事，那些中看的男人未必中用，这世上，只有我能帮她实现她想要的一切，也只有我可以毁掉她的一切。"

成筠盯着他低沉的脸颊，无声无息的空气里尽是刺骨的凉，许是空调太大，许是人心太冷。

半晌，她恍然道："啊，原来你就是她歌里的那个人。"

曾辉一顿："她的歌里有我？"

"对啊，《爱》写的是她的初恋，你还没听吗？"

他沉默不语。

成筠叹气，拿出手机插上耳机，递给他："听听看吧。"

"我不想听。"

"不听你会后悔的。"成筠微笑，直接把耳机塞到了曾辉的耳朵里。

接下来的五分钟，将是曾辉三十年来最崩溃的五分钟。

这些天经历的一切，都不及这五分钟里经历的万分之一痛。

细腻的前奏缓缓响起，轻风细雨般轻易地钻进他的身体里，歌声还未开始，他就想要逃脱，但他出不去了，故事已经娓娓道来……

"你不觉得，他变成后来的那样，跟你有点关系吗？"

成筠盯着沙莹莹低垂的脸，声音阴沉。

"我不觉得。"

她回答之干脆决绝，让成筠小惊。

沙莹莹瞪着成筠，眼神越拧越红，拧得几乎出了水来："他会变成这样完全是他自己的原因，他自作自受，跟我没有半毛钱关系。"

随后，沙莹莹陷入漫长的缄默之中，盘子里吃剩的沙拉已经被她的叉子叉得稀烂。

成筠看着她，叹息道："你其实很爱他，为什么不愿意承认呢？"

沙莹莹执拗不语。

成筠继续说："你把他的一切都记得一清二楚。"

"我那是恨他！"

"没有爱，何来的恨？"

沙莹莹哑然，执拗的眼睛再也支撑不住那一滴泪了。

"他不配得到我的爱情。"

11

十几年了，吉岩的那场大雪仍时不时地下在沙莹莹的梦里，比雪更刺骨的是曾辉对她说的话，她永远无法忘记那一天，圣诞节。

那天按理说要练歌，但是林小宁没去成，继父有事出了趟远门，要五六天后才回来，所以只剩她一人看店。

可她的注意力并不在此，此刻，她专心致志地趴在桌上写写画画，对有没有客人毫不在意。

老旧的小电暖器对着林小宁的手不知疲倦地发出赤红的炙热，使她的手避免冻僵。

倏地，门上悬挂的铃铛剧烈地响起，一阵刺骨的寒风夹杂着几片雪吹进了小卖铺里，瞬间夺走了屋里好不容易积攒下来的温暖。

有客人来了。

林小宁下意识抬头看，瞬间睁大了眼叫喊道："你怎么来这么早！"

说着，她随手抓了个记账的本子盖在自己涂写的东西上，然后起身，用身体把桌面挡得严严实实。

她嗔怪："曾辉，咱俩约的不是六点半嘛，你来得太早啦，我还没准备好呢！讨厌！"

曾辉身上裹着一件洗得发白的黑棉袄，头发上、眉毛上、睫毛上都是未化尽的雪花，发型很支棱，整个人看着乱糟糟的。

"你要是就这造型，我今天可不跟你出去了啊，太丢人了。"林小宁伸手要拂去他头上的雪，却竟然被他一巴掌甩开了手。

"早就嫌我丢人了吧。"

林小宁惊了。

他从没这样过。

曾辉对她怒目而视，眼睛里像有把随时可以飞出的刀子："你进未来星决赛了。"

林小宁一听，笑得灿烂："呀，消息怎么传这么快啊，我还想晚上告诉你呢。"

他的脸上可没有笑容："你跟我说实话，你这次嗓子哑了怎么进的决赛？"

"别提了，我这两天把胖大海当饭吃，硬挺过去的呗。你快瞅瞅我这嗓子肿的，可疼了……"

林小宁张大嘴给曾辉看。

"别装了，杨凡什么都跟我说了，是他让他爸走的后门让你进的。"

"什……什么鬼他瞎说八道什么，我是靠我自己实力进的，谁要他帮了！再说他凭什么帮我啊！"

"凭你俩的关系啊。"

林小宁愣住："我俩什么关系啊？"

"什么关系你还要我明说吗？"

门没关紧，狂风把门震得吱吱作响，整个小卖铺的货架和地板都在跟着剧烈摇颤。

"你什么意思啊，曾辉你给我说清楚，我跟杨凡什么关系了？"

曾辉满眼通红地瞪着她："不只是他，还有蒋一波他们几个，你跟他们都在一起过吧。"

"这、这都什么跟什么啊，他们跟你说的？我、我一直只跟你在一起啊！"

"你为什么跟我在一起，不就是因为我是愿意给你买房子、给你卖命的傻逼吗？"

林小宁不可思议："曾辉你是这么想的？"

曾辉愤然脱下黑棉袄摔在地上，里面是一件白半袖，上面被老鼠嗑过两三个洞，他质问她："不然呢？我一没钱二没才，矮穷矬一个你喜欢我什么？"

四目紧紧拧在一起，胶着对峙。

曾辉咄咄逼人："嗯？你倒是说话啊，你到底喜欢我什么？林小宁，说不出来了吧。他们说得一点都没错，你就是绿茶，是个不要脸的婊子。"

林小宁死死盯住他，嘴唇颤动。

半年前的盛夏，知了最吵闹的一个午后。

曾辉已经在"梁心杂货"门前的那棵大杨树下埋伏了很久，不远处有个老大爷悠闲经过。

从小卖铺二楼的窗户传出断断续续的说话声和音乐声——"如果谁能把紫青宝剑拔出鞘的话，就是她的如意郎君呢。"

一楼没有人，老板应该是在二楼看电视，这是最好的时机。

一不做二不休，曾辉一个箭步冲进小卖铺，货架上不管什么都往怀里塞。按说偷东西都得低调一点吧，他反倒好，丁零当啷动静极大。

"哎！老梁！有人偷你家东西！"经过的老大爷举起拐杖惊呼。

十几秒后，一个黑壮大汉拎着扫把从楼上冲下来，曾辉见了抱着东西撒腿就跑，大汉在后面追。

慌忙之中，曾辉还不忘回头冲他得意笑了一下，一个没注意，脚被小卖铺门前盖菜的彩色条纹布绊住了，他用力一扯，把整张布带走并飞奔而去。

"又是你小子，属黄鼠狼的啊！看我这次非打断你的腿！"

大汉举着扫把一路狂追，追出了二三百米后，曾辉被脚上的布绊倒在地，大汉把他按在那儿狠揍了一顿，几下就把扫把敲断了。曾辉趁他查看坏了的扫把的时候猴子一般跑没影了。

确定安全之后，曾辉终于不跑了。他靠着土墙狂笑不止，笑累以后从怀里拿出"战利品"快乐地吃起来。

几个女生背着书包窃窃私语地经过。

"你别闹心了，听力正常的人都能听出来，你比林小宁唱得好多了。"

"唱得好有什么用，第一还不是她？"

"你傻啊，她平时啥人你不知道啊，她为啥能拿第一你看不出来吗，那些评委老师都是中年老男人，还有那些帮她拉票的男生，她靠的是实力吗？！颜值即正义呗。放心吧，她那套也就在咱们县办的这个破比赛行得通，等年底的未来星杯就不好使了，那可是省办的，评委都是专业的，那才是你这种实力派的春天呢。"

"嗯，但愿吧。"

"加油默默，我永远是你的头号歌迷！"

二人在曾辉面前走过，他撕开一根流口水软糖，咬了一口嚼啊嚼，五官揪在了一块："咝——真酸。"

噗——

糖吐在地上，起身离开。

"把身上的钱都交出来。"

两个女生走到胡同，忽然被一个黑瘦黑瘦的男生堵住了去路，两人吓得不轻，傻在了原地。

曾辉双手揣着兜，不耐烦地对她俩说："赶紧的，让我帮你们啊？"

"不用不用不用……"俩女生赶紧从自己浑身上下掏值钱的东西。

曾辉拿着东西心满意足地走了。

过了几天，曾辉又偷了小卖铺的东西被老板追，但这次他就没那么幸运了，刚逃脱大汉老板的夺命追，却被四五个年轻男孩劫道了。

一看是他们，曾辉知道一顿揍又没跑了。

打头的男孩叫杨凡，是村里唯一一个富二代，在大人面前扮演彬彬少爷，出了家门就跟这帮野孩子整天在大街上混在一起装丐帮帮主，有钱且闲。

命运让我主宰各方，号令万世仰望。

傲视俗世千孔百疮，卖力任性放荡……

另一个小弟胯上挂了一个随身听，放着音质不大好的歌曲。

今天他挨揍的配乐还是《兴风作浪》，曾辉已经快听吐了。

杨凡："在我们的地盘抢钱，曾辉，你这两天皮很痒啊。"

紧接着，二话不说就是全员上阵一顿拳打脚踢。

打斗中，杨凡一脚踩碎了曾辉手里的干脆面，嗤笑道："五毛钱都买不起，还要偷着吃！偷吃还被发现哈哈哈……曾辉，你但凡别这么狗，我都可能认你当兄弟的……但是你，就是个臭屌丝。"

"臭屌丝，土瘪三，小偷，矮穷矬哈哈哈哈……"笑声、叫喊声杂乱无章。

曾辉全程抱头蜷着身子，一声也不出，五个人越揍越觉得没意思，甩着酸痛的胳膊说："都打皮了，真没劲。"

"走吧。"

"走走走。"

直到他们都走远了，曾辉才站了起来，拖着伤痕累累的身子去溪边清洗血和泥土。

山泉叮咚，清澈而透亮，泛着夕阳的金光，一闪一闪的，这宁静梦幻又绚丽。

"水里有细菌，会感染哦。"

百灵般的说话声飘飘然地出现在曾辉的头顶，他保持着蹲在溪边清洗手臂的姿势，抬头看去，逆光下，那是一个有着一双玻璃珠似的大眼睛的女孩子。

她笑着建议他："还是回家用自来水洗吧。"

曾辉呆呆地盯着她半天，然后低下头："回家被看见我这样，还得挨顿揍。"

女孩觉得又心酸又好笑，一时不知道该怎么安慰他了。

曾辉兀自洗着，刚洗完了胳膊，正准备洗脸，忽然，他感到右脸颊上被一阵细滑的布料轻擦，微微转眼，女孩不知何时蹲了下来，并用手绢帮他擦脸上的血。

离近看，那双眼睛更大更清晰了。

女孩举起手绢摇了摇："放心，我这个刚洗的，超级干净。"

曾辉看了一眼那手绢，白色蓝边的，四个角上各印有一个小哆啦A梦。

女孩又要帮他擦，他却把脸别过去说："那个，我自己来。"

"啧，你看得见吗你自己来！"

说着，女孩执意帮他擦血，一边说："我是林小宁，你认识我吧？"

曾辉低下头没吭声。

当然认识，她可是全乡的风云人物，吉岩里这个年纪的男生谁没喜欢过她？

"我好像认识你呀，你以前是不是七中四班的呀，总看见你扫操场。"

"嗯是，是我，我老挨罚。"

"那后来怎么见不到你了。"

"学不好习，家……家里不供我了。"

"你叫什么呀？"

"曾辉。"

"曾辉你跟我说话结巴什么呀！"

"……"

"哈哈哈哈哈哈。"林小宁看他脸憋得通红的样子实在忍俊不禁。

笑完之后，她接着问："他们为什么打你？"

曾辉沉下脸来："想打就打呗。"

林小宁拍拍他的肩膀说："别跟他们一般见识，他们就是仗着家里有点钱，其实就是一帮小混混。"

"我不也一样？"

"你不一样。"

"我有什么不一样？"

林小宁忽然凝住了，好像有东西已到嘴边却又被咽了下去。

霎时，一块从天而降的大石头掉在了他俩面前，巨大的水花飞溅了他们一身。

二人恼怒地回头看去，发现是杨凡那伙人。

杨凡吊儿郎当地冲他俩笑说："哎呀，不是故意的。"

傻子才信。

二人对他们怒目而视。

带随身听的男生朝他们大喊："林小宁，杨哥家买了新游戏机，过来一起玩啊！"

林小宁说："不去。"

他们一听，纷纷瞪了眼她身边的曾辉后生气地走了。

"糟了糟了！"林小宁回头一看，怀里的一个红皮证书被溅湿了，她赶紧用手绢擦，"我人生的第一个奖呀，我的命哩。"

擦完外壳她又打开看看里面进没进水，曾辉瞄了一眼，是县里办的歌唱比赛，她拿了一等奖。

看着看着，他忽然笑了，说："这个证书红红的，像一本结婚证。"

"扯淡，结婚证哪有这么大，而且要两个。"还好里面没湿，林小宁松了口气，跟他玩笑起来。

"那你赶紧再得一个奖，然后就能凑成一对了。"

林小宁噘嘴说："凑成一对干什么，另一个给谁，给你啊？！"

两人忽然尴尬沉默了。

后来，曾辉经常在少年宫等林小宁练完歌送她回家，发现她老是独来独往的没什么朋友，但异性的追求倒是从没断过。

有时候，他在门口能碰到杨凡那帮人，会下意识躲到隐蔽一点的角落，可林小宁每次看见他躲起来都会把他生生拽出来，挽着他的胳膊从那些男生面前大摇大摆地走过，余光中看见那些男生嫉妒得发青的脸，曾辉心里就既忐忑又暗喜。

曾辉不止一次发现林小宁的身上有伤。

"你爸干的？"他问她。

林小宁叹气："真想自己有个房子躲进去，这个家我一天都待不下去了。"

曾辉没说什么，但是那天以后，他开始疯狂打工。搬货、瓦工、送桶装水……再苦再累的活儿只要钱多他都干。

"再忍忍，我一定给你买个房子，我已经在攒钱了。"

曾辉安慰林小宁，林小宁点点头紧紧抱住他："你真好。"

"呀对了，我今天有一个好消息一个坏消息，你先听哪个？"林小宁忽然兴奋地问他。

"好消息吧。"他想了想说。

"未来星杯我海选通过了。"

"未来星是什么？"

"是一个全省的歌唱比赛，唱好了说不定能被大音乐公司的评委老师相中，被挖掘呢！"

"那不是离你的梦想又近了一步？小宁，我支持你！"

可林小宁忽然又噘起了嘴："坏消息就是我是瞒着家里人参加的，半决赛要带到市里比，我……"

"钱你不用担心，有我呢。"曾辉说。

林小宁满眼动容地看着他。

六个多月，曾辉果真在镇上买了一个房子。

一栋老楼的第一层，虽然不大，还很旧，但总算是个属于自己的小家。

当林小宁站在新家里时，她感动得哭了。她太开心了，忍不住跳起来亲了曾辉一口。

"曾辉，谢谢你。"

那是他们的初吻。

曾辉双手背到身后，藏起在鞋厂车间打工时不小心被机器碾伤的左手食指，可看到此刻林小宁发自内心的美丽笑颜，他已丝毫感受不到伤口的痛。

全吉岩最美好的女孩子居然会喜欢上如此平凡甚至不堪的自己，到现在曾辉都还无法相信。他觉得这一切都是值得的，只要天天能看见这样的笑，再断几根指头都值得。

"不用谢，我承诺你的就一定说到做到。以后我还会帮你圆梦，做歌手，成大明星，想唱就唱。"

"哈哈，大明星也不是想唱什么就能唱的，要听公司的。"

"那我就攒钱，直接买一个公司送给你，让你当老板，只捧你一个人，想唱什么你自己说了算！"曾辉一本正经地说。

林小宁目不转睛地盯着他，嘴角抑制不住地上扬。

半晌，她忽然拉起他，顽皮地说："空口无凭！"

于是，她带他坐了八九个小时的小巴车来到了离吉岩最近的一座寺庙——结缘寺。

"林小宁祝曾辉一夜暴富？你求这个干什么？"曾辉看着林小宁手里字迹未干的祈福牌问。

林小宁："你知道买下一个公司要多少钱吗？你搬一百年砖都赚不到，唯一的希望就是暴富啦，我替你求求佛祖帮帮你啦。"

曾辉听了这话微微一怔，不知为何，心里多少有些不舒服，他严肃地说："你相信我，我可以。"

他脸上又出现那正儿八经的表情了。

林小宁又忍不住笑了，转头拎着祈福牌在满满登登的祈福架上找位置，她仰起头，忽然一笑："曾辉，你把我抱起来一下。"

曾辉一头雾水地抱起了她，她竭力把祈福牌挂到了架子的最高处。

"挂得越高，天上的佛祖就越能看见嘛，"林小宁站回地面上，双手合十，"来，赶紧闭眼睛祈祷，佛祖能听见咱们的心里话。"

曾辉也合上手照做了。

许完愿后，林小宁要去别处玩，却被曾辉拉住，他有点难以启齿地说："我能问你一个问题吗？"

"你问啊。"

"如果，我是说如果啊。"

"嗯。"

"有一天，你遇到了一个比我更有钱能给你买更大房子，能提前买个公司给你的男人，你会怎么办？选他吗？"

林小宁凝望着他的双眼，脸上的表情凝住了。

哗啦哗啦——

风把祈福牌吹得哗哗响，如叮咚的泉水，清脆悦耳。

站在祈福架前，曾辉一动不动地凝望林小宁，等待她的回答。

从问题被发问出来起，她脸上的每一个细微的变化都牵动着曾辉的心情。

结果，对视七八秒后，林小宁忽然扑哧笑了出来，云淡风轻地说了句："怎么可能？"然后，便笑着走在了前面。

可曾辉站在原地却更迷茫了。

这回答像没回答。

"怎么可能"是什么意思？

她是说她怎么可能会跟别的男人走，还是怎么可能会有那样的男人出现？

曾辉越琢磨越纠结，那天起，这四个字常常缠绕在他的脑海里，有事没事地骚扰他。

未来星半决赛在即，赛程越发紧张，剩下的都是真正不可小觑的对手，林小宁压力很大，于是每天加大了练习，结果把嗓子给练哑了。

"扁桃体发炎了，听老师的，你今天别练了，不差这一天，回家休息一天明天再练。"音乐老师 Miss 王把肿着脖子的林小宁堵在练歌房门口，死活不让她进。

虽然很不情愿，但是林小宁也知道硬撑只会越来越糟，于是她点点头，终于答应回家了。

其他来练歌的女生们陆陆续续也都到了练歌房，其中就有这次比赛林小宁最强劲的对手默默。大家都发现练歌狂人林小宁不在，觉得很奇怪，一个女生跟她们说："人家肯定内定了呗，不用练都能上，你们一个个替人家操啥心，操心操心自己吧。"

这句话像块大馒头，一下子就把所有人都噎着了。大家不约而同地闷了声，各练各的去了。

由于今天不练歌提前回家，曾辉没来接林小宁，林小宁就自己往家走。

她从书包里拿出一盒胖大海，连着抠了四颗丢到嘴里，还剩不到一周就半决赛了，可现在咽口唾沫嗓子都生疼，她必须让自己快快好起来。

"嘿！"

忽然身后有人叫她。

她回过头去，是背着书包的杨凡。

她没管他，埋头继续往前走。

杨凡追上来，一把搂住她的肩："你保镖呢？"

林小宁挣脱开他："说多少遍了不是保镖不是保镖，他是我对象！"

"哦呵呵，"杨凡不以为然地冷笑，"林小宁，你什么都好就是眼光太差。我都怀疑咱俩看见的不是一个人，那曾辉我是一点优点都找不出来，真是搞不明白你，你喜欢那小子什么？"

"你管得着吗。"

杨凡紧追不舍："他不就是给你买了个破土房嘛，我家好几个房子你想要随便挑！他能给你的我都能给，他不能给的我也能给你。哎，就拿未来星说，我能让你保过半决赛你信不信？"

一听这话，林小宁猛地站住了，她回头看他，问："你怎么保？"

一看她这反应有戏，杨凡得意地晃晃头："半决赛有个评委是我爸朋友，让谁过还不是一句话的事！"

林小宁注视他许久，半晌，不屑地白了他一眼："杨凡，你可真幼稚。"

说完，她继续往前走。

杨凡追上去："你可想好了林小宁，未来星就这一次，就算你平时唱得再好凭你现在这嗓子也够呛能进。还有那个默默，你不怕她趁这个机会把你踢下去吗？"

林小宁无语地摇摇头，哑着嗓子说："不怕。"

"林小宁你少装清高了行不行，又不是没干过！"

林小宁驻足，转身，把背包怒摔在地上："谁告诉你我干过了？你亲眼看到的吗？我不就是长着这张脸唱歌好听一点我有错吗！你们为什么都这么想我？就好像我不干这种事都对不起这张脸似的！我最后说一遍我没有我没有我没有！"

杨凡看着发毛的林小宁，忍不住冷笑道："林小宁你知道我喜欢你什么吗？就是这傻劲儿。别人已经这么看你了，你说没有没人会信。还不如像她们想的那样，有什么不好？我爸都告诉我了，将来社会上这种人是最吃香的，没什么好羞耻的。你的脸是你的武器，用它换取利益是你应得的，用一用怎么了？别人想用还没有呢。"

林小宁被他义正词严地说出这种话而镇在原地，不知道该说什么。

远处曾辉向这边走来，看见她和杨凡站在一起，赶紧飞奔过来挡在林小宁身前，狠狠推了一把杨凡："你离她远点！"

杨凡被推了个趔趄，他走上前去用胸狠狠撞了下曾辉，低声在林小宁耳边说："你好好想想吧。"然后，盯着曾辉哼笑着离开了。

曾辉："他让你想什么？"

林小宁缓缓道："没什么。"

她失神地捡起书包，也走了。

曾辉站在原地望着她的背影，眉头越拧越紧。

很快很快，风带走了树叶，送来了雪花。

冬天来了。

在吉岩这样的小山村里，几年前，圣诞节这种节是少有人过的，现在过的人越来越多了，但也仅限于年轻人，毕竟是一个从工作中短暂解放的好借口，管他如何。

当然，也是名正言顺恋爱约会的好机会。

这一天，林小宁有两个礼物要送给曾辉。

一个是她凭自己的努力进了未来星决赛。

另一个是此刻她坐在店里正认真写的东西——她为曾辉写了一首歌。

也是她人生中写的第一首歌。

这首歌词林小宁前前后后改了好几个月，现在总算能让她满意了。

林小宁一边把最终版誊写在漂亮的信纸上，一边想象一会儿曾辉看到这个礼物会是什么反应，他会喜欢吗？会脸红吗？会吻我吗……

她正想着，曾辉就来了。

她立刻站起来，用身体挡住信纸，想先告诉他自己进决赛的事，然后再把歌词作为惊喜送给他。

可她万万没想到……他一进屋就骂她是婊子。

他说她跟其他男人都在一起过。

他说她进决赛是靠杨凡帮忙。

他还说她跟他在一起是因为他好利用。

"对！我就是喜欢他们！"

林小宁瞪红了眼对他大喊。

"他们比你帅比你好比你有钱比你有能力！他们能帮我进决赛能给我买房，但我没选他们是因为他们没你傻！我打算等你买了公司给我以后就把你踹远远的！你满意了吗！"

曾辉每对她恶语相向一句，她就心如死灰一分。不是因为他的误解，也不是因为他的语气恶毒不留情，只因他如此轻易地就相信了漏洞百出的流言。

轻易到，从他那眼神和语气里，她忽然明白，那些话不是他道听途说来的，分明就是他相信的。

是他的心里话。

是连他自己都不知道的藏在他内心深处的话。

如今，他终于说出来了。

此刻，除了说他心里想听的回答，其他的答案他都不会再相信。

"你终于承认了。"曾辉连连点头，指着林小宁鼻子咬牙切齿地说。

她的回答果然很合他的意。

他说："我就说你怎么会无缘无故看上我这种人，现在全解释得通了。不用等你踹我了，我现在就滚，不碍您找别人。"

曾辉从地上捡起棉袄，灰都懒得拍，直接胡乱往身上一套。

"曾辉。"

林小宁叫住了他。

他回头。

林小宁："你真可悲。"

曾辉一怔，继而冷笑："管好你自己吧。"

他摔门而出，风铃被摇得稀里哗啦地响，半天都安静不下来。

林小宁背到身后的手里紧紧捏着鲜红的证书，指甲撕破了它布制的外壳。

从那天起，林小宁几天不见曾辉来找她，她彻底放弃了。

跨年夜，她准备了很多果酒饮料和零食，把杨凡那伙男生全都叫到家里开派对。

不知过去了多久，她醉了，倒在了杨凡的怀里。

她对他说："你说得对，既然所有人都那么想我，我也没有必要做别的尝试了。"

杨凡低头看着怀里这微醺柔媚的脸颊，微笑问："想通了？"

林小宁努力睁开浑浑噩噩的双眼看向他："听说默默决赛准备了撒手锏？"

杨凡的右手轻轻摩挲她的肩："放心，我帮你。"

林小宁心满意足地笑了。

她太累了，实在撑不住了，轻轻闭上了眼，坠入沉沉的梦境里。

在梦里，她时而回到结缘寺时而回到自家小卖铺时而回到小溪边……

当她跟曾辉一起对着祈福架闭目祈祷时，她悄悄睁眼偷看他，心里默默祈求佛祖。

"大慈大悲的观世音菩萨，请保佑他这样一直上进，有朝一日成为吉岩最有出息的男人，让那些瞧不起他的人都傻眼吧。"

梦境破碎，光影交错，场景又变幻到了小卖铺。

那是刚认识曾辉的时候，一整个暑假妈妈都在外地打工，家里只有她和继父。

午休顾客少的时候，继父就会上楼来，门都不敲就直接闯进她的房间，把电视声调到最大，然后对她动手动脚。

她挣扎，叫喊，可电视声完全盖过了她的声音，楼下经过的人以为那只是电视里的剧情。

当她筋疲力尽，即将放弃抵抗之时，常会被一个意外事件解救——有人偷小卖铺的东西。

继父就会放开她，立刻跑下楼去追着小偷打。

透过窗，她看见了那个小偷。

是他。

一直都是他。

他在黄沙飞扬中撒丫子地奔跑，脚脖子缠上了盖菜的布，狂奔中，布上的彩色条纹随风飞舞，狼狈又好笑。

电视里，虚弱的紫霞仙子躺在孙悟空的怀里对他说："我的意中人是一个盖世英雄，有一天他会脚踏七彩祥云来娶我。可我猜中了开头，却没猜中这结局。"

讲到这时，不知不觉中沙莹莹泪流满面。

那晚见面的最后，她告诉成筠，曾辉变成今天这样，跟别人没有任何关系，只怪他自己。

"我喜欢他，可是他不相信。他更愿意相信他不值得被爱。那我还能有什么办法？"

她冷笑着说，笑中带着疲惫。

所以，后来的故事里，林小宁变成了沙莹莹，曾辉变成了笙哥。

12

《爱》在曾辉的耳边静静播放，整首歌不到五分钟，却似过了千年。

曾辉放下耳机，陷入漫长的缄默里，他两眼失神，通红的眼白被泪浸着。

他感到浑身无力，大脑也停止了运转，身体似乎突然失去了重心，魂魄也找不到一个可以安放的地方了。

他不想说话不想动，只想这样坐在昏暗里。

"去找她吧。"

成筠已经陪他坐了很久，直到夜幕彻底降临，她向窗外望了望，觉得是时候叫醒他了。

曾辉目光微转，这是他听完歌以后第一次有了动静。

成筠察觉到了他的变化，接着说："现在就去找她，我看她最近动态应该在韩国。"

他低着头，嗓音哑然，冷笑道："你开什么玩笑，我现在这个样子，怎么找她。"

清吧里渐渐人多了起来，一伙年轻男女说笑着、打闹着闯进来，把宁静搅碎了。他们吵吵闹闹地点了酒，坐在了斜对面那桌，玩起了《德国心脏病》。

相比之下，他俩的气氛更加沉闷。

曾辉闭上双眼，说："我现在钱没了，工作也快丢了，就算有工作也是个……你觉得她能接受吗，我现在就连作为男人的能力都给不了她，我找她干什么，自取其辱吗？"

"看，你又来。"

成筠恨铁不成钢地往椅背上一靠，盯着他垂头丧气的模样，重重地叹了口气说："我看这歌你是白听了！你到现在还不明白吗，她不在乎你有没有钱成不成功有没有能力，因为那些压根儿就不是她喜欢你的原因，她喜欢的是你，原原本本的你。你只要变回原来的你，她就能接受。"

他听了，微微抬起通红的眸子，用犹豫不定的眼神看着成筠。

"bang！！！"

"哈哈哈，输了输了，亲一个！"

"亲一个亲一个亲一个！"

那伙男女玩得兴致勃勃，激动地连连叫喊，把其他桌客人吓一跳。

曾辉却不为所动，他只是一直看着成筠，半响，他问她："我还变得回去吗？"

成筠说："不试试怎么知道。"

"我自己都快忘了自己以前是什么样了。"

"她可等了你十几年，你想让遗憾继续下去，直到把这一生过完？"

曾辉沉下了脸，把头压得很深很深，他大概希望自己可以变成一只鸵鸟，那样就可以一头扎进土里。可他忘记了，鸵鸟身子那么大，还是会被看见，而且那撅着屁股躲在土里的姿势在外人看来反而更好笑。

"哈哈哈哈……"那伙人的笑声应景地在耳边回荡，仿佛是故意笑给他的。

漫长的沉默之后，他缓缓地把脸抬起来。

成筠见了："想通了？"

曾辉没说话，算是默认。

成筠说："你能有这份勇气真的很不错，我支持你。这样吧，我出钱给你买机票。如果进展顺利，你们正好可以在那儿玩玩。"

曾辉忽而抬头，眯着眼，若有所思地凝望她。

成筠有些蒙："怎么了？"

曾辉："你为什么帮我？"

成筠一听，神秘地笑着，半响，呷了一口酒说："你知道这世上比金子还贵的是什么吗？"

曾辉没回答，但目光仍在她脸上。

成筠凑近了些，说："是浪子回头。"

曾辉微微一怔。

"你少自作多情了，我可不是帮你，是为了你改邪归正了以后就不会祸害别人了，我这可是为民除害，"她举着酒在半空中晃了晃，笑道，"怎么样，我是不是很慈善很大爱啊。"

曾辉没说什么，他垂下眼帘，往后一靠，深深叹了口气。他扭头往窗外望，外面一片漆黑，没酒吧里亮，玻璃上反射出他的脸，他怔怔地看着自己。

许久后，他开了口说了句话。

"不管为什么，谢谢你。"

第二天，成筠不仅买了最早一班飞往韩国釜山的航班机票，而且还派贴身司机老陈亲自送曾辉去机场。

登机的时候，曾辉发现老陈手里也有一张机票，疑惑地看他。

老陈憨憨地笑说："成总怕您一个人在韩国各种不方便，遇到事了自己不好处理，就吩咐我陪您一起，有什么事我帮您。"

"不用了老陈，我自己可以。"

"哎呀没事，我们公司总派我去韩国出差，什么首尔釜山啊我都熟，我还会韩语呢，不信我给你讲两句？"

"不用了。"

"啊尼哈塞呦，努古塞呦，欧哈呦……"

"老陈。"曾辉打断他。

"嗯？"

"欧哈呦是日语。"

"哦可不，哈哈哈，不好意思不好意思闹笑话了，去的地方太多了，记窜台了！但是您放心，到釜山以后有语言环境一熏，我保证不会错！"

曾辉想了想，说："好吧，那这几天就麻烦你了老陈。"

"放心吧！曾先生！"

曾辉推着行李没走两步，手机又振。他低头看了眼，刘苏生发了无数条短信问他在哪儿，并疯了似的打了几十个电话。

他无声地看了一眼，把手机关了机，推着行李箱向安检口走去……

两个半小时后，飞机在釜山机场降落。

老陈一落地就找当地的朋友借到了一辆车。

在去往成筠查到的沙莹莹所在的集训营路上，曾辉坐在后车座里忐忑不安。他的手心一直冒汗，擦了又出，出了又擦。

从机场到训练营不算太远，路上不堵的话，半个小时车程。

但他多希望路程能再长一点，让他能做好跟沙莹莹见面的心理准备，半个小时根本不够。

这十一二年来，他虽然没有一天不会看到她，但那都是躲在电脑后面的窥视。

每天晚上七点半，沙莹莹都会准时开播，不出意外的话，曾辉总会看她一眼。

沙莹莹每次在直播中，拼命唱歌拼命讲笑话逗那零星几个粉丝笑的时候，并不知道曾辉在看她，更不知道一直牢牢将自己捆绑在逗鱼的真正老板也是他。她一直以为是自己运气不够好，还不够"努力"去争取。

对曾辉来说，带着这样的身份看沙莹莹的直播，常会感觉很奇怪，她好像离自己既遥远又无限接近。这些年，他们之间明明一直有着千丝万缕的牵绊，却从未真正见过面，而今天，是他们分离后的第一次。

是久别重逢，还是仇人相见，答案只有见了才知道。

他不想再搞砸了。

他已经搞砸一次了。

在车上的这半个小时，比起酝酿见面了该跟沙莹莹说什么，他更多想到的是离开吉岩后的自己，像看了一个春晚上演员自以为很好笑其实无聊透顶的小品。

他每天都在在意自己是不是男人里的最强者，每天都用花里胡哨的言语、行为、服饰、房子、身份装饰自己。

每天都在扮演别人，演得栩栩如生，演得忘记了自己。

他是如此滑稽可笑，且浑然不知。

他不忍回首，这世上还会有比他更蠢的小丑吗？

兜兜转转十几载，到头来是被自己心里的卑微耍得团团转。

他不知道接下来的见面会怎样收场，他没想好说什么，只是做了最坏的打算。

最坏的打算就是被狠狠拒绝并被羞辱一番。

这倒也合情合理。

他决定了，无论沙莹莹怎么对他，他都要抱紧她，跟她道歉。一次不成，就十次，永远不成，就永远道歉下去，直到她原谅他。

带着这样的决心，他到达了目的地。

"到了，曾先生。"老陈把车停在集训营大楼门前，回头对他说。

曾辉下了车，没立即进去，而是站在大楼门前深呼吸一番，老陈就在旁边等，好阵子才迈进了大门。

二人走到前台，曾辉跟老陈说："你问她，有个叫沙莹莹的艺人在哪屋。"

"没问题。"

接着，老陈扭头用一口略微生硬的韩语把这句话叽里呱啦地转述给前台小姐，可前台的反应很奇怪。不知是没听懂老陈的韩语还是怎的，她忽然皱起眉头跟老陈说了句话，曾辉虽然听不懂，但是从她的语气神态来看是一句反问。

曾辉问老陈："她说什么？"

老陈听了前台的回答也一脸蒙，顾不上曾辉，直接又跟前台叽里呱啦说了一堆。

不知为何，曾辉莫名紧张起来。

前台又回了一堆话。

二人你一句我一句交流得热火朝天。站在一旁的曾辉插不上话，只能根据他们说话时脸上那些令人不安的神情干着急。

"她到底说什么了？沙莹莹在哪儿！"

几轮下来，曾辉实在忍不了了，强行打断了他俩的对话。

老陈一脸愁容地看着他，说："估计咱白来了，这儿没有沙莹莹，连中国艺人都没有。"

曾辉怔在原地，继而喊出来："不是你们成总查到了她在这儿嘛！"

老陈："我也不知道咋回事啊，我只负责陪您……要不我给成总打个电话问问？"

曾辉反应了半晌，举着手机说："我打。"

"哎我的错，我确实查到她去釜山集训了，谁想到她们提前结束回国了，我也刚知道，"成筠在电话那边懊恼地道歉，"你别急啊，你回来的机票我包了。"

"不用。"

曾辉泄气地挂掉了电话，靠在甘川文化村的红色围墙上失神地望着远处。

紧紧凑凑的房屋在小山上鳞次栉比，异域情调的水彩壁画，参差不齐的彩色屋檐，树上做窝的不知名鸟，木道上晒太阳的猫，如果刚才顺利遇见了沙莹莹，这样的好风景，此时应该是他们一起在看。

曾辉频频叹气，既庆幸又失望。

庆幸的是还好没见着，因为他还没准备好怎么面对她。

失望的是没见到那万分之一与她重归于好的可能。

该回机场了，回国再说吧。

他拿出手机想看一眼时间，却被一条逗鱼消息吸引了。

那是十分钟前沙莹莹开播的推送。

现在是下午一点二十分。

她从没在中午开播过。

而且毫无预告，一看就是临时起意。

曾辉点开推送，心里有种非常不好的预感。

一进直播间，观看直播人数就先吓了他一跳。

开播十分钟，八十多万人。

而且还在猛涨。

沙莹莹在哭，哭得有气无力，哭得双眼肿得不成样。她一袭白裙，妆都没化，整个人憔悴得病态。

几天不见，她瘦成了一副骨架，加上苍白的脸，看得人触目惊心。

"天哪，被骗了！"

"好可怜。"

"宝贝你要坚强，我们永远陪着你！"

弹幕以一闪而过的速度疯狂刷新着，看得曾辉心里直发慌。

沙莹莹终于暂时止住哭，开口说话了："我从来没想到这种事情有一天会找上我。"

刚说了一句，她的眼泪又抑制不住地滑落了下来。

"前阵子我遇到了一个男的，人虽然普通了点但是对我特别特别好，说实话，我已经很多年很多年没有这么喜欢过一个人了。而且，特别难得的是他还是一个音乐公司的猎手。那段时间我刚好也在谈的另一家公司迟迟不给我发歌，怎么催都没信儿，我就觉得肯定没戏了，心里挺急的。他就跟我说你不用担心，他们不帮你发我帮你发，你的梦想就是我的梦想。我当时真的很感动，不知道为什么，忽然有种似曾相识的感觉，我心里又暖又难受，我觉得这个男人大概就是这些年老天赐给我唯一的礼物吧。可是前几天我无意间看见他的手机，才发现，我被骗了。"

曾辉紧紧攥着手机，立刻奔上车："老陈，去机场！！"

老陈："怎么了？"

坐上车的同时，他给成筠拨了一通电话。

"你看直播了吗！！"曾辉呼喊道。

成筠："刚看到！你有她电话吗？"

曾辉："我没有，我没有她电话……现在就帮我买机票！！快！"

"放心，我已经吩咐人在买了，你别急，不会有事的！"

曾辉挂断电话，赶紧接着点进直播。

观看人次在持续增长。

沙莹莹缓缓举起了一张纸，用那双大而无神的眼睛直视镜头，就像在直视曾辉一样。

弹幕里疯狂滚动着一串串问号。

"什么东西？？？"

"纸上写的什么啊？"

"看不清，拿近一点！"

沙莹莹："他其实什么都没有，他不是什么猎手，也不可能给我发歌，他也不喜欢我，他就是个骗我上床的 PUA。"

她还是没能坚持把话说完就哽咽了。

"PUA！妈呀！"

"啥是 PUA？？"

"太可怕太恶心了！"

弹幕炸开了。

沙莹莹的手指紧紧捏着手里的纸，那是一张化验单："他只给了我这个……除了这个他什么都没给我。"

弹幕中有人说：

"我看清了！"

"传染病？"

"？！"

"造假的吧！"

"丧心病狂吧！人渣！"

"心疼莹莹 T-T，你要挺住啊！"

"说造假的祝你早日被传染！"

曾辉死死盯着手机，紧攥的双手无法抑制地剧烈颤抖，他的心马上就要跳出来抛弃他的身体了。

他忽然不敢看下去不敢听下去，更不敢多想，因为他怕真相跟自己想到的一样。

他望向车窗外飞驰的景物，对已经在全速前进的老陈发了疯地大喊："再快点！"

他竭力调整呼吸："老陈，手机给我！"他在自己手机上看沙莹莹的直播，用老陈手机又给成筠打了个电话。

"票买到了吗？"

成筠："还没，最近的航班没票了，我在托关系。"

"快！求你！真的来不及了！"曾辉崩溃地狠捶车座。

直播里，沙莹莹绝望地流下无声的眼泪："朋友们，我三十多岁了，最好的年华都折在这里了，就算我只是想出张专辑，有错吗？我有颜有才又努力可为什么老天爷不但看不见我，还要惩罚我！你们谁可以告诉我为什么是这样……这算是报应吗？"

观看人数暴涨至三百万。

直播中传来了猛烈的敲门声，但沙莹莹没有理会，她将自己反锁在房间里，兀自对镜头语气淡淡地说："今天这个直播我想了很久，还是决定开。一个是给你们提个醒，尤其是女生，一定要擦亮眼睛别像我一样被那些人骗，现在后悔已经来不及了。也不要轻易地为任何一个不值得的男人改变自己……变成自己都讨厌的样子……对了还有，骗我的那个人叫田仁伟。"

曾辉倏地紧闭双眼。

眼珠剧烈颤动。

沙莹莹："不止他一个，你们一定要小心，不要像我一样……今天是我最后一次直播了。"

曾辉死死盯着手机不住地嘀咕："不……不不不……"

沙莹莹看起来十分疲惫，好像随时都会结束直播。一种不祥的预感涌上曾辉的心头，驱使他疯了似的发出一连串弹幕。

"我是曾辉"

"我是曾辉"

"我对不起你"

"对不起"

"我爱你"

"别做傻事"

"我是曾辉"

"林小宁"

"我是曾辉"

"我是曾辉"

"我是曾辉"

"我是曾辉"

"我是曾辉"

"我是曾辉"

"我是曾辉"

"我是曾辉"

"我是曾辉"

…………

曾辉用抖到无法自控的手发出一连串的弹幕，瞬间就被淹没。

沙莹莹直直凝视前方，刺穿了曾辉的眼睛，露出苍白的微笑。

敲门声变成了砸门声。

曾辉一个接一个地给成筠打电话。

弹幕疯狂刷屏。

观看人数突破一千万。

"还好，昨天上午我的第一首歌终于发了，希望你们能喜欢。再见。"

直播结束。

……

……

电话终于通了。

成筠："票买到了。"

曾辉听不见手机里的声音，也看不见眼前的一切。

在沙莹莹的直播中断后，他的胸口像被一记千斤重锤狠狠地砸了个透彻，痛彻心扉且浑身轻盈。然后，他五感尽失了，只剩下一个肉做的空壳，心脏、大脑、血液、水、信仰、灵魂全都弃他而去。

"来不及了……"

他撑着空洞的双眼看着前方，那里是一片飞逝而过的、刺眼的花白。

他僵着身体，伸出颤抖的手，掰动车门，纵身扑进那光里。

"曾先生！"

车还在行驶中，曾辉已经跳了出去。

人生，有很多种绝望。

有的可以扛过去，有的则是彻彻底底的山崩地裂。

比如，当一个浪子正要回头的时候，发现已经没有回头路了。

此时此刻，成筠一个人坐在家里的窗台上，享受着胜利的幽静时光。

猫立于边上认真地舔着光秃的身子。

窗外夕阳正红得认真，密集的楼房顶上泛着金的紫的红的、相互纠缠的霞云，美得迷惑人心。世界如此静谧迷人，假装它一直很安详。

成筠没有买到机票。

她压根就没买。

就在刚刚，她得知了曾辉跳车的消息，没有一丝表情。

她放下手机，回想起那个晚上。

在夜店的那个晚上。

成筠把曾辉带去的那个叫李小海的学员喝倒后，从他的手机里看到了狼迹染友群。

群里一共二十一个男人，每个人都有传染病。

"各位，看看这回这个咋样？"

最近的一次聚集性聊天是半个小时前。

"冬子你这不行啊，看人家伟哥都开始要攻略名人了，那多牛啊！"

"对啊 @ 田仁伟伟伟伟哥，你的进度呢！没见动静啊！"

"跟我们汇报汇报。"

"肯定黄了。"

几十条召唤之后，那个叫田仁伟的在下面回了话："别催，已经要到联系方式了。"

"牛啊伟哥，那可是以前的逗鱼一姐，成了你要火啊！此生无憾了！"

看到"逗鱼一姐"四个字，成筠目光微沉，她等不及逐条看下去，直接向下滑，滑到了这个一姐的名字。

沙莹莹。

看到这触目惊心的三个字出现在这个群里，成筠也不禁打了个寒战。

是巧合还是早有预谋？

抑或真的是报应？

可从这些人的语气看来，曾辉是不知道这件事的。

让一生最在意的人毁灭在自己一手教出来的学生手里。

成筠没有想到，在复仇方面，命运比她更会设计。

可她仍被惊得不轻。

甚至有些不忍。

她把目光从手机移向趴在吧台上醉成烂泥的李小海，又转头望向夜店昏暗一角里与女人缠绵悱恻的曾辉。

她垂下眼帘，握着手机嗒嗒嗒地打了一串字：

"我觉得挑名人风险太大，一不小心就会把咱们都抖出去，我建议还是算了吧。"

编辑完，她把拇指放于"发送"之上，忽而停住了。

刹那间，她脑海的最前端突然杀出一个画面，是微博上橙色小灯笼的评论："我看这女的也不无辜，还不是看上人家的钱了，罪有应得。"

瞳孔收缩，寒芒闪动。

差之毫厘，戛然而止。

一念间，成筠把手指从"发送"上移开，继而按住删除键，将整段清空。

群里还在热闹地讨论，田仁伟生怕自己魅力不足勾搭不上沙莹莹，其他人就给他支招说去找曾辉要《十二猎女手册》，有那手册在手，一定百发百中。

成筠扫了一眼，锁上手机把它放回原处，起身离开了吧台。

沙莹莹的直播高居热搜榜第一整整两天没下来过，她的揭露不仅引起了网络轰动，更掀起了一大波社会关注。

起先，是网友为她的遭遇愤慨不平，纷纷主动把田仁伟人肉了出来，然后各大营销号公众号也稳抓时机来了一波顺藤摸瓜，在不到三天的时间里，网友就从田仁伟扒出了狼迹染友群里的所有人，然后再到狼迹 PUA 教育，再到整个 PUA 培训链，从狼迹与霍振川非法交易色情视频又扒出了霍振川多年通过暗网走私洗钱的行为，接着引出逗鱼平台绑架主播终身的霸王卖身契一事，不计其数的受害者纷纷站了出来，其中不乏在此之前从来没意识到自己被 PUA 欺骗过的……

"网红主播背后的辛酸内幕""PUA 培训机构大曝光""无良 PUA 机构与高端消费场所利益勾结，骗取学员高额实践课费""暗网走私贩卖色情视频的资本家"等一系列衍生文章新闻铺天盖地席卷而来，不管真的假的，有没有添油加醋，人们也不在乎，他们只在乎他们的愤怒，他们只想借题发挥，发泄出虽然从未爆发过但是淤积心中已久的种种怨恨。

很快，相关部门介入。

某匿名人士向警方提供了完整且充足的一系列不良 PUA 组织犯罪的相关证据，加速了警方破案的进程，据说该人士是一名受害者家属。

短短几天，以狼迹为首的十三家 PUA 培训班全部关门大吉，坐牢的坐牢，罚款的罚款；霍振川和刘苏生等人锒铛入狱，逗鱼宣布破产。自此，不良 PUA 这一隐藏于阴沟多年的地下行业曝光于太阳之下，不再鲜为人知，一经出现严惩不贷。

成筠在家里刷新闻，想着小时候那个曾经好心帮过她的阿姨说的话。

"现在的互联网多厉害啊，有不公平的事情发到网上去，火了就会引起关注，到时候社会上的爱心人士和政府看到了就会主动帮你解决。"

事实证明，她说得没错。

成筠很感谢她当年的意见。

13

曾辉在花白中走了很久很久，那里无声无息，没有一丝生命的迹象，他是纯白空间里唯一的活物。

他漫无目的走下去，不知走了多远，因为他没有参照系，但他看到了一扇门。

打开门，林小宁站在那里。

她一袭白裙，长发飘飘，素颜但很好看，一如当年的少女模样。她欢快地笑着，呼唤着他的名字。

"曾辉！你跟我说什么？我听不清，你过来呀！曾辉，来呀！"

曾辉目不转睛地盯着她，含着泪，不知不觉中伸出手，一步步向她靠近。

她像蜃楼，明明近在咫尺，他却走不到她跟前去。

他就一直走一直走，叫她不要乱跑站在原地，可她听不见。

他拼命奔跑，跑到口腔干枯，肺叶着起了火，腿也失去了知觉，他终于来到她的眼前，拉住了她的手。

她问他："曾辉，你跟我说什么？"

"我……"

他欲言又止，刹那间白色的空间产生巨裂，大地被撕扯成两半，缝隙就在林小宁的脚下，曾辉来不及抓，眼看她掉了下去！

"林小宁！"

曾辉猛然醒来，豆大的汗珠顺着额头滑进他的眼睛里，火辣辣地疼。他喘着粗气，环顾四周。

有窗，有门，有桌子椅子，有床，还有点滴瓶。

这一定不是天堂，这大概是地狱，天堂他没去成，他又回到了这地狱来。

他觉得恼怒，想要纵身坐起，却发现双腿使不上力气。

不对，是根本感受不到双腿。

他低下头看去，床上下半身那里空荡荡一片，肉体在大腿处戛然而止。

"啊、啊！"他忍不住呼喊了出来，"啊啊啊啊啊啊啊啊——"

他用上肢撑着床，不管不顾地向床边蠕动着身子。

嘶喊声把医生护士唤了进来，他们进屋时，看到曾辉整个人卷着半个被子摔在地上。他们合力将他抬回到病床上并死死按住，用绳子绑在床杆上，可他挣扎得厉害，嘴里的咒骂也不停。

"镇定！"

一个护士掏出一根注射器，在剧烈摇晃中对准曾辉的脖颈猛地一戳。

"别闹了！"

一声响亮的吼声立刻将失心疯般的曾辉叫停住了，他抬头望去，病房门口站着的是成筠。

他冲她大喊："成筠！你充什么好人！"

镇静剂药效很快，他喊了两下便喊不动了，瘫在床里，安分了许多。

成筠跟几位医护人员说："辛苦了，我想跟他说几句话。"

护士长点点头，其他人都跟着她出去了，并带上了门。

屋里只剩下他们两个人。

成筠站在原地，一动不动地低头凝望着曾辉。

曾辉紧闭着眼，干裂的嘴唇不住地颤动。

"无论如何，怎么能寻短见呢，"她开了口，"幸亏老陈刹车及时，要不就不是压到腿那么简单了，你的命就没了。"

他冲她大喊："我就是想死！我求你救我了吗？救我干什么！谁需要你充好人！谁让你救我了！"

"为什么这么想不开呢？"

成筠说着，缓缓走到床边坐下。

曾辉忽然想到什么，激动地抓住成筠的胳膊，问："她，她怎么样了，她没出什么事吧？"

成筠面无表情："她自杀了。"

虽然料到了这种可能性，但当听到这个消息的时候曾辉还是选择自欺欺人："我不信我不信。"

成筠拿出手机，滑开手机到一个新闻页面，对他说："这儿有她死时候的照片，你要看吗？"

曾辉迅速紧闭双眼。

成筠等了两秒，见曾辉没有睁眼看的意思，把手机锁屏并放回衣兜里，站在那里一言不发地看他。

曾辉喘着粗气，良久才敢睁开眼睛，瞳孔里瞬间暗沉下来，紧握成筠胳膊的手也脱了力，他看着天花板，又好像没在看。

他最怕的事情还是发生了。

成筠对他说："她是自杀，跟你没有关系。"

这句话说出口的时候，成筠自己心中一颤。

如此似曾相识。

同样是自杀，在另一个女孩为他而死的时候，他轻蔑一笑地说："她是自杀，跟我没有关系。"

这次，他笑不出来了。

他万念俱灰地重复着："跟我有关系，跟我有关系……"

成筠装作不懂，继续追问："跟你有什么关系？"

曾辉明显说不出口，那对他来说太痛苦了，连复述出来都是一种煎熬。

成筠想了想，淡淡地说："哦，我知道了，是不是害她的那个渣男是你一手教出来的好学生？"

曾辉不说话，脖子上颤着暴起的青筋。

"而且，她是含着对你的恨而死的。"

"你别说了。"

"你本来想跟她道歉，然后你们重归于好。"

"别说了。"

"破镜重圆，然后一切都像没发生过一样，跟她好好过日子。"

"我让你别说了！"

"但是你来不及了。"

曾辉咬紧牙关，仍止不住抽泣了。

成筠弯下腰，把脸凑他更近一些，耳语道："你想要让你自己心安，想要当这十年不存在，曾辉，我告诉你，门儿都没有。"

一瞬，曾辉睁开惶惑的眼睛盯向成筠的脸。

她看着他，抬起手，纤细的手指抵在他的额头上，顺着脸颊轻轻滑下："你不是一直都很疑惑我想要什么吗，我现在可以告诉你。我想要你活着，痛苦地活着，你越痛苦我越高兴。我要你看见花白的大腿，但使不上力气。我要你余生的每一天都活在忏悔里，却永远得不到原谅。我要你求生不能，求死也得不到。"

曾辉："你是谁？"

成筠忽然笑了，笑得明媚如歌，她玩心大起，把另一只手向他的身下试探："你猜猜，给你三次机会。"

曾辉此时此刻躺在床上想动又动弹不得，他惊慌不安地看着她，不明白她什么意思。他脑海中第一个想法就是她是不是自己很久以前欺骗过的女人，只是自己不记得了，但是他死死盯着成筠的脸，想破了脑袋也没认出来。

成筠不耐烦了："快猜！"

"就是成筠啊。"

"不对。"

她的手突然发力，狠狠捏了一把他截肢未愈的大腿，曾辉惨烈地叫了出来。

他惊了，刚要张嘴大喊，就被成筠拍着腿说："为了保护你不被噪声打扰，我特意帮你选了一间隔音效果特别好的房间，不信你可以试试。"

"你到底想干什么！"

"接着猜啊，还有两次机会。"

那捏的一下直接把曾辉疼得满头大汗，他喘着气，想了半天，又说出了一个名字："齐，齐敏霖——啊——"

又是一阵锥心刺骨的痛——

"呦，齐敏霖又是谁啊，这段故事讲给我听听。"成筠手上用力，脸上却云淡风轻。

曾辉大口大口地喘着气，已经疼得有些双眼模糊了。

成筠立刻收起笑："算了，无非就是你那点老掉牙的渣男事迹，不想听了。接着猜，最后一次机会，你可得好好想，猜错了后果自负噢。"

曾辉瞪着她，随后闭上眼使劲地在脑海里把这十年来有过交集的女人都回想了一遍，让他懊恼的是，大多已经完全不记得了。但他唯一可以确定的是，他真的没见过成筠，或者说没见过她现在这个样子。

会不会是改名换姓了呢？

会不会是整容了呢？

会不会是曾经某个受害者的亲朋好友来报复？

曾辉猛然睁开眼，亲朋好友。

他惶惶不安地盯着成筠的脸，越看越觉得她既陌生又熟悉。

看着看着，他的表情忽然停滞了："你是……你不会是……"

成筠也注视着他："我是谁？"

"你是……陈……"

他的声音开始颤抖。

"说出来。"

"你是陈……陈晓彤的室友。"

成筠愣住了。

五秒后，她扑哧地笑了出来。

那笑是苦的，她甚至笑到没有力气去掐他的腿了。

曾辉的目光追随着狂笑不止的她，仍不确定自己猜没猜对。

成筠笑得实在停不下来，曾辉只能开口说话："不管你是谁，我为我伤害过你道歉，只求你放我……"

"我不接受！"

成筠忽然站起来对他大吼出来。

她指了指天，对他说："她们永远都不接受你的道歉，她们做鬼都不会放过你，包括林小宁。"

曾辉已说不出话来。

成筠整理了一下情绪，拿起包一边在里面翻什么东西一边说："没关系，时间有的是。"

她掏出了一个带着耳机的随身听，把耳机塞进了他的耳朵里。

"你后半辈子都可以躺在监狱里慢慢想我是谁，从你第一个祸害的女人开始，从头想。"

说着，成筠按下了播放键，把随身听放在床头，走出了病房。

曾辉朝着她的背影大喊："回来！你！"

耳机里传出了《爱》的旋律，曾辉的手被绑着，没法将耳机摘去，他只能任由林小宁的声音在他的脑海里梦魇般缠绕，一遍一遍又一遍，循环往复。

成筠走出了医院，刚踏出大门一步，曾辉的哭号声响彻了天空。

她拿出手机，滑开锁屏，画面停留在新闻页面：直播风波后主播沙莹莹退出大众视野，销声匿迹。

成筠退出页面，收起手机，脚步不停地走下去，头也不回地走下去，她顾不上车流攒动，只兀自走下去，仿佛屏蔽了全世界。

她走到一个十字路口，被交通协管大爷用小红旗阻挡了脚步，原来前方红灯。

成筠站定了，盯着那红灯看。

看着看着，她忽然崩溃了，大哭了起来。

蹲在地上，哭得撕心裂肺。

任由路人和协管大爷怎么劝，她就是不起来。后来，他们也干脆不劝了，绿灯亮了，各过各的马路，留她一人蹲在原地哭。

不知哭了多久，总之，当成筠抬起头的时候天色已经暗了下来。

她感觉把眼泪全都倒干了，然后才起身继续走。

她回了趟公司，却没想到白一榛正坐在她的办公室里等她。

屋里没开灯，尽管光线很暗，白一榛脸上的冷峻仍清清楚楚。

"师父。"成筠叫她。

白一榛抬头望着她，眼神像刀子。

"我问你，你有没有听我的话？"

成筠沉下眼眸。

白一榛："你还是乱来了。"

成筠沉默了一会儿，索性直视她说："把优盘交给警察了。"

"你知道我说的不是这个！你不能为了达到目的像他害人一样去伤害无辜的人！你这是被仇恨反噬了！你这样跟他还有什么区别？！"白一榛站了起来。

"我没有伤害别人。"

"那姓沙的女孩怎么回事？跟你有没有关系？"

成筠语塞，她沉默良久，最后仍只是重复自己的话："我没有伤害别人。"

她们面对面对峙着，时间在空气里凝结成冰，一刻也挪不动。

白一榛："你被开除了。"

第十章

新生

1

文件落了一地。

小纪刚好经过，在办公室门前听见了她们的对话，瞬间傻了眼。

窗外的阵雨说下就下，一点征兆都没有，就像白一榛此时此刻的话一样。

小纪不敢出声，看向僵在那里的成筠——那个骄傲的、调皮的、心里永远有主意的、天不怕地不怕的成筠现在脸上是抑制不住的惶惑和慌乱，她没了主意，像个被抛弃的孩子，孤立无援地站在那里，四下没有东西给她支撑，她有些摇晃，仿佛随时都会倒下去。

有一说一，小纪自打来白氏实习以来就跟着成筠，没少吃这个大小姐的苦头，光是因为找不到她那支掉了漆的破笔就挨了不下二十次骂，但是，她也是这届实习生里成长最快的。成筠虽然脾气臭嘴损了些，像个随时准备扎人的刺猬，但是在工作方面她是不遗余力教给了小纪所有。可尽管成筠算是个年纪轻轻的商业奇才，但有时候小纪也会在无意间看见她坐在办公室里愣神时，心里有种恍惚的感觉——她总觉得成筠本不应该属于这里，至于她该属于哪儿，小纪也不知道。

她想要替成筠说情，但又不知道自己有没有说话的份儿，正来回犹豫着，成筠却先开了口问白一榛。

"师父，你要我去哪儿？"

白一榛转过身去，望向窗外的高楼大厦，在大雨的洗刷下焕然一新。

她淡淡地说："你爱去哪儿去哪儿，想去哪儿去哪儿，反正我这儿不留你了。"

小纪见白一榛意已决，再不说句话就真的来不及了，于是鼓足勇气迈上前一步："白总，你再给小成总一次……"

"我懂了，"成筠看着白一榛的背影说，"小纪，给我一个纸箱子。"

"小成总！"

"赶紧。"

小纪低下头，不情不愿地走出办公室，过了一会儿，她抱了一个大纸箱子过来。

成筠接过纸箱子，开始收东西。

白一榛全程背对着她，看向窗外。

成筠把桌上的东西收完后，打开了上锁的抽屉，优盘就躺在最上面。

她的手停顿了一下，继而将其捡起收进纸箱子里。

成筠的东西不多，两三下便收完了。她抱着箱子往白一榛那儿走去，轻轻站定在她的身后，白一榛仍没有回过头去，但她感受到了。

成筠想说点什么，可说不出，迟疑了片刻。

她跪下了。

动作极轻极静，但在她的膝盖触在地上的一瞬，白一榛听见了震耳欲聋的碰撞声。

成筠缓缓弯下腰，对白一榛的背影磕了一个头。

"师父，我会回来给你养老的，"她低下头说，"对不起，谢谢你。"

说完，她起身抱起箱子走出了办公室。

"小纪，过来我跟你交接一下工作。"

小纪抹着眼泪跟了出去。

天越发晴了，暗沉的办公室里显得好空好大，只有白一榛一个人站在窗前，目送天边那团逐渐远去的乌云，很快，它就要飘走了，紧随其后的是阳光。

成筠交接完工作后走出了白氏大楼，她站在这条永远繁忙的金融街上，想起自己第一次来这儿找白一榛的时候，一晃眼，十年了。

她环顾四周，忽然愣住了。

她目不转睛地盯着眼前不远处的圆形广场中央，那里有一座不大不小的雕塑喷泉。

哪来的喷泉，它一直都在这儿吗？

成筠感到一阵恍惚。

但雕塑看着确实有些年头了，是个不知名的希腊神像，半遮半掩的丰胭胴体被喷泉冲刷得光滑发亮，但其身上的岁月裂痕依稀可见。

这么多年成筠匆匆经过千万次，却从未注意过它。

她错过的何止一座雕塑喷泉。

她这十年就像丢了一样。

成筠抱着箱子在街上漫步，像个无家可归的游魂。

走着走着，她便直觉般地晃到了本市最老的汽车客运站。

她在候车室里来回踱步，一排座接一排地寻找，果然在返乡的农民工、大爷大妈小孩中找到了那个人。

那人孑然安静地坐在角落里，身子小小的，用帽子、墨镜和口罩将自己包裹得很严实。

成筠走过去，抱着纸箱子在其身边坐下。

那人转头透过墨镜看了她一眼，有些惊讶，微微扒下墨镜，露出一双大而清澈的眼睛，震惊地低喊出来："你不是不来吗？"

成筠歪着头看她："确认一下你是不是真走了，省得坏我计划，不然我睡不着觉。"

她摘下口罩，露出淡雅无华的素颜，本来有些哀伤的林小宁，一不小心被成筠的这句话逗笑了。

成筠也跟着笑了。

2

那一晚，成筠把李小海的手机放回了原处，成功暗算了曾辉以后从夜店回了家。

到家时已是凌晨三点多。

小芬早已熟睡，可夜行动物李红霞却异常清醒。

按照以往惯例，从成筠走出电梯开始，耳尖的李红霞就会闻声而动，跑到门口等待门开的一刻，然后在她的高跟鞋上来回蹭个遍。

可今晚，成筠打开门，它没来迎接她，它甚至端坐在阳台上沉着地看着她，偏偏不过来。

成筠也看了它一眼，没说什么，只轻手轻脚地脱掉高跟鞋，回房间睡了。

可她失眠了。

明明疲惫得要死，却在床上辗转反侧了一个多小时，仍睡不着觉。

她从药柜里取了瓶安眠药吃了两片，半个小时过去了，还是没有效果。

最后，她索性光着脚走出房间，靠坐在客厅的窗台上眺望窗外用路灯勾勒而出的立交桥。

李红霞趴在窗台的另一边，假装在睡觉，实则成筠一有动静它就会立刻睁开眼看去。

不知不觉，桥上的车变少了许多，夜走入了更深的寂静。

成筠心乱如麻。

"李红霞。"

她忽然唤了声它的名字，这是她今晚进门说的第一句话。

猫下意识地把下巴从趴着的前爪上抬起来，眯着眼看成筠，但半秒它就后悔了，又闭眼趴了回去，一副没听见的样子。

"你今天怎么不理我？"

李红霞一动不动。

成筠觉得不可思议，不知道是自己太会联想，还是动物有时候真的会读心。

李红霞似乎读出了她今晚在夜店发生了什么事情、做出了什么一念之差的选择，它读出了成筠的心乱如麻，读懂了她的不安纠结与自我厌弃，并用它反常的冷漠表明了它对她的态度。

当然，或许李红霞并没想这么多，它只是今天不想亲近人罢了。但成筠怎么看李红霞，就是怎么看此刻的自己，不然为什么睡不着觉。

坐在窗台上，她望向窗外的夜色，想起了很多人和事，想起了小时候打的每一次架，想起了挨欺负的曹一童，想起了面容已然模糊的母亲教自己做人要如何睚眦必报，想起了爱唠叨真善美结果自己没什么好下场的陈吟，又想起了白一榛的优盘。

她越想越分裂，很希望现在李红霞能突然开口说话，好告诉她一个答案。

天色渐渐微亮，立交桥上的车辆多了起来，世界苏醒，不管人愿不愿意，新的一天还是无法阻挡地开始了。

成筠一夜未眠，起身进卧室化妆换衣服出了门。

几天后的一个晚上。

KTV里，沙莹莹举着话筒唱了一首《在水一方》，歌是坐在沙发上的那个男人点的，他把沙莹莹拉回到座位上，肥硕的手覆在她的手上，她本能地想抽出手，但意志阻止了她。

　　男人另一只手轻抬起沙莹莹的下巴，被她精致妩媚的眼妆迷得神魂颠倒，他轻声在她耳边说："凭这水平，你就是明日之星。"

　　沙莹莹很开心，问他："你什么时候把我的歌给公司听？"

　　"你放一百个心吧，我在酝酿一个大招，我不仅要帮你发歌，我还要让他们帮你交违约金，把你签走。我已经让他们关注你的直播了，制作人说你的嗓音特别有特点。"

　　"真的吗？！"沙莹莹双眼发出了无比期待的光。

　　"嗯，"男人把圆圆的脑袋埋进她的颈窝里，沉重的鼻息撒在她的肌肤上，"所以咱们不能操之过急，要慢慢等。"

　　男人身上浓重的酒味让沙莹莹喘不过气，可听了这话，她索性闭上眼，屏息沉溺下去了……

　　她问："制作人还说什么了？"

　　他漫不经心："他说你得多练练别的唱法……"

　　"练什么练！沙莹莹就适合唱民谣，不用练别的。"

　　忽然屋里多了一个尖锐的人声，二人抬头望去，沙莹莹有点诧异："方小姐。"

　　男人看见突然有个陌生女人站在这儿，有点蒙。

　　成筠居高临下地对沙莹莹说："我不是说给你发歌了嘛，demo已经做出来了，日子都定了，你急什么！"

　　她又对那一脸凌乱的男人说："抱歉，她跟我们华乐有约在先，也签了临时合约，你这时候如果执意插进来，我们完全可以起诉你。"

　　"啊，这，怎么回事啊，我不知道她跟你们也那啥了，那我就……"

　　男人一听"起诉"二字，吓得赶紧起身走人了。

　　没人唱歌，包间里自动播放着《传奇》，在这空灵的声音里，成筠站在沙莹莹的眼前，还未等她的"方"字出口，成筠就抢先告诉她："我不是方小姐，我叫成筠。"

　　沙莹莹被她的话噎住了。

　　成筠面无表情地接着说："刚才那个人也不是什么音乐公司的猎手，

他叫田仁伟，是个PUA，曾辉的学生。他有传染病，他找上你就是为了传染给你，然后以此出名。"

沙莹莹听了，惊恐地抱紧自己："曾辉……？"

"曾辉现在是最大的PUA培训机构狼迹的金牌导师。"

沙莹莹瞪目，吓得不禁捂住了嘴巴："所以，他派他来害我吗？！"

成筠："他不知道是你，但是他知道自己的学生有传染病。"

"太可怕了，我知道他很无耻，可他现在怎么无耻成这样……"

"怎么样，要不要一起教训教训他，让他尝尝苦头，再把他送进监狱？"成筠问。

沙莹莹怔怔地盯着她。

在包间里，成筠把计划给她讲了一遍。

"到时候，你就把田仁伟怎么骗你的经过全都说出来，表现出无比绝望的样子，好像失去了生的念头，然后在这个时候关掉直播，我会派我的人把你秘密接到一个地方暂时躲起来，接下来我们就什么都不用做了，全都交给你的粉丝和网友就行了。"

这计划沙莹莹光听听就心惊胆战，前面都还好，就是对最后的那招"空城计"有点不太放心："你觉得，就凭你说，他能信吗？"

"一开始不会信，"成筠笃定地说，"但他不敢面对你的死状。所以，他不信也得信。"

"要是他敢看你的手机呢？发现并没有我自杀的照片。"

"他不敢。"

成筠深深凝视着林小宁，眼神坚硬无比。

"因为他是个懦夫。"

沙莹莹直勾勾盯着成筠，眼前这个已经把曾辉研究到骨髓的女人让她有些恐惧："你是谁，为什么这么恨他？你也是受害者吗？"

"我不是，我的家人是。"

接下来，成筠将当年的所有事情都告诉了她。

诉说者已经能面不改色地将如此悲痛的事情复述出来，而听者沙莹莹却已泣不成声，她连连向成筠道歉："对不起，我不知道那是你姐姐，我当时的日子很难过，那时候我受了曾辉的刺激，失去了理智，状态非常混乱。我放弃了自己，做了很多很多蠢事，结果越沉越低，我被世界的各种恶意包裹着，也开始自暴自弃，学他们像疯狗一样到处乱咬。后来我不怎么上微博了就是不想再看到那个时期我说的那些蠢话，真的对不起对不起，我这么糟糕的人你刚才居然还来帮我……"

"你可别误会，对于你那条评论，我没原谅你，我只是看到，"成筼凝望着沙莹莹脸上哭花的浓妆，"这些年你已经付出代价了。"

沙莹莹低下头，在微弱的灯光里，看见了自己在玻璃桌上的倒影，像个废弃的傀儡娃娃，美丽却狼狈，这充满谄媚意味的浓妆已经成了她容颜的一部分，顽固地长在了她的脸上，很久都不曾扒下来过。

沙莹莹对成筼说："你放心，我会配合你。"

成筼沉默，继而提醒她："你想好，一旦这么做，你就没法做歌手，没法继续留在这儿实现你的梦想了。"

沙莹莹从桌上拿起一张纸巾，擦去眼角的泪："这些对我来说已经不重要了。"

她抬头看向包间里屏幕上的歌手陶醉歌唱的画面，缓缓道："其实被困在逗鱼的这十几年，我越来越犹豫了，如果梦想是以让自己变得丑陋为代价而得到的，那这梦想不要也罢。我现在好累，我都不愿意照镜子，我懒得看自己，我一看自己就想呕，我本来不是这样的，怎么就莫名其妙这样了呢，就因为一个不值得的烂人、一段错付的爱情，把自己都抛弃了……成筼，现在只要能让我离开逗鱼，让我做回林小宁，做真正想做的事情，这就是我的梦想。"

成筼想了想，缓缓起身："放心，逗鱼绑架艺人的霸王合同本来就不合理，加上霍振川一身污点，这件事之后，我保证你在逗鱼全身而退，不用出一分钱。到时候你就可以退圈，消失于大众视野，去你想去的地方，沙莹莹会永远消失在这个世界上。"

沙莹莹抬眼看她。

"行，我信你。"

3

此刻，客运站候车室里人潮涌动，声音混杂。

到处都是大包小裹的行李麻袋，满地都是泡面盒和小零食空袋，小孩子们在狭窄的过道奔跑打闹，大人们不管，只顾着闷头看手机。

这所有的脏乱差都是林小宁久违的最朴实的烟火气，她现在不觉得厌恶，还喜欢得不得了，甚至一不小心还会为之落泪。

由"沙莹莹直播"引发的一系列事情都尘埃落定，逗鱼破产，她的"卖身契"也自动失效了，成筠没有食言，确实让她全身而退了。

林小宁今天本打算悄无声息地一个人坐长途汽车回吉岩的，却没想到成筠会来送她。

林小宁看着她，问："你怎么这么有空？"

成筠抱着纸箱子给她看，笑说："我失业啦。"

林小宁的笑立刻凝住了，担忧地问："为什么？因为这件事吗？"

成筠仰着头看天花板："师父是想让我过自己的生活，你也知道我为什么进白氏做个商人的。"

"那不干这个，你自己想干什么？"

这一问沉闷地打在了成筠的心上，她愣在原地，想了很久很久。

沉默太久，气氛有些僵，林小宁打破僵局笑说："没关系啦，你可以慢慢想。"

成筠低下头，换个话题问她："你回去什么打算？"

提到这个，林小宁忍不住地展开笑颜："我都联系好啦，家那边山里有一个希望小学，我去当个音乐老师，天天给小朋友开演唱会去，万一以后能培养出几个明星呢。"

"你回老家，不会遇到那些让你不愉快的人吗？"

"他们早就离开吉岩了，我们那穷乡僻壤的，谁愿意在那儿待一辈子啊，也就是我这种傻瓜。"

林小宁虽自嘲，可脸上却满是欢喜。

"但是这种感觉真好，真的，我终于又变成林小宁了，"她微微抬起头，不禁微笑，"真好。"

成筠看着她，点头说："行，《爱》现在很火，分成我会定期打你账户上。"

"算了吧，这首歌能不能不要定价啊，要是能有更多人听见歌里讲的东西就好了。"

"我回头问问华乐。"

"嗯！哎，你这失业者接下来干啥去啊？"

"我啊，"成筠神秘兮兮地笑说，"我可能，要去相个亲。"

"哟，那你可得忍住别套路人家啊，记住，我的歌词。"

"有道理，那我相亲的时候就耳机里单曲循环你的歌，时刻提醒自己。"

"我觉得行。"

成筠抱着纸箱子，看着远方长叹一声："相亲之前还得先见一个人。"

林小宁回头一看，戴上口罩和墨镜，起身说："哎我车到了，我该走了。"

成筠也起身。

林小宁："成筠，再见。"

成筠："还是不见了吧。"

林小宁笑说："也行。"

话罢，二人一个进站一个出候车室，左右各走，分道扬镳。

成筠回家送了趟东西，亲自下厨，鸡飞狗跳地炒了几个菜，然后带上餐盒到家楼下的超市挑红酒。销售小姐见她浑身上下都是低调的名牌，于是专挑贵的欧洲干红给她。成筠连连摆手说："不要这些，哎，那瓶就行！"

销售小姐冲成筠指的方向看去，是 89 块两瓶的葡萄酒。

销售傻眼："那是通化产的。"

成筠兴奋招手："哎对对，就要这个。"

销售小姐只好一脸蒙地拿了一瓶递给她。

成筠满手拎着吃喝到地方的时候，陈吟早已坐在草地上等她了。

每次成筠来看她，都会做几道小菜，这次做的花样格外多。

陈吟抱怨道："不是我说你，你这磨蹭劲儿什么时候能改改，以前上学就磨蹭，一早上拉八遍屎，就不去上学。"

"我这不做菜来着！有点耐心行不行。"成筠暴躁地往草地上铺了张红白格子的餐布，然后把餐盒里的菜一盒一盒地取了出来。

"嚯，土豆炖胡萝卜，小米辣炒蛋，酱茄子，鱼香肉丝，行啊你出息了小笔盖，这次能做这么多样，我很欣慰。"陈吟盘腿坐在草地上，舒舒服服地把鞋子也脱了。

成筠递给她一双筷子："那你看看，先别急着夸，老规矩，尝了打分。"

成筠倒酒，陈吟满怀期待地把菜挨个尝了一口，表情逐渐凝重起来。

成筠有点慌："几分？"

陈吟咬着筷子皱眉看着她不说话。

成筠："不能吧，都是按你的做法做的啊。"

陈吟扑哧地笑了，用筷子狠敲了下她的脑袋："这次给你 9.5 分！你出师了。"

成筠长舒了一口气，喝了一口葡萄酒压压惊。

陈吟也喝了一口，忽然小惊喜："嗯？甜的，可以。"

成筠看着她，笑道："可以吧。"

二人你一口我一口吃着，陈吟使劲往成筠碗里夹菜："你得多吃，看你都瘦成人干了，怎么把自己弄成这样，人不人鬼不鬼的，咋找对象。"

成筠说："姐，曹一童回来了。"

陈吟的筷子忽然停住了，她抬眼凝视着她，兴奋道："什么时候的事儿？"

成筠挠挠鼻头："回来一周了，我不是一直偷窥他 Facebook 嘛，他毕业了就回来了呗。"

"真好，曼彻斯特大学吧？"

"嗯。"

"真好，真的，以前就觉得曹一童这小孩比别的小男孩有出息，"陈吟欣慰地拍拍成筠的肩膀，"恭喜你啊，终于等到了。"

"姐。"

"嗯？"

"你觉得他还记得我吗？"

"当然了，他肯定像你记得他那样记得你。"

"那他，会喜欢现在的我吗？"成筠抬头问她。

"为什么不喜欢，你现在人漂亮，还成功，咱学历也不比他差。不用怕笔盖儿，他肯定能喜欢你。"

"不是这个。你觉得我变化大吗？跟小时候比。"

陈吟停住了表情，深深凝望着她，许久后，她伸出手轻轻抚摸成筠的脸颊，说："你一点都没变，你还是你。"

这话击溃了成筠的泪腺，眼圈瞬间红了，但没有泪掉下来，不在陈吟面前哭是她的底线，她迟疑地点点头。

起风了。

草被吹成了浪，哗啦哗啦地响。

陈吟把吹乱的发丝别到耳后，她的头发还是这么不听话："天不早了，快回去吧。你下次早点来，就能早点回去。"

"我以后可能不会来了。"

陈吟忽而抬头望向成筠，成筠用筷子漫无目的地扒拉着碗里的菜，低着头说出这句话。

陈吟看着她，泪在眼里打转，但嘴角却是上扬的，她放下筷子说："也好，我也终于可以放心地走了。"

"我尽力了，我只能做到这儿了，对不起。"一滴水坠进了成筠的碗里。

陈吟抱住成筠，抚摸她的头，一个劲儿地摇头说："是我该跟你说对不起，这些年你辛苦了，对不起姐害你这么辛苦。你现在应该把你自己的人生拿回来了，我希望你忘记我，我希望你接下来的每一天都是小笔盖，不是陈吟的妹妹，能做到吗？嗯？"

成筠埋在陈吟的怀里狠狠点头。

陈吟："好好吃饭，好好睡觉。"

成筠一直点头，一直点头一直点头……

直到夜色降临，墓地的工作人员来催她离开。

她从梦里惺忪醒来，把头从膝盖里抬起，望着墨蓝的天空中最后一抹夕阳的残红，眼睁睁看它温柔地坠到地里去，像挥动的手，是刚才梦境中姐姐没来得及对她说出的再见。

成筠站起身来，把酒菜和餐布收起来，最后看陈吟的墓碑一眼，拎着东西在一排排墓碑之间渐行渐远。

一阵风吹过，像温柔的手，擦干了她眼角的泪。

周末。

成筠在镜子前试了又试，哪一套衣服都觉得不对劲。最后，她看了眼墙上的那幅儿童画，是当年曹一童出国前一晚，跟她一起合作完成的，他们彼此画下对方。从画上看来，在曹一童的印象里，小笔盖最美的样子是穿着一件白色的小裙子，一双白色的球鞋，当然这些都不是最重要的，最重要的是她脸上龇牙露齿的微笑。

为了不要忘记这个微笑，成筠练习了十年。

她按照画上的样子穿搭着，脸上只化了一点淡淡的妆。

小芬都对她这身造型竖起了大拇指，李红霞也是在她腿上蹭个没完。

成筠心满意足地出了门，顺便带走了垃圾袋。

垃圾袋里是药柜里所有的药，有安眠的，抗抑郁的，抑制焦躁的等等。

成筠乘着地铁提前半个小时到达了餐厅，可一进门，她就看见了靠窗的位子上，那个身穿白色衬衫的男孩已经在等待。

本来不紧张的，不知怎的，这一刻她忽然有点紧张了，还有些怯懦和不安。

她的脚步忽然停住了，远远地观察着那个干净利落的少年，他虽然穿着她从没见过的新衣服，连发型都是新的，但是他的眉宇间有让她怦然心动的熟悉。

他一点都没变，可在他的眼里她也会一样吗？

成筠踟蹰不前，恰在此时此刻，餐厅里响起了音乐，前奏一出就有顾客听出来了。

"是《爱》哎！"

"是啊，最近好火哦。"

前奏为歌词缓缓拉开了帷幕——

别人都说猫咪要胖而我偏偏喜欢瘦猫咪

别人都玩网络游戏但我还是喜欢老虎机

别的男生忙着惹女孩只有你在沉醉四驱

别的女生喜欢偶像剧男主角而我偏偏中意你

我是病了吗

我是异类吗

我是疯子吗

我只是爱你呀

可不可以像我爱你一样爱自己

再也不要相信流言和蜚语

能不能别从别人嘴里认识自己

我该如何证明我爱你这件事情

感谢

感谢你赠我一场空欢喜

我们有过的美丽回忆

让泪水染得模糊不清
偶尔想起，记忆犹新
就像当初，我爱你
没有什么目的，只是爱你

伴着歌声，成筠迈出脚步，向记忆中的少年缓缓走去。

图书在版编目（CIP）数据

吻钩 / 曹大血著 . -- 北京：中国友谊出版公司，
2024. 6. -- ISBN 978-7-5057-5917-6

Ⅰ . I247.5

中国国家版本馆 CIP 数据核字第 2024ZP3393 号

书名	吻钩
作者	曹大血
出版	中国友谊出版公司
发行	中国友谊出版公司
经销	新华书店
印刷	河北鹏润印刷有限公司
规格	880 毫米 ×1230 毫米　32 开
	9.875 印张　314 千字
版次	2024 年 6 月第 1 版
印次	2024 年 6 月第 1 次印刷
书号	ISBN 978-7-5057-5917-6
定价	52.80 元
地址	北京市朝阳区西坝河南里 17 号楼
邮编	100028
电话	（010）64678009

如发现图书质量问题，可联系调换。质量投诉电话：010-82069336